U0095505

南开21世纪华人文学丛书

华美文学：双语加注编目

钱锁桥　编

南开大学出版社
天　津

图书在版编目(CIP)数据

华美文学：双语加注编目 / 钱锁桥编. —天津：南开大学出版社，2011.5

(南开21世纪华人文学丛书)

ISBN 978-7-310-03691-2

Ⅰ. ①华… Ⅱ. ①钱… Ⅲ. ①华人文学—作品—介绍—美国—现代—汉、英 Ⅳ. ①I712.065

中国版本图书馆CIP数据核字(2011)第058874号

南开大学出版社出版发行

出版人：肖占鹏

地址：天津市南开区卫津路94号　　邮政编码：300071

营销部电话：(022)23508339　23500755

营销部传真：(022)23508542　　邮购部电话：(022)23502200

*

河北昌黎太阳红彩色印刷有限责任公司印刷

全国各地新华书店经销

*

2011年5月第1版　　2011年5月第1次印刷

880×1230毫米　32开本　10.875印张　2插页　308千字

定价：20.00元

如遇图书印装质量问题，请与本社营销部联系调换，电话：(022)23507125

致　谢

该项目受到富尔布赖特（Fulbright）研究奖资助。2009 年我获富尔布赖特研究奖，赴哈佛大学作富尔布赖特访问学者，从事该项目研究。我要感谢维纳·索罗斯教授担当我在哈佛大学比较文学系的联系人，并长期支持和鼓励该项目。该编目过程得到许多华美作家的热情支持，以及好几位研究助理的出色工作，该编目能顺利完成，完全有赖于他们的支持和贡献。木令耆、陈若曦、於梨华、非马、李梨、王宏辰、冰花、张耳、孟悟、严子红以及许多其他华美作家听说这项工程后来函鼓励，并给我寄来了他们自己的作品目录。要特别感谢哈佛大学的张凤、休斯敦的施雨、旧金山的刘荒田，他们为该项目奔走相告，联络华美作家社群支持该编目工作。知名华美诗人孟浪不仅帮助该项目在华美作家群中广而告之，本人还亲自帮我收集、增补作家信息。哈佛大学博士候选人赖禾秀负责收集英文部分的作家作品信息，做得非常专业。龚晓辉和孙妮先后负责收集中文部分的作家作品信息，他们工作也是兢兢业业，认真负责。张甜和李雯最后加入团队，主要负责翻译工作，在资料收集和整理上也有贡献。最后，衷心感谢索罗斯教授和张隆溪教授分别为本书撰写序言。

在本编目所涉及的范畴之内，我们已尽力收集所有信息，但肯定没有百分之百收全，有所遗漏恐怕难免。作者信息、作品注解和翻译方面，我们也尽可能确保准确，有谬误处谨请各方指正，希望本编目能起到抛砖引玉之效，使华美文学资料整理更趋完善。敬请各方指正错误、弥补遗漏，特请华美作家继续和我联系（ctqian@cityu.edu.hk），以便今后修正。

序 一

维纳·索罗斯（Werner Sollors）

1969 年加州大学伯克利分校举办了一次探讨所谓“黄种人身份”的会议，此后“亚美人”（Asian-American）一词便开始流行。20 世纪 70 年代初，华美文学作为“亚美人”著述的一部分开始引起学界注意。这一学界新气象受到美国黑人民权运动和美国黑人研究风潮的鼓舞，《哎咿！亚美作家文选》一书于 1974 年由美国著名的黑人大学——霍华德大学出版社出版，这本身就很说明问题，该书一出，美国文学经典又多了一个渠道得到修正和扩充。于是各种亚美文学研究和课程得以蓬勃发展，有概论性的，有专题性的，还有各类编目和读本，而重点无疑集中在华美文学作品。

这些著述和课程有一个共同点：它们基本上只关注英语作品，尽管有些“亚美时期”名著（如 1975 年出版的汤亭亭的《女斗士》），书中会插进几个汉字图样，某些故事模型也是改编自中国文化资源。随着跨太平洋移民人口急剧增加，美国大学里有关“亚美”的课程设置和相关研究都只涉及英文作品，而华人学生多晓双语，有时就难免会引起冲突。另外，华美研究在美国被纳入“少数族裔研究”或“美国研究”，得到机构化认可；与此同时，在中国学界“海外华文文学”研究方兴未艾，这也是一种挑战。有些来自中国、但已在美国大学从事华美文学研究和教学的学者，逐渐提醒人们注意华美文学还有大量中文作品，比如尹晓煌的《美国华裔文学史》[1] 一书第一次对华美文学英文以及中文作品都作了详细论述。

---

1 该书英文版首印时间为 2000 年，由美国伊利诺斯大学出版社出版；简体中文版则于 2005 年在中国问世，由南开大学出版社出版。

钱锁桥编撰的这本华美文学编目，其收集的信息量首先就令人耳目一新，有书籍出版的作家就超过500多位，而该领域引人注意还不够半个世纪。因此，这本加注编目一定会促进对华美文学透过双语或多语视角进行对话和研究，举办学术研讨会，从而促进各种以国族界定的文学研究进一步国际化。既然非裔美国人文学研究是激励《哎咿!》产生的背景资源之一，我们也可以借鉴该领域的变化过程，美国黑人文学研究原来是以主题为纲，即只要是有关黑人的作品都算美国黑人文学，后来转为比较排他性的概念："有色人种"创作的作品才算美国黑人文学。有时这种界定会带来一些麻烦，因为某些已出版的黑人文学丛书包括的某些作家不能算作"有色人种"，而有些书的作者是匿名的，怎么判断他 / 她是不是"有色人种"，这让图书馆编目者十分头疼。这不禁让人联想，在这些少数族裔研究领域，今后读者和研究者是否会回到以主题为主导的方向，这样，"华美文学"的范畴可以包括任何人所写的有关美国华人/华裔的作品，而不管作者的国籍或居住地，也不管用什么语言创作。不过这可能只是一个乌托邦式的幻想，甚至是一种病态式的狂念，在可见的未来恐怕我们都得采用本编目所界定的有关华美作家的双向标准，即就英文作品来说要看华人族性，而就中文作品来说要看语言和居住地。钱锁桥的编目提醒读者注意华美文学中不断变化的各种"华"、"美"论述，从而对"移民"文学创作提出各种问题，同时也让人意识到，在当今出版全球化的时代，要在"中国文学"和"美国文学"之间划出一条清晰的界限，有时的确很难。

（钱锁桥　译）

序 二

张隆溪

华裔美国文学和华裔美国人之身份认同，都是在20世纪六十年代美国民权运动风起云涌之时兴起的。在那个年代，特别强调亚裔或华裔美国人的独特身份，把这个身份区别于一般华人，也许是必要的，因为哪怕他们的祖先移民到美国已经好几代了，在美国出生的华人似乎仍然背负着外来者的印记，华人身份似乎仍然是一个摆脱不掉的包袱。华裔美国人或亚裔美国人是美国社会一个少数族裔的概念，也作为一个少数族裔来活动，从而形成美国社会一股政治力量。强调亚裔或华裔美国人的独特身份是为了对抗美国白人社会对“东方佬”的种族歧视和种族主义的固定偏见，争取平等认同，而这一抗争最终也获得了巨大成功。一九七四年出版的《哎咿!亚美作家文选》一鸣惊人，最先大声宣告了亚裔美国文学的诞生，实在具有筚路蓝缕之功，随后许多亚裔美国作家得到读者普遍接受和喜爱，尤其像汤亭亭的《女斗士》和谭恩美的《喜福会》这类华裔美国文学作品，更是成功之作。华裔美国文学于是成为亚裔美国文学一个分支得以确立，在美国大学的少数族裔研究或美国研究科目中，常常成为教学和研究的对象。

然而如此理解的华美文学虽然描写的都是双重文化经验，与移民迁徙相关，与在语言和文化上跨越国界的经验密切相关，却清一色单用英语写作，明明白白自我定位为美国文学之一部分，同时又排斥了海外华人作家用中文创作的文学作品，把这样的作品视为海外华人用中文写作的文学，其读者也是海外华人，或者台、港地区以及新加坡和中国大陆的读者群。

但如果华美文学所描绘的内容是华人移民及华人社群在美国社会、政治和文化环境中的生活经验，那么这一文学的决定性因素应该是这独特的生活经验本身，而用什么语言来表述则并不那么重要。换言之，在美国的华人/华裔作家用中文创作的文学，只要其内容描述的是华人移民或华裔美国人的生活经验，那就和用英文创作的文学作品有同样资格成为华美文学。这类作品在中国是作为“海外华文文学”来研究，这也有其局限，因为离开了美国的特殊背景，就很难充分理解华人/华裔作家在美国用中文创作的这些作品，也很难合理地鉴定和评估这些作品的价值。事实上，如陈若曦、白先勇、聂华苓、於梨华等长住美国而用中文写作的著名作家之创作，还有如哈金这样新近移居美国的作家，他的小说用英文写作，但讲述的故事又是在中国的生活经验，就都对早期较狭隘定义的华美文学概念提出了挑战。

华美文学这一概念现在显然需要重新审视，而对于华裔/华人的双重文化经验说来，中、英文双语的运用是一个必须考虑的关键因素。扩大这个概念可以打开华美文学研究的格局，早期的华美文学研究多多少少都局限于唐人街景观及其生活方式的异国情调化问题，而更广泛的华美文学概念则可以探讨更复杂也更具深度的问题，如华人流散在海外的经验，他们与中国和美国各自文化传统复杂有趣的关系，以及在全球化世界中与其他民族描绘流散经验的文学之相互比较等等问题。要认真研究华美文学还有许多工作要做，首先就需要建立一个所有相关中文和英文资料的文本基础。钱锁桥博士编制这部《华美文学：双语加注编目》就恰好回应了这一需要，也为进一步的研究奠定了坚实的基础。这部《编目》有两个引人注目的特点，一是其搜集范围包括了中文和英文两种文字的书籍，二是有作家作品简介而非资料的简单罗列，这两点就使这部《编目》超出以往的类似著作，而且反映了编纂者对华美文学概念新的、更广阔的理解。此书编纂者有多年在美国生活的经验，长期关注如林语堂这样以中、英双语创作的作家以及20世纪60年代以来兴起的华美文学，完全可以为华美文学在各地更深入的研究做出独特贡献。我们可以相信，这部《编目》及其详尽的注释将引起研究者和广大读者的兴趣，成为每一个对华美文学感兴趣的读者案头必备的参考书。

目 录

导　言

当今世界中美关系举足轻重，然而中美关系往往只看经济或政治层面，把中、美视作互为独立的整体，其实中美关系你中有我、我中有你。华美文学作为华人在美（后）/（准）移民经验的产物，可提供审视中美关系的文化视角，突显中美互为渗透的相关性，因为华美经验正是跨越两国国界的行为。华美文学具有跨国和双语性质，但长期以来一直未受到学术界重视。华美文学研究必须同其跨国跨文化特征相符，自成一体。要达到此目标，华美文学研究必须超越现行学科界限。按现行学科划分，华美文学英文部分被视为亚美文学的一部分，而华美文学中文部分则被视为"海外华文文学"的一部分。

20世纪60年代，美国民权运动激发美国少数民族文学意识的兴起，美国文学研究开始关注华美文学的创作。随着美国黑人民权运动取得成功，美国文学和文化意识进行结构重组，一些在美国土生土长、当时在伯克利和旧金山上学的华人学生受此鼓舞，开始探寻自身的文学和文化身份认同。据徐忠雄自己介绍，是他首先去联络其他亚美作家，之后成为《哎咿！亚美作家文选》的共同编者。徐忠雄生于长于美国加州奥克兰和伯克利，美国民权运动如火如荼之时，他是加州大学伯克利分校的学生，而加州大学伯克利分校正是美国民权运动、反文化运动及各种激进学生运动的桥头堡。徐忠雄是英语专业学生，他发现美国主流教育对他自己的族裔文化背景只字未提，而他有志成为一名作家，于是便寻找和他有相同背景的其他作家，找到了陈耀光、赵健秀和老森·房雄·稻田。四个人一起挖掘美国亚裔文学传统，于1974出版了《哎咿！亚美作家文选》。[1]

1 徐忠雄，"序"，《亚美文学：概述及文选》。本文翻译都为作者自译。

《哎咿！亚美作家文选》是奠定亚美文学作为一门新兴学科的开山之作，它告诉你什么叫“亚美文学”，并发出亚美族裔的声音。同时，《哎咿！》编者也为亚美文学的属性制定了原则，成为以后亚美文学研究领域的标志性规范。亚美文学被定义为美国一少数族裔文学，由在美国土生土长的亚裔作家创作，它基于少数族裔的文化民族主义呼唤美国亚裔族群身份认同的产生，以抵制白人对美国亚裔的种族性标签化偏见。这一定义包含几个相互关联的主题，为这个新的文学领域设定了规范。首先，为美国一少数族裔文学命名就是要驱除主流社会强加给亚裔的带有东方主义色彩的种族性标签化成见。因此，“亚美”从一开始就是一种反建构。既然主流社会用负面的种族性有色眼镜标签我们，我们就给我们自己的族裔命名，主流社会叫我们“东方人”，我们便赋予我们自己新的身份，叫“亚（裔）美（国人）”。而维系这种新身份的理念必须建基于某种族裔文化主义，以求统一化、标准化从而发展壮大。在建构这一族裔身份的工程中，亚美文学要担当至关重要的作用，要起到代言人的角色。把亚美作家界定为土生土长的亚裔美国人，这不仅为争取少数族裔民权提供了法律上的合法性（美国民权的前提是要具有美国公民身份），同时美国出生的亚裔作家在英语技能的掌握和对主流文化的娴熟掌控方面都能游刃有余。

随着20世纪60年代民权运动取得成功，亚洲来的新移民涌入美国，迅速改变美国的人口结构，“亚美”已获普遍认可，和“非裔美国人”、“本土美国人”、“西裔美国人”一样，成为美国一个主要少数族裔。亚美文学创作亦收获颇丰，不仅作家人数增多，而且某些作家受到主流文坛认可甚至追捧。比如，美国大学提倡多元文化教育，汤亭亭的《女勇士》已成为美国大学里选用率最高的教科书，而谭恩美的小说更是一部接着一部都是全美畅销书。两位作家都获得主流文坛赞誉，书的销量也大获丰收。1982年，金惠经《亚美文学》一书出版，为亚美文学研究奠定了学术性经典话语，和《哎咿！》编者所确立的规范遥相呼应。美国60年代学生运动逐步取得成果，美国校园少数族裔权利和多元文化意识不断增强，各大院校开始增设少数族裔研究系，亚美文学课程作为该系亚美研究项目的重要组成部分也得到蓬勃发展。

在美国语境中，华美文学得到大众和学院的关注，主要归功于上述亚美文学的建构和学院的机构化设置。然而，在如此建构起来的亚美文学范式中，华美文学并没有一个独立的文化和族裔地位。华美文学被当作亚美文学的一支，尽管是最重要的一支。事实上，亚美文学的范式既彰显了华美文学一部分特色，同时又遮蔽了华美文学另一面，反而让人看不到华美文学的全貌。因此，要真正研究华美文学，我们既要承认亚美文学的建构所开创的崭新局面，又要警惕其经典化、规范化所带来的局限和扭曲。

正当亚美文学获得机构建制认可之时，亚美社区内部也随之发出异议。美国的亚裔群体其实存在诸多差异，让人怀疑用单一的亚美身份是否恰当合适。徐忠雄自己也承认，《哎咿！》1974 年出版以来二十年间，“一边受到赞誉，一边又受到指责——受到赞誉是因为它首先提出什么叫亚美文学并列出了亚美文学的典范，而刚开始也正因为此而受到指责，但后来指责的声音却主要是说它所界定的亚美身份认同太过狭隘”。[1] 同样，第一部亚美文学批评著述《亚美文学》发表十年后，金惠经也注意到亚美社区不断变化的人口版图。金惠经仍然要为当年构建单一的、基于文化民族主义的亚美身份认同而辩护：“如此建构起来的单一身份是一种策略需要，虽然它把‘亚美人’和‘亚洲人’作了本质性强行区隔，但其目的是要在美国的霸权文化里戳一个空，把我们的脸放进去，这种策略必定是排他性的，而不是包容性的”。[2] 但她也同时承认，到 1992 年，“先前在建构亚美身份时一定要把亚洲人和亚裔美国人区分开来，可现在看来这种界限越来越无法确定。在同一个家庭里，兄弟姐妹中有的英语是母语，而有的可能是某种亚洲语言”。[3] 尽管如此，亚美文学学者大多数还是坚持要巩固既定的典范规范，而不是打开藩篱，以便更好地反映亚美社区的人口及情感变化和复杂性。按黄秀玲的说法，“亚美文学可以看作一个正

---

1 徐忠雄，“序”，《亚美文学：概述及文选》，第 xiii 页。

2 金惠经，“前言”，《阅读亚美文学》，第 xii 页。

3 同上，第 xiii 页。

在崛起和不断变化的文本联盟”。[1] 而这种联盟是政治性的。“亚美”在此并不一定就是基于族裔、文化、语言、历史传统甚至身份认同上的概念，而更多地是看作一个“利益团体”，他们走到一起有时是为了共同的利益，有时是为了各自不同的利益。根据黄秀玲的政治算盘，亚美评论家的首要任务仍然是“让亚美文学摆脱东方主义的期待，也就是要建立亚美文学的美国特征，使其成为美国文学的一部分”。[2] 然而，如果亚美身份认同仅仅是政治利益需要的权宜之计，不同的政治计算和策略就很可能挑战这种联盟。比如，刘柏川就很怀疑美国的华人和亚裔搞这种身份政治有没有真正的实用价值，因为在刘柏川看来，美国华人最大的利益是要在美国社会阶层中往上爬，而自己建构一个少数族裔身份有点作茧自缚，并非良策。对此，刘柏川和亚美身份首创者徐忠雄有过争论，用刘柏川自己的话说：“亚美身份的缔造者认为族裔民族主义是声称自己是美国生活一部分的最有意义的方式。而我却担心这种做法背离了承担美国生活这一更伟大的任务”。[3] 所谓“承担美国生活”，就是要华人全身心投入美国，彻底同化。在刘柏川看来，美国华人的模板应该是美国的犹太人，可是犹太人在美国的成功有一个前提：在美国的犹太人已经完全把自己成功融入、同化于美国文化和生活。

在我看来，如果要搞一个“文本联盟”，首先得数一数算一算有多少、有什么样的文本。就华美文学来看，目前美国有两个华美文学作家群：一个是英语作家群，其中有美国土生土长的，也有越来越多的是中国出生的移民作家，另一个是用汉语创作的（准）移民作家群，他们的作品发表在中国大陆、中国香港、中国台湾及美国。美国华人社区至今仍是以说中文或中英双语为主。亚美文学机构化建制虽然有助于推广华美文学的英文作品，但亚美“文本联盟”基本上没有包括华美文学的中文创作，更没有把

1 黄秀玲，《阅读亚美文学》，第9页。

2 黄秀玲，《阅读亚美文学》，第9页。

3 刘柏川，《偶然生为亚裔》，第72页。

华美文学看成一个双语整体。[1]

其实美国文学本身就是多语种现象，但美国文学研究基本上只关注英语文本。维纳·索罗斯对此单语偏见非常不以为然，激切呼吁“美国研究要转向多语研究”。索罗斯指出，双语或多语教育在世界许多地方都是常态，美国自视为“移民之邦”倍感自豪，世界上没有一个国家像美国这样在一国中有这么多语言共存，但其文化政治规范却是单一语言，在多元文化争论中，所谓“保守派”和“激进派”其实都默契一致推崇“英语独尊”的原则，而不是采取“英语加其他语言”的态度。其结果是，“‘文化战争’左派右派打得如火如荼，同时在各个文学和历史研究领域和美国文学史研究中，大量非英语创作的文本却悄然消失于研究者的视野”。[2]索罗斯还提醒我们，“美国问题研究者”原本意思是指研究各种美国印第安语言的专家，一战以后美国化在世界盛行，但当时美国文学研究也不是只限于英语文本，1946 年出版的罗伯特·斯比勒的《美国文学史》还有相当篇幅讨论非英语作品。然而在今天强调“多元文化”的美国，研究者不遗余力争相挖掘先前被忽略的各种声音和话语，以示政治正确，可偏偏就是此时非英语的移民作品却越来越无人问津。正如索罗斯指出，颇具反讽意味的是：“正当美国研究领域强调多元文化、增加少数族裔研究之时，非英语文本却被边缘化，这在比较文学、美国文学史等领域也同样如此……这实在是一个巨大的损失”。[3] 在亚美文学研究中，索罗斯所言“巨大损失”尤为明显。1988 年出版的《亚美文学：加注编目》是该领域开山之作，它宣告“亚美文学”之所以存在之实。然而它却只收英语文

---

1 在亚美研究中，中文创作的华美文学作品通常都不算的，但也有一些例外。由麦礼谦等编撰的《埃伦诗集》收集了排华期间华人滞留天使岛写在拘留所墙上的诗作，谭雅伦编选的《金山歌集》收集了早期移民创造的诗歌和广东话歌谣；尹晓煌的《美国华裔文学史》对华美文学英文和中文作品都有系统介绍。2002 年 11 月 28 日至 12 月 1 日，加州大学伯克利分校亚美研究系举办了“开花结果在海外：海外华人文学国际会议”，期间有许多美国湾区的华美文学华语作家出席。

2 维纳·索罗斯，“引言：文化战争之后，或曰，从‘英语独尊’到‘英语加其他语言’”，《多语种美国：跨国性、族裔性和美国文学的语言》，第 5 页。

3 同上，第 6 页。

本条目，把其他语言作品完全排斥之外，这对呈现华美文学整个风貌极为不公。这不光是一个“巨大损失”的问题，而是扭曲了华美文学的整体面目。本编目旨在继承《亚美文学：加注编目》对华美文学所作的开拓性工作，不但要弥补这一缺失，还要对华美文学条目进行全面更新补充，以提供华美文学至今为止最为全面的信息。我们可以清楚看到，双语性质的华美文学，其中中文创作仅就作家和作品数量来看，要远远超出英语部分，其丰富性和复杂性亦绝不亚于英语部分。

再看太平洋彼岸，在中国文学研究中，华美文学中文部分通常被纳入“海外华文文学”的北美部分来看待。“海外华文文学”研究也是中国文学研究领域的新生事物。它源自20世纪70年代末，随着中国进入改革开放时代而产生。改革开放初期，大量港台资本进入中国大陆，为中国经济的转型和起飞扮演了重要角色，至今仍然举足轻重。随着港台资本的涌入，“港台文学”也开始受到关注。一些知名的“台湾作家”如白先勇、聂华玲、於梨华等开始进入文学批评视野，大陆的文学刊物和出版社开始重印港台作家在港台发表过的作品。相应的研究项目和研究机构逐渐形成，特别是在福建、广东等南方沿海省份。1986 年，第三届“台湾香港文学学术讨论会”在深圳大学举办，深大当时刚刚创办不久，为服务全国改革开放前哨深圳经济特区而设。是次研讨会吸引了许多居美的海外华文作家如陈若曦、於梨华和非马等远道而来，但与会者很快发现，把这些作家称作“港台作家”不太合适，因为他们早就离开港台移民美国，一待已经几十年了。于是研讨会的名称后来改为“全国台港暨海外华文文学学术讨论会”——“海外华文文学”的名称由此而来。

90 年代以来，“海外华文文学”研究已经成为独立于港台文学研究的新兴领域，并获得较快的发展。这其中一个原因是受到大陆新移民群崛起的促进。在80年代，源自港台的海外作家回归大陆，本人亲身访问或其作品在大陆重印，从而促进“海外华文文学”的兴起。与此同时，成千上万的大陆学生和青年在改革开放的氛围中开始走出国门，留学或移民，足遍全球，美国更是主要目的地。到90年代，大陆出来的新移民的经验开始呈现于文学作品。其中曹桂林的《北京人在纽约》和周励的《曼哈顿的中国女人》成为畅销书，《北京人在纽约》还被改编成电视剧，风靡好几年。1991年，在香港举办了“世界华文文学研讨会”。1993年，第六届“港台暨海外华文文学”研讨会正式改名为“世界华文文学国际研讨会”，之后在中国此类会议连续开了十几次。2002年，“中国世界华文文学学会”获官方正式批准成立，标志着海外华文文学研究机构化建制的形成。同时，好几部概论性著述相继面世，为该领域划疆制图，其中包括赖伯疆的《海外华文文学概观》、陈贤茂主编的《海外华文文学史初编》以及饶芃子和杨匡汉主编的《海外华文文学教程》。目前中国大陆已有70多所大专院校开设“港台文学”或“海外华文文学”的课程，许多大学还设有该专业博士点，培养该领域博士研究生。[1]

“海外华文文学”是由“游移”（diaspora）主导的概念，包括中国域外世界任何地方用中文创作的文学。“海外华文文学”的机构建制当然也有助于对华美文学中文部分的关注和研究，但它本身的学科规范也有缺陷，和亚美文学研究一样，对华美文学作为独立的研究领域也有负面的制约作用。首先，“海外华文文学”的范畴只考虑华美文学的中文部分，视其为全球性海外华文文学北美区部分。这样便忽略了华美文学的双语性质：其实越来越多的华美文学英文作家都是新移民，母语是汉语。再者，仅就中文华美文学来看，“海外文学”概念本身便表明其在中国文学研究领域的边缘性和无足轻重的地位。众所周知，中文表述“内”“外”有别，“外”相对于“内”而为“外”，此间“内”当然是中国大陆本土文学之不可动摇的主导地位和经典涵义，“海外文学”不过是依附其母体的衍生而已，不是不重要，只是“内”“外”主次不可混淆。在此思想主导之下，我们便不难理解：虽然“海外华文文学”最近也引起某些批评者注意，但较为精英的大学机构基本上还是置之不理，“海外华文文学”研究基本上还是南方沿海某些大学的事，广州的暨南大学成为“海外华文文学”研究的重镇再恰当不过，因为暨南大学本来就是专门为华侨服务的华

1 有关“海外华文文学”研究的现状与概述，参见饶芃子、杨匡汉，“导言”，《海外华文文学教程》，第1～10页。

侨大学。

围绕“游移”展开的“海外华文文学”概念因其内外之分隐含着内在的排他性，一带上“海外”的标签便已经处于边缘位置，但同时其外延又过于宽泛，全球任何地方都囊括其中，很难进行系统而连贯的批评研究。比如在“海外华文文学”的范式中，东南亚华文文学和北美华文文学被视为两个主要部分。然而，两者的政治文化经验相当不同，很难看作一个整体统筹研究。华人在东南亚和在北美移民经验不同在于华人对当地文化的体认，前者是亚洲内部的融合，而后者是东西方之间的文化跨越。相比之下，英文的华美文学和中文的华美文学虽然用两种不同的语言表述，所涵盖的却是同一个（后）/（准）移民经验，两者相通性要比东南亚华文文学和北美华文文学之相关性大得多。其实在海外华文文学研究中，在概述性介绍时可以把东南亚华文文学和北美华文文学放在一起分段介绍，等到具体分析研究便通常要分开处理，这当然很有道理，也很好理解。

要把世界各地不同的华文文学在学理上视为一体，也许得依赖“中国性”或“中国意识”。80 年代以来港台资本的涌入唤起对“海外华文文学”的关注，而华侨在现代中国所起的作用由来已久。华侨为现代中国民族革命事业贡献卓著，以致在中国人的心目中，“华侨”和“爱国”几乎是同义词。由此：“海外华文文学”的基本假定在于华侨延伸的海外“中国性”或某种“中国意识”的爱国主义表述。这方面最近的学术研究似乎比较客观理性。比如《海外华文文学教程》的编者便指出，海外华人华侨不存在想当然的“中国人”身份或文化认同，假定海外华人华侨永远保持中国文化属性，这过于简单了，“华人远涉海外，首要的需求是生存”。[1] 该书继而把海外华文作品所呈现的文化认同分为三类：情感型认同、理智型认同和审美型认同。尽管如此，我们还是可以看出，海外“中国性”或“中国意识”在“海外华文文学”的理论概述中仍占据主要地位。这当然容易理解，以“游移”概念集合起来的“海外华文文学”研究领域必须有一个连贯的主题，这就少不了以海外“中国性”或“中国意识”作为主

1 饶凡子、杨匡汉，《海外华文文学教程》，第 10～11 页。

旨。然而，就华美文学来看，文化身份认同，不管是做“中国人”或“美国人”，这不能预设为先决条件。相反，它正是华美经验所隐含的问题所在。如果我们跨越以“游移”概念和华文条件所限定的“海外华文文学”范畴，就事论事看待华美文学，这一点便非常清晰。华美文学是双语的、跨国的文学现象，所谓“跨国”，就是跨越中美两国的国族和文化界限，但也只是涵盖两个国家的文化空间，而不是全球性的游移空间。

要认真研究华美文学，我们必须从亚美文学研究和海外华文文学研究汲取批评睿见，同时超越两者的批评范式，把中英文华美文学作品看作一个整体，进行跨语际比较研究。《华美文学：双语加注编目》便是要展示丰富的华美文学作品文本资料，以便展开批评研究。正如《亚美文学：加注编目》使亚美文学获得主流学界关注起了重要作用，《华美文学：双语加注编目》可以揭示华美文学的双语性质，以建立一个新的研究领域。一方面它可以补充更新 1988 年出版的《亚美文学：加注编目》所编入的华美文学英文部分（这部分只占目前收入的整个英文华美文学作品的一小部分），同时它可以引起中美学界关注一直受到忽视的华美文学中文作品。

从编撰该目录的实际需要出发，《华美文学：双语加注编目》只能收集已出版书籍信息，并用以下定义来界定收入本编目的“华美作家”：在美国有一定连续生活居住经验（5 年或以上）、在此期间从事英语文学创作并在任何时期至少有一本书籍出版的华人作家，以及在美国有一定连续生活居住经验（5 年或以上）、在此期间从事中文文学创作并在任何时期至少有一本书籍出版的华文作家。以书籍出版作为限制条件，当然不是说只有出过书的才算“华美作家”，而完全是出于编撰本目录的实际操作需要，因为如果不设这一限制，该目录基本上无法完成。在美国出版的中文报纸就有几十种，基本上每种报纸都有文学副刊或文学专栏。要把这里的文学作品全部收入，那将有成千上万条。更何况华美作家可以生活在美国，在美国创作，但他们可以把作品寄给中国大陆和香港、台湾地区的杂志和报纸发表，或者直接在网络上剪贴，这使包罗万象的编目工程极为困难。当然，所有“华美作家”创作的作品都应看作华美文学，虽然一般来讲有书籍出版的作家较为成熟，但也无法保证可能因该限制而遗漏了某些华美文学精品。另一方面，由于华美作家跨国流动性大，我并不想对“华美作家”作一个硬性的“理论性”定义，而是以一般性、常识性概念，根据相互关联的族裔、语言、国族和经验等因素的综合原则来界定。也就是说，“华美作家”的界定并不只是按照族裔一个标准：任何在美国有一定连续生活居住经验（5年或以上）的作家所创作的华文作品都是华美文学，虽然我们还没发现有非华人作家用汉语创作并有书籍出版；而英语作品要以华人的族性为限，因为有关“中国”或“中国人”的非华人英语作品太多，虽然这类作品和华美文学在某种意义上关系密切，比如，特别是像赛珍珠的文学作品。[1] 较长时间（5年或以上）居美经验的标准也是任意的，无法在“学理”上说明，但其意旨在强调实在的居美生活经验是个重要标准，以便和中国本土的作家区别，因为现在许多中国作家都到过美国作短期访问，许多作家还不止一次访美。华美作家必须在美国有较长时段实在的生活经验，5年连续居美期只是实际编撰工程中采用的最低标准。另外还需指出，居美期间该作家必须从事文学创作，假如在中国已有成就的作家移民美国后不再有任何文学创作，那也不能算作“华美作家”。

《华美文学：双语加注编目》将揭示华美文学一些主要特征。华美文学包括两个语言群：英语和汉语，其中还有不少作家既有英文作品，也有中文作品。就数量来看，华美文学中文作家远远超过英文作家。这不足为奇，因为华美社区移民人口仍占大多数，而且20世纪60年代以来的华人移民教育程度相当高，其中许多原本是赴美留学生。即使在英语作家群中，虽然有些美国土生土长的作家知名度颇高，但以英语为第二语言创作的英语移民作家人数也越来越多，几乎要赶上美国土生土长的作家人数。在中文作家群中，我们已发现有个别美国土生土长的作家有中文书籍出版。在英文作家群中，女性作家占大多数，而在中文作家群中，男性作家仍然居

1 必须承认，该编目没把赛珍珠算作“华美作家”实为憾事，其实赛珍珠出生3个月就被带到中国，在中国长大，除了有4年回美国上大学，她直到40岁才返回美国定居。赛珍珠代表的可以称作“美国人的中国经验”，而有此类经验的美国作家今后会越来越多，他们也应该算作“华美作家”，华美文学研究应该对此现象保持关注。

多。英文和中文作家整体来看，女性和男性作家人数差不多。整体上看，华美文学主要是当代现象：20 世纪上半期已有许多作家创作活跃，但绝大部分作家今天仍然健在，并处于创作活跃期，新的作家也不断涌现。英语作家（包括移民英语作家）在美国居住比较安稳，中文作家跨国流动性则较大，其中大多数也是永久居住美国，但有一部分可以称作“准移民”，他们可能在中美间轮流居住，或者多年居美后目前居住在中国。中文作家群还可以再分为两个群体：来自中国台湾的作家（包括少部分来自中国香港），其中大多数六七十年代移民美国，较为年长，知名度较高；另一部分是 70 年代末以来自中国大陆移民美国的作家。值得注意的是，现在中国大陆来的中文作家人数远远超过来自中国台湾和中国香港的，这是近 20 年来华美文学一个崭新的繁荣景象。在英文和中文两组作家群中，还有来自第三国（主要是东南亚）的作家。华美文学英语作品基本上都在美国出版，中文作品则可能在中国台湾、中国香港、中国大陆或美国出版。中国台湾和中国香港来的作家，其作品一般都在港台发表出版，也有相当一部分较为知名的作家的作品在大陆再版。中国大陆来的作家，其作品基本上在中国大陆出版，但也有一些作家的作品在港台出版。值得注意的是，许多华美文学中文作品原先发表于美国的中文报纸，后结集成书在中国大陆、香港或台湾地区出版。近年来美国还出现了一些小型的中文出版商，所以有些中文书籍是在美国出版。

就文类来看，华美文学包括各种文类：诗、戏剧、长篇小说、短篇小说、侦探小说、科幻小说、散文、自传、回忆录、游记、儿童文学等等。在英文以及中文作品中，华美文学最常见的文学表达形式是自传/半自传性小说/回忆录，这从某种意义上说明华美文学很大程度上是以经验为导向，华美经验似乎既独特又精彩，甚或充满沧桑，反正值得大书特书。儿童文学在英文作品中成为一景，也许和华人儿童在美成长有关。中文作品中游记作品较为普遍，也许和移民作家体验“新大陆”风情有关，也带有某种猎奇心态。中文作品中较为常用的文类是散文，中国文学传统“写文章”要比英文传统更为普及，而且此类创作非常适合报纸文学副刊，作家可以随意对人生或文化体验侃侃而谈，短小精悍，先在报纸副刊发表，然后有机会再结集成书出版。

《华美文学：双语加注编目》充分展现了华美文学的双语性质，并有助于揭示华美作家的文学实践取决于跨越中美两国之社会历史因素。它将有助于华美文学中文作家和英文作家进行有意义的对话，以探寻根植于华美跨国经验的共同点。中英文华美文学同时关注两个相关的主题：拥美和释华，即以主人翁姿态融入、拥有美国，同时重新界定、阐释对中国文化的认同和体认，批评工作就是要揭示基于此种关注而采取的不同策略和问题。大部分英文华美文学作品不能完全摆脱对中华文化传统的关注，而中文华美文学作品的常见主题正是有关“美国梦”的阐述。在某些土生土长的“文化民族主义”作家（如赵健秀和汤亭亭）的作品中，其“拥美”欲望极为明显，但同时对中华文化遗产的焦虑亦最为剧烈。而对英文移民作家来说，他们的主要作用似乎就是对美国读者讲解“中国”，因为他们大多数作品都涉及和中国有关的主题，故事往往也发生在中国。另一方面，中文作家的一个着重点正是为中国读者写美国：写他们对美国人、美国文化和价值的看法和评论，写他们在美国的经历，写他们为实现“美国梦”所付出的艰辛和教训，等等。当中文作品呈现“海外爱国”情怀之时（例如 20 世纪 70 年代的“保钓运动”），其实也正是因为“家”的概念夹在中美之间出现危机，游子表露无家可归之叹的一种方式。事实上，海外学生的“保钓运动”正是受到美国民权运动的触动，当时卷入此场运动的中文华美作家如张系国、刘大任等，都是加州大学伯克利分校的学生，而与此同时，徐忠雄正在联络其他华美英语作家，开始挖掘亚美文学传统，并制定亚美文学的经典规范。

《华美文学：双语加注编目》将成为图书馆收藏的重要参考书，成为研究华美文学的必要工具。它将为许多领域和学科如美国研究、亚美研究、中国研究、中国文学研究、比较文学研究、跨文化研究提供第一手研究资料。但更重要的是，它将有助于推广产生一个新的跨学科、跨语际研究领域，缩短美国研究和中国研究之间的鸿沟。华美文学涵盖中、美在内并跨越两者的跨国空间。理解华美情怀及其生存状态和问题所在，这对理解当今世界最为重要的双边关系必定裨益匪浅。

参考书目

曹桂林：《北京人在纽约》，北京：中国文联出版社，1991 年。

陈贤茂主编：《海外华文文学史初编》，厦门：鹭江出版社，1999 年。

张敬珏（King-Kok Cheung）和斯坦·由根（Stan Yogi）编：《亚美文学：加注编目》（*Asian American Literature: An Annotated Bibliography*）（New York: The Modern Language Association of America, 1988）

赵健秀（Frank Chin）、陈耀光（Jeffery Paul Chan）、老森·房雄·稻田（Lawson Fusao Inada）和徐忠雄（Shawn Hsu Wong）编：《哎咿！亚美作家文选》（*Aiiieeeee! An Anthology of Asian American Writers*）（Washington, DC: Howard University Press, 1974）

谭雅伦（Marlon K. Hom）：《金山歌集》（*Songs of Gold Mountain: Cantonese Rhymes from San Francisco Chinatown*）（Berkeley: University of California Press, 1987）

金惠经（Elaine Kim）：《亚美文学》（*Asian American Literature: An Introduction to the Writings and Their Social Context*）（Philadelphia: Temple University Press, 1982）

—.“前言”，林雪莉（Shirley Geok-lin Lim）和林英敏（Amy Ling）编：《阅读亚美文学》（*Reading the Literatures of Asian America*）（Philadelphia: Temple University Press, 1992）

汤亭亭（Maxine Hong Kingston）：《女勇士》（*Woman Warrior*）（New York: Vintage International, 1975）

赖伯疆：《海外华文文学概观》，广州：花城出版社，1991 年。

麦礼谦（Him Mark Lai）、林小琴（Genny Lim）和 Judy Yung 编：《埃伦诗集》（Island: *Poetry and History of Chinese Immigrants on Angel Island 1910-1940*）（Seattle: University of Washington Press, 1980）

刘柏川（Eric Liu）：《偶然生为亚裔》（*The Accidental Asian*）（New York: Vintage Books, 1998）

饶芃子和杨匡汉主编：《海外华文文学教程》，广州：暨南大学出版社，2009 年。

维纳·索罗斯（Werner Sollors）：“引言：文化战争之后，或曰，从‘英语独尊’到‘英语加其他语言’”（“Introduction: After the Culture Wars; or, From ‘English Only’ to ‘English Plus,’”），维纳·索罗斯编：《多语种美国：跨国性、族裔性和

美国文学的语言》（*Multilingual America: Transnationalism, Ethnicity, and the Languages of American Literature*）（New York: New York University Press, 1998）

黄秀玲（Sau-ling Cynthia Wong）：《阅读亚美文学》（*Reading Asian American Literature*）（Princeton: Princeton University Press, 1993）

徐忠雄（Shawn Wong）：《亚美文学：概述及文选》（*Asian American Literature: A Brief Introduction and Anthology*）（New York: HarperCollins College Publishers, 1996）

尹晓煌（Xiao-huang Yin）：《美国华裔文学史》（*Chinese American Literature since the 1850s*）（Urbana: University of Illinois Press, 2000）

周励：《曼哈顿的中国女人》，北京：北京出版社，1992年。

上篇：华美文学英文作家作品

1. 杰克·亨利·阿伯特（Abbott, Jack Henry）（1944-2002）

男，生于密歇根州，父亲为爱尔兰裔美国人，母亲为中国人。

—.《兽腹之中：来自监狱的信》（诺曼·梅勒序）（*In the Belly of the Beast: Letters from Prison*. New York: Random, 1981）

- 给美国作家诺曼·梅勒的信，描述了美国监狱系统中的不公平现象。

—. 与内奥米·扎克（Naomi Zack）合著：《归途》（My Return. Buffalo, NY: Prometheus Books, 1987）

- 作者因谋杀曼哈顿一家咖啡馆经理理查德·亚旦而被判入狱。本书为作者自辩的一系列文章。

2. 包圭漪（Bean, Cathy Bao）（1942-）

女，生于桂林，1946 年移居纽约市，在新泽西州长大。

—.《筷子和刀叉启示录》（The Chopsticks-Fork Principle: A Memoir and *Manual*. NJ: We Press, 2002）

- 作者用幽默的笔调记录自己融入多元文化的心得，讲述了如何处理跟西方艺术家丈夫的文化差异及如何让儿子接受中西合璧的文化熏陶。

3. 白萱华（Berssenbrugge, Mei Mei）（1947- ）

女，生于北京，父亲为荷兰裔美国人，母亲为中国人。1948 年举家迁往马萨诸塞州。1974 年起定居于新墨西哥州北部。她的诗歌多同纽约画派（抽象表现主义）、现象学和视觉艺术有关。

—.《巢》（Nest. Berkeley, CA: Kelsey St, 2003）

—.《观众》（Audience. Brooklyn, NY: Belladonna Books, 2000）

—.《四岁的女孩》（Four Year Old Girl. Berkeley, CA: Kelsey St, 1998）

—. 与基基·史密斯合著：《内分泌学》（Endocrinology: Poetry, Art.

Berkeley, CA: Kelsey St, 1997）

—. 与理查德·塔托合著：《球度》（Sphericity. Berkeley, CA: Kelsey St, 1993）

—.《水》（Mizu. Tucson, AZ: Chax, 1990）

—.《同情》（Empathy. Barrytown NY: Station Hill, 1989）

—. 与理查德·塔托合著:《藏匿》(Hiddenness. New York: Library Fellows of the Whitney Museum of Art, 1987 ）

—.《敝帚集》（Pack Rat Sieve. New York: Contact II Publications, 1983）

—.《谈天》（Tan Tien. Milwaukee, Wis.: Woodland Pattern Book Center/Black Mesa Press, 1984）

—.《热鸟》（The Heat Bird. Providence, RI: Burning Deck, 1983）

—.《随意的拥有》（Random Possession. New York: I. Reed Books, 1979）

—.《峰随浪转》（Summits Move with the Tide. Greenfield Center, NY: Greenfield Review, 1974 ）

—.《鱼魂》（ Fish Souls. San Francisco: Greenwood Press, 1971 ）

4. 格瑞斯·李·伯格斯（Boggs, Grace Lee） （1915- ）

女，生于罗得岛，父母为中国移民。作家，演说家，社会活动家。

—.《为变革而生活：自传》（Living for Change: An Autobiography. Minneapolis: University of Minnesota Press, 1998）

- 记录了作者如何参与社会运动，建立公平环境，沟通不同民族和年龄的人。

5. 宝娥婕（Boler, Olivia J）

女，生于旧金山。

—.《雾女》（Year of the Smoke Girl. Roseville, CA: Dry Bones Press, 2000）

- 小说。一半中国血统的母亲去世，美国白人父亲日益沉默，她离开了工作的城市，与同性爱人奔赴欧洲，最后在母亲长大的城市旧金山寻得自我身份。

6. 何舜廉（Bynum, Sarah Shun-Lien）

女，生于得克萨斯州，在波士顿长大。母亲生于重庆，1948 年赴美。父亲美国人。现居洛杉矶。

—.《汉佩尔小姐日记》（Ms. Hempel Chronicles. Florida: Houghton Mifflin Harcourt Press, 2008）
- 八个互相关联的故事，关于一位中学英文教师的生活。

—.《玛德琳在沉睡》（Madeleine Is Sleeping. Florida: Harcourt , Brace & Company, 2004）
- 奇幻小说，由一个法国乡下小女孩玛德琳的梦境组成，分为多篇故事。

7. 翟梅莉（Chai, May-lee）（1967- ）

女，生于美国加州，母亲为爱尔兰裔美国人，父亲为中国上海人。

—.《哈帕女孩》（*Hapa Girl: A Memoir*. Philadelphia: Temple UP, 2007）
- 讲述了 1979 年作者 12 岁时，一家人从纽约搬到南达科塔州的所见所闻。“哈帕”（Hapa）为夏威夷语，表“混血的”。

—. 与父亲翟文伯（Winberg Chai）合著：《紫金山的姑娘》（*The Girl from Purple Mountain*. New York: St. Martin’s Press, 2001）
- 以北伐战争、日本侵略南京等历史事件为背景，讲述作者的祖母、中国第一批女大学毕业生曹美恩非凡的一生。

—.《富有魅力的亚裔》（*Glamorous Asians*. Indianapolis : University of Indianapolis Press, 2004）
- 短篇故事和散文合集，讲述亚裔美国人形形色色的生活体验。

—.《好面相》（*My Lucky Face*. New York: Soho Press, 1997）

- 小说，讲述一位英文女教师受外教影响，冲破平庸生活的局限，寻求自由和自我实现。

8. 大为・陈（Chan, David Marshall）（约 1970 - ）
男，在南加州长大。现居明尼苏达州。

—.《精灵水果》（*Goblin Fruit: Stories*. New York: Context Books, 2003）
- 短篇故事集。描写在南加州长大的亚裔美国人经历。

9. 陈耀光（Chan, Jeffery Paul）（1942- ）
男，生于美国加州，第三代华裔，在加州里士满长大，目前住在加州马林镇 （Marin County）。

—.《死前吃他个遍》（*Eat Everything Before You Die: A Chinaman in the Counterculture*. Seattle: University of Washington Press, 2004）
- 小说，讲述唐人街“单身汉社区”里一个孤儿的故事。主人公努力想创建自己的家庭，在充斥着性、毒品和摇滚乐的美国流行文化中寻找自我。

10. 珍妮弗・陈（Chan, Jennifer L）（1967- ）
女，在芝加哥唐人街长大，目前职业为律师。

—.《小女孩》（*One Small Girl*. Chicago: Polychrome Publishing, 1993）
- 儿童读物，讲一个小女孩往来于唐人街祖母和叔叔的店之间，把大人们要得团团转。

11. 张粲芳（Chang, Diana）（1934-2009）
女，生于纽约，父亲为中国人，母亲为中爱（爱尔兰）混血。在北京和上海的英文学校受教育。二战之后回到美国，1949 年毕业于伯纳德学院（Barnard College）。住在费城。

—.《预感》（*Inklings*. West Islip, NY: Live Poets Society, 1999）

—.《思想的惊奇：来自诗画乐舞的灵感》（*The Mind's Amazement: Poems Inspired by Paintings, Poetry, Music, Dance*. West Islip, NY: Live Poets Society, 1998）

—.《土，水，光：长岛东端的颂歌》（*Earth, Water, Light: Poems Celebrating the East End of Long Island*. Brentwood, NY: Binham Wood Graphics, 1991）

—.《马蒂斯的追求》（*What Matisse Is After: Poems and Drawings*. New York: Contact House, 1984）

—.《地平线确在讲话》（*The Horizon is Definitely Speaking*. Port Jefferson, NY: Backstreet Editions, Street Press, 1982）

—.《完美恋情》（*A Perfect Love*. New York: Jove, 1978）

- 小说，讲一位女设计师婚后性生活不得意，后来迷恋上一个年轻小伙子。

—.《四目相对》（*Eye to Eye*. New York: Harper and Row, 1974）

- 小说，主人公是一位美国视觉艺术家，他婚姻美满却迷恋另一个女人。为了让自己得到自由，他接受心理治疗，并因此发现了自己的艺术价值。

—.《镇上唯一的游戏》（*The Only Game in Town*. New York: New American Library, 1963）

- 荒诞小说，讲述一名美国白人和平队志愿者和一位中国舞女的爱情故事。

—.《生命的热望》（*A Passion for Life*. New York: Random, 1961）

- 一位白人女性遭强奸怀孕，却不能合法堕胎，小说由此向人们讲述一个两难的困境。

—.《女人三十》（*A Woman of Thirty*. New York: Random, 1959）

- 本书讲述了纽约出版界一段并不愉快的婚外情。

—.《爱的疆域》（*The Frontiers of Love*. New York: Random House, 1956）

- 以二战后期的上海为背景，讲述3位欧亚混血的年轻人寻找自己的文化身份。

12. 张爱玲（Chang, Eileen）（1920-1995）

女，生于上海，1955年搬到美国，曾居纽约和加州。

（双语作家，中文作品参见下篇张爱玲条目）

—.《易经》（*Book of Change*. Hong Kong: Hong Kong University Press, 2010）

- 作者1963年写成的英文自传体小说，讲述她在香港大学读书的岁月。

—.《雷峰塔》（*The Fall of the Pagoda.* Hong Kong: Hong Kong University Press, 2010）

- 作者1963年写成的英文自传体小说，是作者对4岁至18岁生活的回忆。

—.《怨女》（*The Rouge of the North*. London: Cassell, 1967）

- 中篇小说《金锁记》的扩写。

—.《赤地之恋》（*Naked Earth*. Kowloon, Hong Kong: Union Press, 1956）

- 小说，讲述新中国成立初期农村地区人民的艰苦。

—.《秧歌》（*The Rice-Sprout Song*. New York: Scribner, 1955）

- 小说，讲述20世纪50年代中国农村土改运动的作用。

13. 张佳林 （Chang, Henry） （1951- ）

男，生于长于纽约唐人街，第二代华裔。

—.《狗年》（*The Year of the Dog*. New York: Soho, 2008）

- 以悬疑小说的形式探索华裔的文化，主角是上部小说中的警探杰克·于（Jack Yu）。

—.《中国城脉动》（*Chinatown Beat*. New York: Soho, 2006）

- 犯罪小说，主角是一位在唐人街巡逻的警探杰克·于。

14. 张歆海（Chang, Hsin-hai）（1898-1972）

男，生于上海，1918 年在美国约翰霍普金斯学院和哈佛大学学习，在中国和美国都居住过，从事外交工作。

—.《四海之内》（*Within the Four Seas: Being the Views of a Disciple of Confucius on the Prospects of Peace on Earth*. New York: Twayne, 1958）

- 作者从儒家思想出发，对世界和平前景提出自己的看法。

—.《美妾》（*The Fabulous Concubine*. New York: Simon, 1956）

- 故事以 19 世纪末的义和团运动为大背景，讲述中国外交官员和其美妾金兰的故事，再现了满清统治下的复杂权力关系。

—.《一个中国外交官的信》（*Letters from a Chinese Diplomat*. Shanghai: Chinese American Publishing, 1948）

15. 张纯如（Chang, Iris）（1968-2004）

女，生于新泽西普林斯顿，长于伊利诺伊州，第二代华裔，居圣荷西。因抑郁症自杀。

—.《南京暴行：被遗忘的大屠杀》（*The Rape of Nanjing: The Forgotten Holocaust of World War II*. New York: Basic Books, 1997）

- 记述日军南京大屠杀暴行。

—.《蚕丝》/《中国飞弹之父——钱学森之谜》（*Thread of the Silkworm*. New York: Basic Books, 1995）

- 钱学森传记。讲述了华人科学家钱学森为美国火箭科技做出贡献，后成为麦卡锡主义的牺牲品而离开美国，成为中国导弹计划的带头人。

16. 张岚（Chang, Lan Samantha）（1965- ）

女，生于威斯康星州，第二代华裔。现居爱荷华州，主持爱荷华大学作家工作坊。

—.《未曾失去，只是遗忘》（*All Is Forgotten, Nothing Is Lost: A Novel.* New York: W.W. Norton and Co., 2010）

- 小说，讲述一家著名写作学校的教授与她班上两位学生的故事。

—.《遗产》（*Inheritance.* New York: W.W. Norton and Co., 2004）

- 小说，一段复杂的姐妹感情影响了家族几代人。

—.《饥饿》（*Hunger: A Novella and Stories*. New York: W.W. Norton and Co., 1998）

- 中篇小说及其他。借对战争和魔法、食物和欲望、鬼魂和家族的描写，描绘出在美国的中国移民生活状态。

17. 张墀言（Chang, Leslie）（1971- ）

女，第二代华裔。

—.《窄门之外：四个中国女人从中央之国到美国中部的旅程》（*Beyond the Narrow Gate: The Journey of Four Chinese Women from the Middle Kingdom to Middle America*. New York: Dutton, 1999）

- 回忆录，记录作者母亲从中国大陆迁往中国台湾，又移民美国的历程。

18. 莱斯利・C・张（Chang, Leslie C）（1970- ）

女，第二代华裔。现居纽约市。

—.《不再让我欢喜的东西：诗歌集》（*Things That No Longer Delight Me: Poems.* New York: Fordham University Press, 2010）

19. 张邦梅（Chang, Pang-Mei Natasha）（1965- ）

女，在康涅狄格州长大。徐志摩第一任妻子张幼仪的侄孙女。

—.《小脚与西服：张幼仪与徐志摩的家变》（*Bound Feet & Western Dress, A Memoir*. New York: Anchor Books, 1996）（台湾：智库出版社，2003）

- 回忆录，记录姑婆张幼仪对待婚姻和传统的看法，也记录了自己在中西文化冲击下的思维变化。

20. 萨罗林娜·沈·张（Chang, Sarolina Shen）（1948- ）

女，生于台湾基隆，1973 年之后定居美国。

—.《他们回来了》（*They Return*. Kentucky: Finishing Line Press, 2009）

- 诗集

—.《落日边十分之一的彩虹》（*One Tenth of a Rainbow by the Setting Sun*. North Carolina: March Street Press, 2005）

- 诗集

21. 蒂娜·张（Chang, Tina）（1969- ）

女，生于长于纽约，第二代华裔。

—.《屋中半点灯》（*Half-Lit Houses*. New York: Four Way Books, 2004）

- 诗集

22. 维多利亚·M·张（Chang, Victoria M.）（1970- ）

女，生于密歇根州底特律，第二代华裔，现居加州。

—.《槐叶苹》（*Salvinia Molesta*. Athens: University of Georgia Press, 2008）

—.《循环》（*Circle: Poems*. Carbondale: Southern Illinois University Press, 2005）

- 诗集，灵感来自美国超验主义者爱默生的同名散文。

23. 艾维莉娜・赵（Chao, Evelina）（1949- ）

女，生于芝加哥，第二代华裔。圣保罗室内乐团提琴手。

—.《爷爷家》（*Yeh Yeh's House: A Memoir*. New York: St. Martin's Press, 2004）

- 回忆录。记录作者和母亲一起踏上回乡寻根之旅，思考家庭的本质和隔代亲人的关系问题。

—.《慈悲之门》（*Gates of Grace*. New York: Warner, 1985）

- 小说，讲一位中国女子1949年新中国成立后移民纽约唐人街。

24. 赵敏恒（Chao, Ming-Heng Thomas）（1904-1961）

男，生于南京，1923年赴美留学，在密苏里新闻学院学新闻并随后在纽约从事新闻工作，1928年回国，成为民国时期著名记者。

—.《影子的形状：一位中国学生在美国》（*Shadow Shapes: Memoirs of a Chinese Student in America*. Peking: Peking Leader Press, 1928）

- 自传。

25. 赵惠纯（Chao, Patricia）（1955- ）

女，生于加州，长于新英格兰，第二代华裔。

—.《狂舞曼波》（*Mambo Peligroso: A Novel*. New York: HarperCollins, 2005）

- 小说。讲述一位混血女孩的跨文化经历。卡特琳娜成长在新英格兰州，拥有一半日本血统、一半古巴血统。后来投世界著名的舞蹈家门下，学习曼波舞。

—.《猴王》（*The Monkey King*. New York: HarperCollins, 1997）

- 小说，主角萨莉・王是纽约一位事业有成的艺术指导，已离婚，却在27岁的时候试图自杀。

26. 陈庆怡（Chen, Ching-in）（1978- ）

女，生于纽约州，父母为中国移民，现居加州。

—.《心的交通》（*The Heart's Traffic*. Los Angeles: Red Hen Press, 2009）

- 本书是以诗歌形式呈现的小说。各种不同的声音和节奏描绘了移民女孩小梅的生活和旅途，以及她在这个过程中渐渐形成的性别意识和身份定位。

27. 陈达（Chen, Da）（1962- ）

男，生于福建，1985年迁往美国，曾就读于哥伦比亚大学法学院，现居纽约哈德逊山谷。

—.《剑》（*Sword: A Novel*. New York: Laura Geringer Books, 2008）

- 儿童小说。

—.《兄弟》（*Brothers: A Novel*. New York: Shaye Areheart Books, 2006）

- 家史，以一对同父异母的兄弟为主角，记录“文化大革命”期间和“文化大革命”后的家族历史。

—.《中国崽：在文革中成长》（*China's Son: Growing Up in the Cultural Revolution*. New York: Delacorte Press, 2001）

- 根据自传《山色》改编，适合青少年阅读。

—.《流浪的武士》（*Wandering Warrior*. New York: Delacorte Press, 2003）

- 儿童小说。

—.《水声》（*Sounds of the River: A Memoir*. New York: HarperCollins, 2002）

- 主人公在大学里生活条件恶劣，室友有自杀倾向，教授们以权谋私，但他仍决心学习“一切西方的东西”。他的梦想就是去大洋彼岸的美利坚。

—.《山色》（*Colors of the Mountain.* New York: Random House, 1999）

- “文化大革命”回忆录，主人公因出身地主，在学校受到不公平待遇。

28. 莉莎·陈（Chen, Lisa）（1973- ）

女，生于台北，长于旧金山湾区。曾就读加州大学伯克利分校。目前住在纽约。

—.《嘴》（*Mouth*. New York: Kaya Press, 2007）

- 诗集，记录不被人注意的东西，如翻译的故事碎片、没有回应的对话、一个房间的静默的沉着。

29. 陈元珍（Chen Yuan-tsung）（1932- ）

女，生于上海，1972 年迁往美国。

—.《民国外交强人陈友仁——一个家族的传奇》（*Return to the Middle Kingdom: One Family, Three Revolutionaries and the Birth of Modern China*. New York: Union Square Press, 2008）（香港：三联书店（香港）有限公司，2009）

—.《龙的村庄》（*The Dragon's Village: An Autobiographical Novel of Revolutionary China*. New York: Pantheon, 1980）（上海：上海文艺出版社，1990）

- 自传体小说，描写中国土地改革运动。

30. 郑念（Cheng, Nien）（1915-2009）

女，生于北京，1935 年在伦敦经济学院就读，1940 年回国。1980 年迁往加拿大，1983 年到华盛顿，1988 年加入美国籍。

—.《上海生死劫》（*Life and Death in Shanghai*. New York: Grove, 1987）（《上海生与死》台北市：大鸿图书有限公司，1987）（《上海生死

劫》北京：中外文化出版公司，1988）

- 回忆录。讲述“文化大革命”期间所受的迫害。

31. 陈泰伦（Cheng, Terrence）（1972- ）

男，生于台北，父母原在北京，全家1973年迁往美国。长于纽约，目前住在纽约。

—.《深山之中：遇见朱屺瞻》（*Deep in the Mountains: An Encounter with Zhu Qizhan*. New York: Watson-Guptill, 2007）

- 历史小说，以中国画家朱屺瞻为原型。

—.《天国子孙》（*Sons of Heaven*. New York: William Morrow, 2002）

- 史诗小说，受“天安门事件”启发而作。

32. 陈香梅（Chennault, Anna [Chen Xiangmei]）（1925- ）

女，生于北京，丈夫是“飞虎队”指挥官陈纳德。现住在华盛顿。（双语作家，中文作品参见下篇陈香梅条目）

—.《安娜的教育》（*The Education of Anna*. New York: Times Books, 1980）

- 自传。

—.《陈纳德与飞虎队》（*Chennault and the Flying Tigers*. New York: Paul S. Eriksson, 1963）（上海：学林，1988）

- 其夫克莱尔·陈纳德传记。

—.《一千个春天》（*A Thousand Springs: The Biography of a Marriage*. New York: Paul S. Eriksson, 1962）（台北：传记文学，1978）

- 本书回忆了作者与陈纳德将军的生死恋情，从1944年二人的相识相知一直写到1958年的天人永隔。林语堂撰写前言。

33. 蒋慧萍（Chiang, Fay）（1952- ）

女，生于长于纽约市皇后区，第二代华裔。

—.《美轮的歌》（*Miwa's Song*. Bronx, NY: Sunbury Press, 1982）

- 诗集。

—.《矛盾城市》（*In the City of Contradictions*. Bronx, NY: Sunbury Press, 1979）

- 诗集。

34. 蒋梦麟（Chiang, Monlin [Jiang Menglin]）（1886-1964）

男，生于浙江余姚，在哥伦比亚大学取得教育学博士学位，导师为约翰·杜威。

—.《西潮》（*Tides from the West: A Chinese Autobiography*. New Haven: Yale UP, 1947）（台北：中华日报社，1959）

- 自传。作者曾担任过国民政府教育部部长和行政院秘书长。

35. 蒋彝（Chiang Yee，也写作 Chiang I）（1903-1977）

男，生于江西九江，1933 年赴英，1955 年赴美，在哥伦比亚大学教书。（双语作家，中文作品参见下篇蒋彝条目）

—.《重访祖国》（*China Revisited, after Forty-Two Years*. New York: Norton, 1977）（香港：三联，1980）

—.《日本画记》（*The Silent Traveller in Japan*. New York: Norton, 1972）

—.《旧金山画记》（*The Silent Traveller in San Francisco*. New York: Norton, 1964）

—.《波士顿画记》（*The Silent Traveller in Boston*. New York: Norton, 1959）

—.《巴黎画记》（*The Silent Traveller in Paris*. London: Methuen, 1956）

—.《都柏林画记》（*The Silent Traveller in Dublin*. London: Methuen, 1953）

—.《中国绘画》（*Chinese Painting*. London: Faber & Faber, 1953）

—.《纽约画记》（*The Silent Traveller in New York*. New York: Day, 1950）

—.《牛津画记》（*The Silent Traveller in Oxford*. London : Methuen, 1944）

（上海：上海人民出版社，2009）

—.《大鼻子》（*Dabbitse*. London and New York: Transatlantic Arts, 1944）

—.《缅甸公路上的人》（*The Men of Burma Road*. London: Methuen, 1942）

—.《约克郡画记》（*The Silent Traveller in Yorkshire Dales*. London: Methuen, 1941）

—.《金宝在动物园》（*Chinpao at the Zoo*. London: Methuen, 1941）

—.《儿时琐忆》（*A Chinese Childhood*. London: Methuen, 1940）

—.《鸟和兽》（*Birds and Beasts*. London: Country Life, 1939）

—.《金宝和大熊猫》（*Chin-Pao and the Giant Pandas*. London: Country Life, 1939）

—.《战时画记》（*The Silent Traveller in War Time*. London: Country Life, 1939）

—.《中国书法》（*Chinese Calligraphy: An Introduction to its Aesthetic and Technique*. London: Methuen, 1938）（上海：上海书画出版社，1986）

—.《伦敦画记》（*The Silent Traveller in London*. London: Country Life, 1938）（上海：上海人民出版社，2009）

—.《湖区画记》（*The Silent Traveller: A Chinese Artist in Lakeland*. London: Country Life, 1937）（上海：上海人民出版社，2009）

- “哑行者”系列第一本。蒋彝以“哑行者”的身份，用散文、诗歌、绘画等形式记录下他在英国、美国、日本等国的游记。

—.《中国眼》（*The Chinese Eye: An Interpretation of Chinese Painting*. London: Methuen, 1935）

36. 詹捷立（Chieng, Chieh）（1976- ）

男，生于香港，七岁时到加州橘子郡。

—.《长留不归》（*A Long Stay in a Distant Land*. New York: Bloomsbury, 2005）

- 讲述林家三代在美国富有悲喜剧色彩的传奇经历。

37. 赵健秀（Chin, Frank）（1940- ）

男，生于加州伯克利，自称“第五代中国人”。

—.《生于美国：日裔美国人的故事》（*Born in the USA: A Story of Japanese America, 1889-1947.* Lanham, MD: Rowman & Littlefield, 2002）

- 通过采访、流行乐、小说和报刊杂志等多种形式，勾勒出二战前第一代和第二代日裔美国人的生活状态。

—.《刀枪不入的佛教徒及其他散文》（*Bulletproof Buddhists and Other Essays*. Honolulu: University of Hawaii Press, 1998）

- 6 篇散文。4 篇讨论亚洲人的生活体验，尤其是在加州的中国人。另外两篇讲作者 1962 年去古巴和 1994 年参加作家会议时的新加坡印象。

—.《甘加丁之路》（*Gunga Din Highway: A Novel*. Minneapolis: Coffee House Press, 1994）（南京：译林出版社，2004）

- 描写一个华人家庭，颠覆美国人对华人的刻板印象。

—.《唐老鸭》（*Donald Duk: A Novel*. Minneapolis: Coffee House Press, 1991）

- 小说，主角是个 12 岁的华人男孩。

—.《华人太平洋与旧金山铁路公司》（*The Chinaman Pacific and Frisco R.R. Co.: Short Stories.* Minneapolis: Coffee House Press, 1988）

- 短篇故事 3 篇。关于华裔的生活体验。

—.《鸡舍华人和龙年》（*The Chickencoop Chinaman and The Year of the Dragon: Two Plays*. Seattle: University of Washington Press, 1981）

- 戏剧两种。讽刺对亚裔美国人的成见。

38. 贾斯汀·陈（Chin, Justin）（1969- ）

男，生于马来西亚，在新加坡受教育，18 岁赴夏威夷，1980 年到旧金山。

—.《伤心》（*Gutted*. San Francisco: Manic D Press, 2006）

- 诗歌，以父亲的去世为主题。

—.《食人莲进攻》（*Attack of the Man-Eating Lotus Blossoms*. San Francisco: Suspect Thoughts Press, 2005）

- 行为艺术文集，关于同性恋者身份、种族文化和归属问题。

—.《灰烬的重担》（*Burden of Ashes*. Los Angeles: Alyson Books, 2002）

- 散文，关于成长和步入社会。

—.《无害药》（*Harmless Medicine*. San Francisco: Manic D Press, 2001）

- 诗歌，关于艾滋病和其他主题。

—.《杂种狗》（*Mongrel: Essays, Diatribes, and Pranks*. New York: St. Martin's Press, 1999）

- 散文，关于亚裔美国同性恋的身份。

—.《硬咬》（*Bite Hard*. San Francisco: Manic D Press, 1997）

- 诗歌小说戏剧集。

39. 陈美玲（Chin, Marilyn Mei Ling）（1955- ）

女，生于香港，襁褓时就移民美国，在俄勒岗州波特兰长大，现居加州圣迭戈。

—.《月狐的复仇》（*Revenge of the Moon Cake Vixen*. New York: Norton, 2009）

- 成长小说，以中国古代神话、鬼故事和传奇为基础，探索亚裔移民生活状态。

—.《单调黄色狂想曲》（*Rhapsody in Plain Yellow*. New York: Norton, 2002）

- 诗集，试图结合东西，融合高雅大众，让古代中国历史和当今美国社会碰面。

—.《凤去台空》（*The Phoenix Gone, the Terrace Empty*. Minneapolis: Milkweed, 1994）

- 诗集。

—.《矮竹》（*Dwarf Bamboo*. New York: Greenfield Review, 1987）

- 诗集。

40. 露西·陈（Chin, M. Lucie）（1947- ）
女。

—.《库库仙女的故事》（*The Fairy of Ku-she*. New York: Ace Books, 1988）

41. 陈曜豪（Chin, Oliver Clyde）（1969- ）
男，在加州洛杉矶长大，儿童作家。

—.《虎年生肖故事》（*The Year of the Tiger: Tales from the Chinese Zodiac*. San Francisco: Immedium, 2010）

—.《巴尔塔扎与飞海盗》（*Baltazar and the Flying Pirates*. San Francisco: Immedium, 2009）

—.《牛年生肖故事》（*The Year of the Ox: Tales from the Chinese Zodiac*. San Francisco: Immedium, 2009）

—.《欢迎来到魔鬼岛》（*Welcome to Monster Isle*. San Francisco: Immedium, 2008）

—.《鼠年生肖故事》（*The Year of the Rat: Tales from the Chinese Zodiac*. San Francisco: Immedium, 2008）

—.《蒂米和泰米的思绪》（*Timmy and Tammy's Train of Thought*. San Francisco: Immedium, 2007）

—.《黑带小朱莉》（*Julie Black Belt*. San Francisco: Immedium, 2007）

—.《猪年生肖故事》（*The Year of the Pig: Tales from the Chinese Zodiac*. San Francisco: Immedium, 2007）

—.《狗年生肖故事》（*The Year of the Dog: Tales from the Chinese Zodiac*. San Francisco: Immedium, 2006）

—.《超人宝贝奇遇记》（*The Adventures of WonderBaby*. San Francisco: Immedium, 2005）

—.《九个学生眼中的世界》（*9 of 1: A Window to the World*. Berkeley, CA: Frog Books, 2003）

- 图片小说。讲述 9 个十一年级学生在美国历史课上做口头报告，展示“9·11”恐怖袭击后不同背景的人的反应。

—.《姚明——美国最有名的华人》（*Tao of Yao: Insights from Basketball's Brightest Big Man.* Wisconsin: Frog Books, 2003）（台北：智库股份有限公司，2004）

- 讲述姚明闯荡 NBA 赛场的故事，并穿插《道德经》选段，说明姚明的成功离不开中国文化的熏陶。

42. 莎拉·陈（Chin, Sara）（?-）

女，美国华裔，在旧金山生活工作。

—.《水平线下》（*Below the Line.* San Francisco: City Lights, 1997）

- 短篇小说集，讲述五代华裔的故事。

43. 陈松柏（Chin, Tung Pok）（1915-1988）

男，生于广东台山，1934 年充当“买纸仔”移民美国。

—. 与女儿陈春卿（Winifred C. Chin）合著：《买纸仔》（*Paper Son: One Man's Story*. Philadelphia: Temple UP, 2000）

- 记述排华时期（1882—1943）作者通过购买假出生证明文件到美国后的生活。

44. 陈春卿（Chin, Winifred C）（1952- ）

女，生于布鲁克林。母亲来自香港，父亲陈松柏来自广东。

—.《交换》（*Interchange.* Indiana: iUniverse, Inc. 2006）

- 讲述中国政治经济变革背景下的个人奋斗故事。

45. 李景瑞（Chin-Lee, Cynthia）

女，生于华盛顿。曾就读哈佛大学。现居加州。

—.《从阿基拉到佐坦：二十六位改变世界的男性》（*Akira to Zoltan: Twenty-Six Men Who Changed the World.* Massachusetts: Charlesbridge Publishing, 2008）

- 儿童书籍。介绍二十六位不同种族、不同职业的杰出男性。

—.《从阿米莉亚到佐拉：二十六位改变世界的女性》（*Amelia to Zora: Twenty-Six Women Who Changed the World.* Massachusetts: Charlesbridge Publishing, 2005）

—.《亚洲 ABC》（*A is for Asia.* New York: Orchard Books, 1997）

- 儿童书籍。精选 26 个单词，介绍亚洲特殊的文化、传统、语言和气候。

—.《杏仁饼和龙井茶》（*Almond Cookies & Dragonwell Tea*. Chicago, Il.: Polychrome Publication, 1993）

46. 凯伦・金（Chinn, Karen）（1959-2003）

女，政治活动家。

—.《小善的压岁钱》（*Sam and the Lucky Money*. New York : Lee & Low Books, 1995）

- 儿童书籍。讲述一个唐人街小男孩把自己的压岁钱给了一个无家可归的人。

47. 克里斯蒂娜・周（Chiu, Christina）（1969- ）

女，生于纽约，第二代华裔，父母来自上海。

—.《闯祸精及其他圣人》（*Troublemaker and Other Saints*. New York: Putnam, 2001）

- 11 篇相互联系的故事，讲述一群华裔试图克服自身弱点，寻找心灵家园。

48. 托尼·周（Chiu, Tony）（?-）

男，生于上海，定居纽约。记者。

—.《丝丝入扣》（*Positive Match*. New York: Bantam, 1997）

- 悬疑小说，揭开非法器官买卖的黑幕。

—.《旅顺口的鸡》（*Port Arthur Chicken*. New York: Morrow, 1979）

- 政治小说。

49. 查艾理（Chock, Eric Edward）（1950- ）

男，生于夏威夷，华人和夏威夷人混血。现居夏威夷。

—.《最后的日子》（*Last Days Here*. Honolulu: Bamboo Ridge Press, 1990）

- 诗歌，用夏威夷克里奥尔语写成。

—.《一万个祝福》（*Ten Thousand Wishes*. Honolulu: Bamboo Ridge Press, 1978）

50. 张家平（Chong, Ping）（1946- ）

男，生于纽约唐人街，创建了自己的剧院。

—.《东西方四重奏》（*East/West Quartet*. New York: Theater Communications Group, 2004）

- 收集作者 4 部剧作。

—.《不眠之夜》（*Nuit Blanche*. Imperial City, CA: VRI, 1986）

51. 辛西亚·刘·周（Chou, Cynthia Liu）（1926- ）

女，生于中国，1955 年搬到纽约。

—.《我在美利坚的生活》（*My Life in the United States*. North Quincy, MA: Christopher Publishing House, 1970）

- 自传，记叙作者1955年来到美国到60年代中期的生活。

52. 雷霆超（Chu, Louis）（1915-1970）

男，生于广东台山，1924年移民美国，二战期间在军队服役，住在纽约唐人街，是社区活动家。

—.《吃碗茶》（*Eat a Bowl of Tea.* New York: Lyle Stuart, 1961）

- 小说，关于纽约唐人街单身汉社区生活。

53. 庄华（Chuang Hua [pseud. for Stella Yang Copley]）（1931-2000）

女，生于上海，全家在抗日战争时期移居香港，之后迁往英国和美国。80年代住在纽约，后搬往康涅狄格州。

—.《跨越》（*Crossings.* Boston: Northeastern UP, 1968）

- 自传体小说，讲述了来自中国上流社会家庭的简四小姐（Fourth Jane）从小跟随父母移民美国，与家人产生文化冲突，最终找到自我身份的过程。

54. 钟盘（音译）（Chun, Pam）（?- ）

女，生于长于夏威夷，现居加州。

—.《陌生的神呼唤时》（*When Strange Gods Call*. Naperville, Illinois: Sourcebooks, 2004）

- 讲述20世纪70年代发生在夏威夷的一段禁忌之爱。

—.《钱龙》（*The Money Dragon*. Naperville, Illinois: Sourcebooks, 2002）

- 小说，讲述一个显赫的华裔夏威夷家庭的兴衰。

55. 邓明道（Deng, Ming-Dao [Mark Ong]）（1954- ）

男，生于加州旧金山的第三代华裔，黄玉雪（Jade Snow Wong）的儿子。

—.《道家春秋：一位道教大师的秘密生活》（*The Chronicles of Tao: The Secret Life of a Taoist Master*. San Francisco: Harper, 1993）

- 由作者之前的3部作品组成，是描写作者的道家功夫师父关世红（Kwan Saihung）的传记三部曲。

—.《通向广阔世界的门槛》（*Gateway to a Vast World*. San Francisco: Harper, 1989）

—.《云包上的七块竹板》（*Seven Bamboo Tablets of the Cloudy Satchel*. San Francisco: Harper, 1987）

- 《漂泊道士》续篇，记叙了年轻道人在抗战时期的求道历程。

—.《漂泊道士》（*The Wandering Taoist*. San Francisco: Harper, 1983）

- 讲述一位中国苦行修道者的故事。

56. 徐唯辛（Eberlein, Xujun）（?- ）

女，生于重庆，1988年夏赴美，住在波士顿地区。

—.《迟来的道歉》（*Apologies Forthcoming*. Livingston, Alabama: Livingston Press, 2008）

- 短篇小说集，讲述“文化大革命”中及“文化大革命”后的生活。

57. 伍丽芳（Eng, Phoebe）（1971- ）

女，第五代华裔，父系家族来自香港，母系家族来自台湾，在长岛长大。

—.《勇士课程》（*Warrior Lessons: An Asian American Woman's Journey into Power*. New York: Simon and Schuster, 1999）

- 回忆录。记述亚裔美国女性争取自身权利的过程。

58. 范祎（Fan, Nancy Yi）（1993- ）

女，生于北京，七岁时随父母迁往美国，同家人一起住在佛罗里达州。

—.《剑问》（*Swordquest*. New York: HarperCollins, 2008）

- 儿童小说。

—.《剑鸟》（*Swordbird*. New York: HarperCollins, 2007）

- 儿童小说。

59. 琳达·方（Fang, Linda）（?）

女，在上海长大。现居马里兰州。

—.《麒麟袋》（*The Ch'i-lin Purse : a Collection of Ancient Chinese Stories*. New York : Farrar, Straus and Girous, 1995）

- 儿童书籍，取材自战国时期历史和传统中国戏剧。

60. 方振豪（Fong-Torres, Ben）（1945- ）

男，生于加州奥克兰，第二代华裔，《滚石》杂志的作者和编辑。60年代后期反文化运动的见证人和积极参与者。

—.《米房：华裔成长经历——从次子到摇滚》（*The Rice Room: Growing Up Chinese-American: From Number Two Son to Rock'N Roll*. New York: Hyperion Books, 1994）

- 自传。

61. 罗拉·傅（Foo, Lora Jo）（?- ）

女，在旧金山唐人街长大，住在旧金山湾区。

—.《地球通道：童年历程》（*Earth Passages: Journeys Through Childhood*. Castro Valley,CA : Earth Passages Nature Photography, 2008）

- 通过文字和彩照，讲述华裔的故事。

62. 基普·富尔贝克（Fulbeck, Kip）（1965- ）
男，生于加州。母亲中国人，父亲英爱混血。

—.《纸子弹》（*Paper Bullets*. Seattle: U of Washington P, 2001）
- 自传体小说。由 27 篇相互联系的故事、散文和自白构成，讨论种族、性别等问题。

63. 托马斯·顾（Goo, Thomas York-Tong）（1900-1972）
男。

—.《诸神面前》由作者儿子詹姆斯·顾编辑并简介（*Before the Gods*. New York: Helios Book Publishing, 1976）
- 自传体小说，讲述一位华裔滞留中国期间寻得自己的根。

64. 严子红（Gorman, Zihong）（1961- ）
出生于广西南宁，新一代中国移民，1991 年移居美国，现住加利福尼亚。

—.《奥特兰纪事：女王的英雄与乌比昂公主》（*The Altethlon Chronicles: The Queen's Hero and the Ubion Princess*. Amazon: CreateSpace, 2010）
- 以法术、剑术为背景的科幻小说。故事讲述女主人公在世界末日后战事累累的环境中成长、恋爱以及历险的过程。

65. 韩素音，原名周光湖（Han, Suyin [Chou Kuanghu or Elisabeth Rosalie Matthilde Clare Chou]）（1917- ）
女，生于河南信阳，父亲是中国工程师，母亲是比利时人。

—.《迷人的女人》（*The Enchantress*. New York: Bantam, 1985）（成都：四川文艺出版社，1987）

—.《盼到黎明》（*Till Morning Comes: A Novel*. New York: Bantam, 1982）（《盼到黎明》北京：人民文学版社，1987）（《待到黎明时》重庆：重庆出版社，1993）

—.《吾宅双门》（*My House Has Two Doors*. New York: Putnam, 1980）（北京：中国华侨，1991）

—.《寂夏》（*Birdless Summer*. New York: Putnam, 1968）（北京：中国华侨出版公司，1991）

—.《残树》（*The Crippled Tree*. New York: Putnam, 1965）（北京：中国华侨，1991）

—.《四张脸》（*The Four Faces*. New York: Putnam, 1963）

—.《冬恋》（*Winter Love*. New York: Putnam, 1962）

—.《青山青》（*The Mountain is Young*. New York: Putnam, 1958）（湖南：湖南人民出版社，1987）

—.《餐风饮露》（*And the Rain My Drink*. London: J. Cape, 1956）（新加坡：青年出版社，1958）

—.《爱情多美好》（*A Many-Splendored Thing*. London: J. Cape, 1952）

—.《目的地：重庆》（*Destination Chungking*. Boston: Little, Brown and Co., 1942）

66. 布鲁斯·爱德华·何（Hall, Bruce Edward）（1954-2003）

男，第四代华裔。

—.《茶壶烈酒：一个唐人街家庭的回忆录》（*Tea That Burn: A Family Memoirs of Chinatown.* New York: The Free P, 1998）

- 家族历史。从19世纪广东一个小村庄开始，讲到20世纪末的美国。

—.《亨利和大龙风筝》（*Henry and the Kite Dragon.* New York: Philomel, 2004）

- 儿童书籍。

—.《钻石街：小镇红灯区》（*Diamond Street: The Story of the Little Town with the Big Red Light District*. Hensonville, NY: Black Dome, 1994）

- 讲述纽约哈德逊区历史。

67. 陈怡艳（Headly, Justina Chen）（1968- ）

女，生于宾夕法尼亚州，第二代华裔，现居西雅图。

—.《美丽以北》（*North of Beautiful*. New York: Little, Brown, 2009）

- 小说，地点在华盛顿州和中国，关于种族关系和自我发现。

—.《下船的女孩》（*Girl Overboard*. New York: Little, Brown, 2008）

- 一位华裔富家女成熟成长的过程，越过社会阶层界限。

—.《全是事实（除了几个善意的小谎）》（*Nothing But the Truth （And a Few White Lies）*. New York: Little, Brown, 2006）

- 小说，关于一个亚裔白种混血女孩的故事。

68. 何明凤（Ho, Minfong）（1951- ）

女，生于缅甸，在泰国长大，父母都来自中国。入读康奈尔大学时开始写作，作为一种抒发乡愁的方式。作品多描述东南亚人民的生活。现居纽约。

—.《旅程：短篇故事选集》（*Journeys: An Anthology of Short Stories*. Singapore: Marshall Cavendish Editions, 2008）

—.《石神》（*The Stone Goddess*. New York: Orchard Books, 2003）

- 小说，记述一群柬埔寨难民孩子在美国的磨难和旅途。

—.《粘土大理石》（*The Clay Marble*. New York: Farrar, Straus & Giroux, 1991）

- 儿童小说，记述一个柬埔寨难民孩子在泰国的经历。

—.《无雨的米》（*Rice Without Rain*. New York: Lothrop, Lee & Shepard, 1990）

- 记述20世纪70年代泰国一个少女的自我觉醒，同时也记述了社会大环境的政治觉醒。

—.《丹绒鲁及其他故事》（*Tanjong Rhu and Other Stories*. Singapore: Federal Press, 1986）

—.《曦望》（*Sing to the Dawn*. New York: Lothrop, Lee & Shepard, 1975）

- 儿童小说，讲述一个泰国乡下小女孩的故事。

69. 何梅玲（Hopgood, Mei-ling）（1974- ）

女，生于台湾，被一对美国夫妇收养，住在阿根廷，职业为记者。

—.《幸运的女孩》（*Lucky Girl: A Memoir*. Chapel Hill, North Carolina: Algonquin Books, 2009）

- 回忆录，记述作者与其亲生父母的团聚。

70. 艾伦·萧（Hsiao, Ellen）（?- ）

女，生于中国。

—.《中国年》（*A Chinese Year*. Philadelphia: Lippincott, 1970）

- 自传体儿童小说，讲述作者在她祖父家度过的童年。

71. 熊式一（Hsiung, S[hih] I. [Xiong Shiyi]）（1902-1991）

男，生于江西，剧作家和作家。

—.《天桥》（*The Bridge of Heaven: A Novel*. New York: Putnam's, 1943）（九龙：高原出版社，1960）

- 历史小说，描述20世纪初的中国。

—.《大学教授：三幕剧》（*The Professor from Peking: A Play in Three Acts*. London: Methuen, 1939）（台北：中国文化大学出版部，1989）

—.《王宝钏》（*The Story of Lady Precious Stream*. London: Methuen, 1934）（香港：戏剧研究社，1956）（中英文对照版《王宝钏》，北京：商

务印书馆，2006）

- 中国唐代著名传奇故事。

72. 许芹（Huie, Kin）（1854-1934）

男，生于广东台山，1868 年移民美国。

—.《怀旧》（*Reminiscences*. Peiping: San Yu Press, 1932）

- 一个中国青年的自传。他早年抱着发财梦移民美国，最后成为一名长老会牧师，并发现了人生真正的财富。

73. 黄哲伦（Hwang, David Henry）（1957- ）

男，生在加州，长在加州，第二代华裔。

—.《花鼓歌》（*Flower Drum Song*. New York: Theatre Communications Group, 2003）

—.《金童子》（*Golden Child*. New York: Theatre Communications Group, 1998）

—.《试图找到唐人街》（*Trying to Find Chinatown; and, Bondage*. New York: Dramatists Play Service, 1996）

—.《屋顶上的一千架飞机》（*1000 Airplanes on the Roof: A Science Fiction Music-Drama Realized by Philip Glass, David Henry Hwang, Jerome Sirlin*. Salt Lake City: Gibbs-Smith, 1989）

—.《蝴蝶君》（*M. Butterfly*. New York: Dramatists Play Service, 1988）（台北：幼狮，1993）（上海：上海译文出版社，2010）

- 该剧曾得托尼奖，探索东方主义幻想的建构。

—.《语音的声音》（*The Sound of a Voice*. New York: Dramatists Play Service, 1984）

—.《未信守的诺言》（*Broken Promises: Four Plays*. New York: Avon, 1983）

—.《新移民和睡美人屋》（*FOB and The House of Sleeping Beauties*. New

York: Dramatists Play Service, 1983）

—.《舞蹈和铁路》（*The Dance and the Railroad; and Family Devotions*. New York: Dramatists Play Service, 1983）

—.《新移民》（*FOB*. New York: Theatre Communications Group, 1979）

74. 任碧莲（Jen, Gish [Ren Bilian, Lillian Jen]）（1956- ）

女，生于纽约州，住在马萨诸塞州，第二代华裔。

—.《爱妻》（*The Love Wife*. New York: Knopf, 2004）

- 小说，讲述一个由多元文化构成的当代美国人家庭。

—.《谁是爱尔兰人？》（*Who's Irish? Stories.* New York: Knopf, 1999）

- 短篇小说集，记录不同民族移民的故事。

—.《梦娜在希望之乡》（*Mona in the Promised Land*. New York: Knopf, 1996）

- 记述华裔少女梦娜在美国的成熟和成长过程。

—.《典型的美国人》（*Typical American*. Boston: Houghton Mifflin, 1991）

- 小说，关于一个移民家庭为了美国梦奋斗的故事。

75. 蒋吉丽（Jiang, Ji-Li）（1954- ）

女，生于上海，1984 年移民到美国，入读夏威夷大学，现居旧金山。

—.《美猴王》（*The Magical Monkey King: Mischief in Heaven*. New York: HarperCollins, 2002）

- 儿童故事，选自《西游记》。

—.《红领巾女孩：文革回忆录》（*Red Scarf Girl: A Memoir of the Cultural Revolution.* New York: HarperCollins, 1997）

76. 哈金，本名金雪飞（Jin, Ha [Jin Xuefei]）（1956- ）

男，生于辽宁，1985 年赴美国布兰代斯大学读书。目前是波士顿大学英文教授。

—.《落地》（*A Good Fall: Stories*. New York: Pantheon, 2009）（台北：时报出版，2010）

- 短篇故事集，探寻在纽约州的中国移民生活。

—.《在他乡写作》（*The Writer as Migrant.* Chicago: University of Chicago Press, 2008）（台北：联经出版公司，2010）

- 散文集，关于作者角色和自我定位。

—.《自由生活》（*A Free Life*. New York: Pantheon, 2007）（台北：时报文化，2008）

- 小说，关于美国华人新移民经历，主角是个胸怀抱负的诗人。

—.《战废品》（*War Trash*. New York: Pantheon, 2004）（台北：时报文化，2005）

- 仿回忆录小说，讲述一位解放军战士在朝鲜战争期间成为战俘的经历。

—.《疯狂》（*The Crazed*. New York: Pantheon, 2002）（台北：时报文化，2004）

- 小说，以 1989 年“天安门事件”为背景。

—.《残骸》（*Wreckage*. Brooklyn, New York: Hanging Loose Press, 2001）

- 诗集。

—.《新郎》（*The Bridegroom and Other Stories.* New York: Pantheon, 2000）（台北：时报文化，2001）

- 短篇小说，描述中国不断变化的社会生活。

—.《等待》（*Waiting*. New York: Pantheon, 1999）（台北：时报文化，2000）

- 小说，讲述一位军医浪漫而艰难的抉择，反应 20 世纪六十年代到八十年代间中国共产主义的变化。

—.《池塘》（*In the Pond.* Cambridge, MA: Zoland, 1998）（台北：时报文化，2002）

- 小说，关于现代中国的种种权利、虚荣、政治、艺术和不平等现象。

—.《光天化日：乡村的故事》（*Under the Red Flag*. Athens: University of Georgia Press, 1997）（台北市：时报文化，2001）

- 讽刺性的短篇故事，描绘中国的生活。

—.《面对阴影》（*Facing Shadows*. New York: Hanging Loose, 1996）

- 诗集。

—.《好兵》（*Ocean of Words: Army Stories*. Cambridge, MA: Zoland, 1996）（台北市：时报文化，2003）

—.《沉默之间》（*Between Silences.* Chicago: University of Chicago Press, 1990）

- 诗集。

77. 黄锦莲（Keltner, Kim Wong）（1969- ）

女，生于旧金山，长在旧金山，现居旧金山。

—.《我想吃糖》（*I Want Candy*. New York: Avon, 2008）

—.《佛宝宝》（*Buddha Baby*. New York: Avon, 2005）

—.《点心》（*The Dim Sum of All Things*. New York: Avon, 2004）

- 小说，主角是一位在旧金山的第三代美籍华裔。

78. 汤亭亭（Kingston, Maxine Hong）（1940- ）

女，生于加州，第二代华裔。目前是加州大学伯克利分校创意写作课的资深讲师。

—.《战争的老兵，和平的老兵》（*Veterans of War, Veterans of Peace*. Kihei, Hawaii: Koa Books, 2006）

- 自传体小说，以老兵和其他遭受精神创伤的受害者的口吻写成。受害者包括遭受犯罪集团、家庭暴力伤害的人，以及吸毒者。

—.《第五和平之书》（*The Fifth Book of Peace*. New York: Knopf, 2003）

- 回忆录小说。试图把一本在 1991 年奥克兰山大火中随作者的家及收藏品一起烧毁的小说重组起来。

—.《当诗人》（*To Be the Poet*. Cambridge: Harvard UP, 2002）

- 记录作者对“诗人的生活”的尝试。

—.《孙行者》（*Tripmaster Monkey: His Fake Book*. New York: Knopf, 1989）（桂林：漓江出版社，1998）

- 把中国古代神话融进小说，讲述了一位刚从伯克利毕业的华裔阿新在 20 世纪六十年代的灵魂探索之路。

—.《透过黑帘》（*Through the Black Curtain*. Berkeley: Friends of the Bancroft Library, University of California, 1987）

—.《夏威夷之夏》（*Hawai'i One Summer*. San Francisco: Meadow Press, 1987）

- 速写文集。

—.《杜鹃休向耳边啼》/《金山华人》/《中国佬》（*China Men*. New York: Knopf, 1980）（《杜鹃休向耳边啼》台北：皇冠出版社，1980）（《金山华人》长春：吉林人民，1985）（《中国佬》，南京：译林出版社，2000）

- 半自传体小说，记叙了三代美籍华人尤其是男人们的生活经历。

—.《女勇士》（*The Woman Warrior: Memoirs of a Girlhood among Ghosts*. New York: Knopf, 1976）（桂林：漓江出版社，1998）

- 融合了中国古代传说、家族故事和作者在加州的童年轶事，这些都是塑造作者身份的重要因素。

79. 郭亚力（Kuo, Alexander）（1939- ）

男，生于马萨诸塞州波士顿，华裔。儿时在重庆陪都和香港度过。成年后多数时间在美国西北部太平洋沿岸。

—.《白玉和其他故事》（*White Jade and Other Stories*. La Grande, OR: Wordcraft of Oregon, 2008）

- 短篇小说集，讲述7个发生在美国西部的故事。

—.《熊猫日记》（*Panda Diaries*. Indianapolis: Indianapolis University Press, 2006）

- 小说，以“文化大革命”为背景，夸张地模仿中国政治和国际关系。

—.《口红和其他故事》（*Lipstick and Other Stories*. Hong Kong: Asia 2000, 2001）

—.《中国戏》（*Chinese Opera*. Hong Kong: Asia 2000, 1998）

- 小说。

—.《凶猛地理》（*This Fierce Geography*. Boise: Limberlost, 1999）

- 诗集。

—.《河流改道》（*Changing the River*. Berkeley: Ishmael Reed, 1986）

—.《广岛新来的信及其他诗歌》（*"New Letters from Hiroshima" and Other Poems*. New York: Greenfield Review, 1974）

—.《窗之树》（*The Window Tree*. Peterborough, NH: Windy Row Press, 1971）

- 诗集。

80. 郭镜秋（Kuo, Helena [Ching Ch'iu]）（1911-1999）

女，生于葡萄牙殖民地时期的澳门。1937年为避日本侵略逃往英国，1939年迁往美国，居曼哈顿。

—.《中国巨人》（*Giants of China*. New York: Dutton, 1944）

—.《西行重庆》（*Westward to Chungking*. New York: Appleton, 1944）

- 记叙抗日战争时期，一个中国家庭举家迁往战时陪都时的坎坷经历。

—.《千里迢迢》（*I've Come a Long Way*. New York: Appleton, 1942）

- 回忆录。包括早年澳门和广东的生活，二战时的痛苦回忆，以及后来定居美国的经历。

—.《桃花径》（*Peach Path*. London: Methuen, 1940）

- 散文集，写中国女人。

81. 关文清（Kwan, Moon）（1894-1995）

男，生于广东，幼时移民美国旧金山。入读电影学院，在好莱坞工作。1921 年返回中国，之后在香港和好莱坞担任导演。

—.《中国镜：诗歌和戏剧》（*A Chinese Mirror: Poems and Plays*. Los Angeles: Phoenix Press, 1932）

82. 罗琳·郭（Kwock, Laureen [pseud. Clarice Peters]）（1951- ）

女，生于夏威夷火奴鲁鲁。

—.《金伯的牛仔》（*Kimber's Cowboy*. Honolulu: Bess Press, 1999）

- 儿童小说。

—.《牛仔你好》（*Aloha Cowboy*. New York: Thomas Bouregy & Co., 1997）

—.《曼谷小夜曲》（*Bangkok Serenade*. New York: Thomas Bouregy & Co., 1995）

—.《来自天堂的一触》（*One Touch of Paradise*. New York: Thomas Bouregy & Co., 1991）

—.《克莱灵顿小姐的症状》（*Miss Claringdon's Condition*. New York: Dell, 1981）

83. 赖刘丽瑛（Lai, Violet Lau）（1916- ）

女。

—.《牧羊座男人》（*He Was A Ram: Wong Aloiau of Hawaii*. Honolulu: Hawaii Chinese History Center, 1985）

- 传记，讲述夏威夷可爱岛上的一个小镇“米王”王罗有（王容康 Wong Young Hong）的一生。

84. 谭罗兰（Larson, Louise Leung）（1905-1988）
女，生于加州洛杉矶，第二代华裔。

—.《甘蔗：一个华裔家庭的回忆录》（*Sweet Bamboo: A Memoir of a Chinese American Family*. Los Angeles: Chinese Historical Society of Southern California, 1990）

- 讲述作者家族始于 20 世纪初的历史。

85. 刘肇基（Lau, Alan Chong）（1948- ）
男，生于加州，第三代华裔，诗人。现居西雅图。

—.《蓝与绿：生产工作者纪事》（*Blues and Greens: A Produce Worker's Journal*. Honolulu: University of Hawai'i Press, 2000）

- 诗歌，以菜贩的口吻写成。

—.《献给加迪纳的歌》（*Songs for Jadina*. Greenfield Center, NY: Greenfield Review Press, 1980）

- 诗歌，挖掘家族史和文化史。

—. 与日裔美国作家本乡（Garrett Hongo）和稻田房雄（Lawson Fusao Inada）合著：《99 号公路上的佛家劫匪：诗集》（*The Buddha Bandits Down Highway 99: Poetry*. CA: Buddhahead Press, 1978）

86. 刘玉珍（Lau, Carolyn）（aka Carolyn Leilani Yu Zhen Lau）（1946- ）
女，生于夏威夷，华裔夏威夷人。现居加州和火奴鲁鲁。

—.《我的说法》（*Wode Shuofa: My Way of Speaking*. Santa Fe: Tooth of Time Books, 1988）

- 诗歌，体现出作者受中国哲学儒道释的影响。

—.《夏威夷姑娘的舞蹈》（*Ono Ono Girl's Hula*. Madison: University of Wisconsin Press, 1997）

- 散文集。

87. 李国超（Lee, Bill）（1954- ）

男，在旧金山唐人街长大。曾是旧金山唐人街黑帮成员。

—.《生而为输》（*Born to Lose: Memoirs of a Compulsive Gambler*. Center City, Minn. : Hazelden Publishing, 2005）

- 记述了作者戒除赌瘾的过程。

—.《华人游乐场》（*Chinese Playground: A Memoir.* San Francisco: Rhapsody Press, 1999）

- 回忆录，揭示了20世纪六七十年代唐人街黑帮组织的情况。

88. 黎锦扬（Lee, C. Y. [Chin-Yang Lee]）（1917- ）

男，生于湖南，1943年赴美，1947年毕业于耶鲁大学。

（双语作家，中文作品参见下篇黎锦扬条目）

—.《愤怒之门》（*The Gate of Rage: A Novel of One Family Trapped by the Events at Tiananmen Square*. New York: Morrow, 1991）

—.《洪秀全》（*The Second Son of Heaven: A Novel of Nineteenth Century China*. New York: Morrow, 1990）

—.《中国外史》（*China Saga: A Novel.* New York: Weidenfeld, 1987）

- 本书从19世纪末的义和团运动写到20世纪60年代的“文化大革命”，通过一个中国家庭四代人的起伏，展现了历史兴衰与文化变迁。

—.《堂斗》（*Days of the Tong Wars.* New York: Ballantine, 1974）

- 小说以19世纪旧金山唐人街为背景，展现了早期华人社会内部因堂斗掀起的暴力和混乱。

—.《金山姑娘》（*The Land of the Golden Mountain.* New York: Meredith, 1967）

—.《处女市》（*The Virgin Market*. Garden City: Doubleday, 1964）

—.《马跛子和新社会》（*Cripple Mah and the New Order*. New York: Farrar, 1961）

- 讽刺小说，记叙了主人公在新中国新秩序下的生活。

—.《赛金花》（*Madame Goldenflower*. New York: Farrar, 1960）（台北：九歌出版社有限公司，1990）

- 小说以19世纪末义和团运动为背景，讲述了赛金花的一生。

—.《土司风情》/《天之一角》（*The Sawbwa and His Secretary: My Burmese Reminiscences*. New York: Farrar, 1959）（《天之一角》台北：文星书店，1962）（《土司风情》台北：皇冠杂志社，1965）（《天之一角》济南：山东文艺出版社，1999）

- 记叙了二战末期及战后作者在缅甸的生活。

—.《天涯沦落人》（*Lover's Point*. New York: Farrar, 1958）（台北：商务，1972）

- 故事发生在旧金山唐人街，一个中国男教师陷入三角恋。

—.《花鼓歌》（*The Flower Drum Song*. New York: Farrar, 1957）（香港：高原出版社，1962）

- 讲述旧金山唐人街的第二代华裔移民的故事。

89. 李健孙（Lee, Gus [Augustus Samuel Mein-Sun Lee]）（1946- ）

男，生于加州，在旧金山长大。前美国陆军军士教官，西点军校学生。现居科罗拉多。

—.《追随赫本：关于上海、好莱坞及一个中国家庭争取自由的回忆录》（*Chasing Hepburn: A Memoir of Shanghai, Hollywood, and a Chinese Family's Fight for Freedom*. New York: Harmony Books, 2002）

- 回忆录，记录作者的家史。

—.《缺少物证》（*No Physical Evidence*. New York: Ballantine, 1998）

- 法律悬疑小说。

—.《虎尾》（*Tiger's Tail*. New York: Knopf, 1996）

- 故事发生在1973年的朝鲜。

—.《荣誉与责任》（*Honor and Duty*. New York: Knopf, 1994）（南京：译林出版社，2004）

- 记叙了20世纪60年代西点军校一个亚裔学员的生活。

—.《华仔》（*China Boy*. New York: Dutton, 1991）（南京：译林出版社，2004）

- 半自传体小说，记录了在一个冲突不断的家庭中成长的历程，以及在20世纪50年代的旧金山作为华人的艰难。

90. 李竞（Lee, Jennifer 8）（1976- ）

女，生于纽约，长在纽约，第二代华裔，毕业于哈佛大学，曾在北大就读。

—.《福饼记事》（*The Fortune Cookie Chronicles: Adventures in the World of Chinese Food*. New York, NY: Twelve, 2008）

- 研究美国的中国餐馆，以及中国菜在美国文化里扮演的角色，从而追溯华裔的历史。

91. 李立扬（Lee, Li-Young [Li Liyang]）（1957- ）

男，生于印度尼西亚雅加达，袁世凯曾孙。1959年全家迁往中国香港，辗转中国澳门、日本，最后于1964年定居美国。现居芝加哥。

—.《在我的眼睛后面》（*Behind My Eyes*. New York: W.W. Norton, 2008）

—.《来自花开》（*From Blossoms: Selected Poems*. Tarset, Northumberland: Bloodaxe Books, 2007）

—.《夜书》（*Book of My Nights*. Brockport, NY: BOA Editions, 2001）

—.《带翅膀的种子：回忆录》（*The Winged Seed: A Remembrance*. New York: Simon and Schuster, 1995）

- 散文诗自传。

—.《城中我爱你》（*The City in Which I Love You: Poems*. Brockport, NY: BOA Editions, 1990）

—.《玫瑰》（*Rose*: *Poems*. NY: BOA Editions, 1986）

92. 玛丽·李（Lee, Mary Wong）（?- ）
女，生于加州。

—.《透过我窗》（*Through My Windows, Book II*. Stockton, CA: Mills Press, 1980）

93. 李金兰（Lee, Virginia Chin-lan）（?- ）
女。

—.《大明建的房屋》（*The House That Tai Ming Built*. New York: Mac-millan, 1963）

- 主人公泰明经过辛苦努力在加州金矿区赢得一席之地，小说讲述了他一家四代人的故事。

94. 雯蒂·李（Lee, Wendy）（?- ）
女，第二代华裔，现居纽约。

—.《幸福之家》（*Happy Family: A Novel*. New York: Black Cat, 2008）

- 一个中国来的非法移民闯入纽约上层社会一对夫妇生活当中，成为他们中国养女的保姆。

95. 李培湛（Lee, William Poy）（1951- ）
男，生于旧金山，现居加州伯克利。

—.《承诺第八：美国儿子对台山母亲的献礼》(*Eighth Promise: An American Son's Tribute to His Toisanese Mother*. New York: Modern Times, 2007)

- 回忆录，记述在旧金山唐人街，作者母亲和作者自己的成长。

96. 李恩富（Lee, Yan Phou）（1861-?）

男，生于中国。1873 年赴旧金山，毕业于耶鲁大学，入基督教。一生中大部分时间在美国工作，最后十年左右在中日战争时期回中国教英文。

—.《儿时中国》（*When I Was a Boy in China.* Boston: D. Lothrop Co., 1887）（珠海市：珠海出版社，2006）

- 自传。

97. 李玉华 （Lee Yu-Hwa） （?- ）

女，生于中国，1946 年移民美国，现居费城地区。

—.《最后的典礼及其他故事》(*The Last Rite and Other Stories*. San Francisco: Chinese Materials Center, 1979)

- 收录原创故事和故事重述。

98. 卡罗尔·林 （Lem, Carol）（1944- ）

女，生于洛杉矶，第二代华裔。

—.《梅影：诗歌》(*Shadow of the Plums: Poems*. San Diego: Cedar Hill Publications, 2002)

—.《不要问为什么：诗歌》(*Don't Ask Why: Poems*. Los Angeles: Peddler Press, 1982)

—.《草根》（*Grassroots*. Los Angeles: Peddler Press, 1975）

99. 乔治·梁（Leong, George）（1950- ）

男，生于旧金山，长于旧金山。

—.《孤竹不从杰克逊街来：历史、诗歌、短篇小说》（*A Lone Bamboo Doesn't Come from Jackson Street: History, Poetry, Short Story*. San Francisco: Isthmus, 1977）

100.梁文焕（Leong, Monfoon）（1916-1964）

男，生于长于加州圣迭戈，第二代华裔，曾居旧金山湾区。

—.《长子》（*Number One Son*. San Francisco: East/West, 1975）

- 短篇小说集，以华裔与传统中国人的观念碰撞为主题。

101.梁志英（Leong, Russell C）（1950- ）

男，生于长于旧金山，第二代华裔。曾入读台湾大学研究生院。现居洛杉矶。

—.《凤眼》（*The Phoenix Eyes and Other Stories*. Seattle: University of Washington Press, 2000）

- 包含14篇小说，讲述亚裔美国人的生活经历，主角多为同性恋男性。

—.《梦尘之乡：诗歌》（*The Country of Dreams and Dust: Poems*. Albuquerque, NM: West End Press, 1993）

102.布赖恩·梁（Leung, Brian）（?- ）

男，生于长于加州圣迭戈，父亲是中国人，母亲是欧裔美国人，现居肯塔基州。

—.《带我回家：小说》（*Take Me Home: A Novel*. New York: Harper, 2010）

—.《失落的男人：小说》(*Lost Men: A Novel*. New York: Shaye Areheart Books, 2007）

- 讲述父与子面对各自的过去。

—.《世界著名爱情戏剧》（*World Famous Love Acts: Stories*. Louisville, KY: Sarabande Books, 2004）

- 包括 11 个凄婉的爱情故事。

103.李玲爱（Li, Ling-Ai [Gladys Li]）（ca. 1910- ）

女，生于长于夏威夷火奴鲁鲁，第二代华裔。

—.《生命漫长：一个夏威夷华裔的回忆录》（*Life Is for a Long Time: A Chinese Hawaiian Memoir*. New York: Hasting House, 1972）

- 作者父母作为第一代华人移民的故事。

—.《夏威夷的太阳之子》（*Children of the Sun in Hawaii*. Boston: D.C. Heath & Co., 1942）

- 小说，讲述夏威夷当地男孩基诺在多文化群体中生活的故事。

104.李翊云（Li, Yiyun）（1972- ）

女，生于北京，1996 年移民美国，学习药学。两年之后开始写作，现居加州奥克兰。

—.《金童玉女》（*Gold Boy, Emerald Girl: Stories*. New York: Random House, 2010）

—.《漂泊者》（*The Vagrants*. New York: Random House, 2009）

- 小说，背景是 20 世纪七十年代中国。

—.《千年敬祈》（*A Thousand Years of Good Prayers*. New York: Random House, 2005）

- 短篇故事集，讲述中国或美国华裔群体中发生的故事。

105.李雷诗（Li, Leslie）（1945- ）

女，生于美国，父亲中国人，母亲中波混血。李宗仁的孙女。现居纽约。

—.《天女》（*Daughter of Heaven: A Memoir with Earthly Recipes*. New York : Arcade Publishing, 2005）

- 回忆了作者在美国成长的经历，以及她对中国文化认识的开端——祖母做的中国菜。

—.《甘苦》（*Bittersweet*. Boston: Charles E. Tuttle, 1992）

- 以祖父母李宗仁夫妇的故事为背景，描述了祖母李秀文的一生。

106.梁玮（Liang, Diane Wei）（1966- ）

女，生于北京。卡内基梅隆大学经济管理博士，曾在美国担任经济学教授。现在全心写作，居于伦敦。

—.《纸蝴蝶》（*Paper Butterfly*. New York: Simon & Schuster, 2009）

- 第二本侦探小说。

—.《未名湖：现代中国的爱恨情愁》（*Lake With No Name: A True Story of Love and Conflict in Modern China*. New York: Simon & Schuster, 2009）

- 回忆录，记录 1989 年“天安门事件”。

—.《玉眼》（*The Eye of Jade*. London: Picador, 2007）

- 新一辑侦探小说的首本，故事背景为现代中国。

107.林小琴（Lim, Genny [Genevieve]）（1946- ）

女，生于长于旧金山，第二代华裔，现居旧金山。

—.《战争的孩子：诗歌》（*Child of War: Poems*. Honolulu: Kalamaku Press, 2003）

—.《天使岛和苦甘蔗：两部戏剧》（*Paper Angels and Bitter Cane: Two Plays*.

Honolulu: Kalamaku Press, 1991）

—.《冬居：诗歌》（*Winter Place: Poems*. San Francisco, Calif.: Kearney Street Workshop Press, 1989）

108.林保罗（Lim, Paul Stephen）（1944- ）

男，生于菲律宾，父母为中国人。1968 年移民美国。华裔菲律宾同性恋剧作家。

—.《报告河流》（*Report to the River*. Spiritwood, Sask.: One-Act Play Depot, 2002）

—.《泥像：六幕剧》（*Figures in Clay: A Threnody in Six Scenes and a Coda*. Louisville, KY: Aran Press, 1992）

—.《母语：戏剧》（*Mother Tongue: A Play*. Louisville, KY: Aran Press, 1992）

—.《有来有往，大多离去》（*Some Arrivals, but Mostly Departures*. Quezon City, Philippines: New Day Publishers, 1982）

- 短篇小说集。

—.《正反之间：两幕剧》（*Conpersonas: A Recreation in Two Acts*. New York : S. French,1977）

109.林玉玲 （林雪莉）（Lim, Shirley Geok-lin）（1944- ）

女，生于马来西亚，1969 年移民美国，在布兰迪斯大学攻读硕士学位。现居加州圣塔芭芭拉。

—.《秋千妹妹》（*Sister Swing*. Singapore: Marshall Cavendish Editions, 2006）

—.《馨香和金箔》（*Joss and Gold*. New York: Feminist Press and Times Books International, 2001）

- 小说。

—.《算命的没说过的话》（*What the Fortune Teller Didn't Say*. Albuquerque, NM: West End Press, 1998）

—.《月白的脸：亚裔美国人对故土的怀念》（*Among the White Moon Faces: An Asian American Memoir of Homelands*. New York: The Feminist Press, 1996）

- 自传。

—.《两个梦：故事新作及精选作品》（*Two Dreams: New and Selected Stories*. New York: The Feminist Press, 1997）

—.《生命的奥秘：林雪莉精选集》（*Life's Mysteries: The Best of Shirley Lim*. Singapore: Times Books Int'l, 1995）

—.《季风史：诗歌》（*Monsoon History: Selected Poems*. London: Skoob Pacifica, 1994）

—.《现代秘密：新诗及精选作品》（*Modern Secrets: New and Selected Poems*. Sydney: Dangaroo Press, 1989）

—.《无人林及其他诗歌》（*No Man's Grove and Other Poems*. Singapore: National University of Singapore English Department Press, 1985）

—.《他乡及其他故事》（*Another Country and Other Stories*. Singapore: Times Books Int'l, 1982）

—.《跨越半岛及其他诗歌》（*Crossing the Peninsula and Other Poems*. Kuala Lumpur: Heinemann Writing in Asia Series, 1980）

110.林如斯（Lin, Adet [underpseud. Tan Yun]）（1923-1971）

女，生于厦门，十三岁移民美国，林语堂长女。

—.《石中火》（*Flame from the Rock*. New York: John Day, 1943）

- 讲述抗日战争时期的爱情故事，带有爱国主义和理想主义色彩。

—. 与林太乙合著：《吾家》（*Our Family*. Intro. Pearl S. Buck. New York: John Day, 1939）（上海：港社，1940）（台南：德华出版社，1976）

- 林语堂的女儿描述林家的家庭生活，描绘了林语堂的个性癖好和待人处事。

—. 与林太乙（Anor Lin）和林相如（Meimei Lin）合著：《重庆黎明》

（*Dawn over Chungking*. New York: John Day, 1941）（《战时重庆风光》重庆：重庆出版社，1986）

- 讲述林家冒着战时日军的轰炸，在中国农村度过的6个月短暂生活。

111.林太乙（Lin, Anor [under pseudo Lin Tai-yi or Lin Wu-Shuang]）（1926-2003）

女，生于北京，十岁时移民美国，林语堂次女。入读哥伦比亚大学。曾居香港，定居华盛顿。

（双语作家，中文作品参见下篇林太乙条目）

—.《金盘街》（*Kampoon Street*. Cleveland: World, 1964）

- 故事发生在香港脏乱不堪的金盘街，讲述蔡寡妇和女儿的故事。

—.《丁香遍野》（*The Lilacs Overgrow*. New York: World, 1960）（台北市：文星书店，1966）

- 抗战胜利初期，两个贫家女到上海投靠富亲戚，故事由此展开。

—.《窃听者》（*The Eavesdropper*. Cleveland: World, 1959）

- 故事发生在中美文化之间，讲述一位中国作家内心被积极与消极两股力量撕扯。

—.《金币》（*The Golden Coin*. New York: John Day, 1946）

- 讲述抗战时期一个未受过教育的女人的故事，展现了信念与理智之间的徘徊和挣扎。

—.《战潮》（*War Tide*. New York: John Day, 1943）

- 讲述抗日战争时期一个大家族自强不息的生存故事。

112.林景南（Lin, Ed）（1969- ）

男，生于纽约，第二代华裔。现居纽约。

—.《蛇不会跑》（*Snakes Can't Run*. New York: Minotaur Books, 2010）

- 背景设在20世纪70年代中期纽约市，《半身像》的续集，主角仍是纽约警探罗伯特·周。

—.《半身像》（*This is a Bust*. New York: Kaya Press, 2007）

- 小说，透过一位华裔美国警察的眼睛，讲述1976年左右纽约唐人街的场景。

—.《埋伏》（*Waylaid*. New York: Kaya Press, 2002）

- 小说，讲述一个在父母开的酒店里工作的华裔美国男孩的故事。

113. 林珮思（Lin, Grace）（1974- ）

女，纽约州长大。第二代华裔，父母来自台湾。童书绘本作家。现居马萨诸塞州。

—.《山月相会处》（*Where the Mountain Meets the Moon.* New York: Little, Brown Books for Young Readers, 2009）

- 儿童小说。

—.《鼠年》（*The Year of the Rat.* New York: Little, Brown Books for Young Readers, 2009）

—.《狗年》（*The Year of the Dog.* New York: Little, Brown Books for Young Readers, 2007）

—.《红线》（*The Red Thread: An Adaptation Fairy Tale.* Morton Grove, Ill. : Albert Whitman & Company; Reprint edition, 2007）

—.《莉丝的朋友》（*Lissy's Friends.* New York: Viking Juvenile, 2007）

—.《福饼财富》（*Fortune Cookie Fortunes.* New York: Dragonfly Books, 2006）

—.《罗伯特的雪花》（*Roberts's Snowflakes*. New York: Viking Juvenile, 2005）

—.《风筝飞》（*Kite Flying*. New York: Dragonfly Books, 2004）

—.《人人的点心》（*Dim Sum for Everyone!* New York: Dragonfly Books, 2003）

—.《飞翔的奥维娜》（*Olvina Flies*. New York: Henry Holt and Co., 2003）

—.《丑陋的蔬菜》（*The Ugly Vegetables*. Watertown, MA: Charlesbridge

Publishing, 1999）

114.林爱纯（Lin, Hazel [Ai Chun]）（1913-1986）

女，生于福州，1938 年在密歇根大学取得理科硕士学位。后居新泽西。

—.《哭泣会停留：癌症陪伴的长夜》（*Weeping May Tarry: My Long Night With Cancer*. Boston: Branden Press, 1980）

—.《里切尔为孩子哭泣，无人慰藉》（*Rachel Weeping for her Children, Uncomforted*. Boston: Branden Press, 1976）

—.《兰花之家：小说》（*House of Orchids: A Novel*. New York: Citadel Press, 1960）

—.《月誓》（*The Moon Vow*. New York: Pageant Press, 1958）

—.《医生》（*The Physicians*. New York: John Day, 1951）

- 讲述一个中国女子不顾爷爷反对，学习西医并成为一名医师的故事。

115.林语堂（Lin Yutang）（1895-1976）

男，生于福建，上海圣约翰大学毕业，哈佛大学博士。1936 年～1966 年多居于纽约，后居台湾和香港。

（双语作家，中文作品参见下篇林语堂条目）

—.《八十自序》（*Memoirs of an Octogenarian*. Taipei: Mei Ya Publications, 1975）（台北：德华，1980）

—.《逃向自由城》（*The Flight of the Innocents*. New York: Putnam’s, 1964）

- 政治小说，以 1962 年“五月大逃亡”为背景。

—.《赖柏英》（*Juniper Loa*. Cleveland: World, 1963）（西安：陕西师范大学出版社，2004）

- 爱情故事，以新加坡和作者故乡福建漳州为故事背景。

—.《不羁》（*The Pleasures of a Nonconformist*. Cleveland: World, 1962）

- 作者拉美一行的散文和演讲集。

—.《红牡丹》（*The Red Peony*. Cleveland: World, 1961）

- 古代中国艳情小说。

—.《从异教徒到基督徒》（*From Pagan to Christian*. Cleveland: World, 1959）（西安：陕西师范大学出版社，2007）

- 作者的信仰探索之路。

—.《匿名》（*The Secret Name*. New York: Farrar, Straus and Cudahy, 1958）

- 关于共产主义本质的政治评论。

—.《武则天》（*Lady Wu: A True Story*. London: Heinemann, 1957. Also published as *Lady Wu: A Novel*. New York: Putnam's, 1965.）

- 唐朝女皇武则天传记。

—.《远景》（*Looking Beyond*. New York: Prentice-Hall, 1955. Also published as *The Unexpected Island*. Melbourne: Heinemann, 1955）

- 乌托邦小说，描述一个希腊小岛上的世界主义理想国。

—.《朱门》（*The Vermilion Gate: A Novel of a Far Land*. New York: John Day, 1953）

- 小说，关于新疆汉维两族的关系。

—.《著名中国短篇故事》（*Famous Chinese Short Stories, Retold by Lin Yutang*. New York: John Day, 1952）

- 作者用英文讲述经典中国短篇故事。

—.《美国的智慧》（*On the Wisdom of America*. New York: John Day, 1948）

- 作者对杰弗逊、爱默生、富兰克林、桑塔亚那、梭罗和其他美国思想家的评论。

—.《唐人街》（*Chinatown Family*. New York: John Day, 1948）

- 中国移民在纽约唐人街的生活经历，讲述移民对中美文化价值观冲击的感受。

—.《枕戈待旦》（*The Vigil of a Nation*. New York: John Day, 1944）

- 政治性游记，讲述作者对战时中国的看法。

—.《啼笑皆非》（*Between Tears and Laughter*. New York: John Day, 1943）

- 时政文化评论。记录作者对二战时西方帝国主义的批评。

—.《中国与印度之智慧》（*The Wisdom of China and India*. New York: Random House, 1942）

- 收录中国和印度经典的哲学和文学文本，林语堂简介并评论。

—.《风声鹤唳》(*A Leaf in the Storm: A Novel of War-Swept China.* New York: John Day, 1941）

- 小说，故事背景为抗日战争时期。

—.《讽颂集》（*With Love and Irony.* New York: John Day, 1940）

- 小品文合集。

—.《京华烟云》（*Moment in Peking: A Novel of Contemporary Chinese Life.* New York: John Day, 1939）（上海：光明，1946）（香港：文达出版社，1953）

- 战时小说，描述中国现代生活的巨大变化及抗日战争对中国社会生活的影响。

—.《生活的艺术》（*The Importance of Living.* New York: John Day, 1937）（西安：陕西师范大学出版社，2003）

- 东西方文化书评。为西方读者讲述作者从中华文化中萃取的抒情人生哲学。

—.《吾国与吾民》（*My Country and My People.* New York: Reynal & Hitchcock, 1937）（西安：陕西师范大学出版社，2003）（《中国人》香港：三联书店，2002）

- 非小说类。作者按自己的理解诠释中国文化和中国人。

—.《子见子南及英文小品文集》（*"Confucius Saw Nancy" and Essays about Nothing.* Shanghai: Commercial Press, 1937）

- 戏剧、散文和讽刺小品合集。

—.《小评论：关于中国的散文、讽刺文和小品文（第一辑：1930-32；第二辑：1933-35）》（*The Little Critic: Essays, Satires, Sketches on China* [First series, 1930-32; second series, 1933-35]. Shanghai: Commercial Press, 1935）

- 收录20世纪30年代作者发表在《中国评论》杂志“小评论”专栏的文章。

—.《林语堂时事述译汇刊》（*Letters of a Chinese Amazon and War-Time Essays.* Shanghai: Commercial Press, 1930）

- 作者译谢冰莹战时日记和他1927年北伐期间作的散文。

116. 林英敏（Ling, Amy）（1939-1999）

女，威斯康星麦迪逊大学英文系教授。

—.《中美反思：诗画集》（*Chinamerica Reflections: A Chapbook of Poems and Paintings*. Lewiston, ME: Great Raven Press, 1984）

117. 林刘清怡（Lin-Liu, Jen）（1977- ）

女，自由撰稿记者，食谱作家，生于长于南加州，2000年作为福布莱特访问学者来到中国，居住至今。

—.《为人民服务：爆炒的中国之旅》（*Serve the People: A Stir-Fried Journey Through China*. Orlando: Harcourt, 2008）

- 回忆录。作者回忆她从一个烹饪学生成为面条摊和水饺店帮工，后来当上一家上海高档餐厅实习生的历程，描述了当代中国的景象。

118. 刘爱美（Liu, Aimee E.）（1953- ）

女，生于康涅狄格州，在康涅狄格州和印度新德里都生活过。祖父是中国人，祖母是美国人。

—.《救济所》（*Flash House.* New York: Warner, 2003）

- 小说，背景设在1949年的印度和中国，讲述跨国阴谋和爱情无意造成的后果。

—.《云山》（*Cloud Mountain*. New York: Warner, 1997）

- 史诗小说，以作者祖父母的跨种族婚姻为原型。

—.《脸》（*Face*. New York: Warner, 1994）

- 纽约唐人街，一个美亚混血的年轻摄影师发掘她被压抑的过去和身份。

—.《单人跳棋》（*Solitaire: A Narrative*. New York: Harper, 1979）

- 关于厌食症的自传体小说。

119.刘恺悌（Liu, Catherine）（1964- ）

女，生于台北，4 岁时随父母来到美国。现居明尼苏达州。

—.《东方女孩想浪漫》（*Oriental Girls Desire Romance*. New York: Kaya, 1997）

- 用意识流的技巧，叙述一位华裔女孩遇到的种种不如意，如童年的痛苦回忆、与情人和朋友的冷漠关系，以及看似毫无意义的生活。

120.刘柏川（Liu, Eric）（1968- ）

男，生于纽约州，第二代华裔。毕业于耶鲁大学，曾担任过克林顿的演讲起草者。

—.《偶然生为亚裔人》（*The Accidental Asian*. New York: Random House, 1998）（台北：天下远见，1999）

- 关于“同化”的思考。

121.玛杰莉·刘（Liu, Marjorie M.）（1979- ）

女，生于费城，一半中国血统。在西雅图长大，现居美国中西部。小说多是超现实的爱情和奇幻题材。

—.《狂野之光》（*A Wild Light*. New York: Ace Books, 2010）

—.《黑暗的呼唤》（*Darkness Calls*. New York: Ace Books, 2009）

—.《最后的暮色》（*The Last Twilight*. New York: Leisure Books, 2008）

—.《野路》（The Wild Road. New York: Leisure Books, 2008）

—.《无人走的路》（*The Wild Road*. New York: Leisure Books, 2008）

—.《钢铁捕手》（*The Iron Hunt*. New York: Ace Books, 2008）

—.《灵魂之歌》（*Soul Song*. New York: Leisure Books, 2007）

—.《天眼》（*Eye of Heaven*. New York: Leisure Books, 2006）

—.《触影》（*Shadow Touch*. New York: Dorchester Publishing, 2006）

—.《玉之红芯》（*Red Heart of Jade*. New York: Love Spell, 2006）

—.《虎眼》（*Tiger Eye*. New York: Love Spell, 2005）

—.《深红的味道》（*A Taste of Crimson*. New York: Love Spell, 2005）

122.刘庶凝（Liu, Stephen Shu Ning）（1930- ）

男，生于四川涪陵。“文化大革命”前赴美，到达旧金山时英文很差，二十年之后取得英国文学的博士学位。曾住内华达州，现居加拿大不列颠哥伦比亚省。

—.《父亲的功夫：诗歌》（*My Father's Martial Art: Poems*. Reno: University of Nevada Press, 1999）

- 从作者在中国的家写到当代拉斯维加斯似真似幻的霓虹世界。

—.《还乡梦》（*Dream Journeys to China: Poems*. Beijing: New World Press; San Francisco: China Books, 1982）（北京：新世界出版社，1982）

123.刘悌摩（Liu, Timothy）（1965- ）

男，诗人。生于加州圣荷西。现居曼哈顿，正在写一个亚裔同性恋摩门教徒的故事。

—.《一夫多妻》（*Polygamy*. Philadelphia: University Press of New England,

2009）

—.《让理智围绕梦境》（*Bending the Mind Around the Dream's Blown Fuse*. Jersey City, NJ: Talisman Press, 2009）

—.《你本是尘土》（*For Dust Thou Art*. Carbondale: Southern Illinois University Press, 2005）

- 诗歌，关于“911”事件及其后果，探索21世纪美国“目击者诗歌”可能呈现的形态。

—.《歌咏为君》（*Of Thee I Sing*. Athens: University of Georgia Press, 2004）

—.《铁证》（*Hard Evidence*. Jersey City, NJ: Talisman Press, 2001）

—.《说晚安》（*Say Goodnight*. Port Townsend, Washington: Copper Canyon Press, 1998）

—.《烧掉的作品》（*Burnt Offerings*. Port Townsend, Washington: Copper Canyon Press, 1995）

—.《天使的声音》（*Vox Angelica*. Cambridge, MA: Alice James Books, 1992）

—.《薄雾的拉链》（*Zipper of Haze*. Orem, Utah: Winepress, 1988）

124.斯蒂芬·罗（Lo, Steven C）（1949- ）

男，生于台湾，20世纪70年代移民美国进修研究院课程。现居得克萨斯州。

—.《德州美国梦》（*The Incorporation of Eric Chung: A Novel*. Chapel Hill, NC: Algonquin, 1989）（台北：时代文化，1996）

- 小说，讲述一个由中国移民到美国得克萨斯州的商人的大起大落。

125.陆赛静（Loh, Sandra Tsing）（1962- ）

女，生于长于洛杉矶，现居洛杉矶。父亲是中国人，母亲是德国人。

—.《火爆母亲》（*Mother on Fire*. New York: Crown Publishers, 2008）

—.《范纽斯的一年》（*A Year in Van Nuys*. New York: Crown Publishers,

2001）

—.《美国异客》（*Aliens in America*. New York: Riverhead Books, 1997）

—.《如果在这儿住》（*If You Lived Here, You'd Be Home By Now*. New York: Riverhead Books, 1997）

—.《浮世洛杉矶》（*Depth Takes a Holiday: Essays from Lesser Los Angeles*. New York: Riverhead Books, 1996）

126. 包柏漪（Lord, Bette [Bao]）（1938- ）

女，生于上海，1946 年随家人移民美国，在布鲁克林、纽约和新泽西长大。

—.《中间的心》（*The Middle Heart*. New York: Knopf, 1996）

- 讲述一段三角恋的故事，以及中国政治。

—.《遗产：中国传奇录》（*Legacies: A Chinese Mosaic*. New York: Knopf, 1990）

- “文化大革命”故事。

—.《猪年和杰基·罗宾逊》（*In the Year of the Boar and Jackie Robinson*. New York: HarperCollins, 1984）

- 记述了作者在美国布鲁克林第一年的移民生活。

—.《春月：中国小说》（*Spring Moon: A Novel of China*. New York: Harper, 1981）（北京：中国友谊出版社，1988）

- 描述了中国一个显赫之家上下五代人的故事，展现了中国在世纪之交的社会和政治变迁。

—. 与妹妹合著：《第八个月亮》（*Eighth Moon: The True Story of a Young Girl's Life in Communist China*. New York: Harper, 1964）（台北市：文星书店，1964）

- 讲述了主人公在 1949 年后新中国的生活经历。

127.雷恩华（Louie, Andrea）

女，第一代华裔。

—.《月饼》（*Moon Cakes*. New York: Ballantine Books, 1995）

- 讲述一个在美国出生的华裔女孩家庭不幸福，缺少自我意识，她踏上去中国的旅程，试图寻找自己的身份。

128.雷祖威（Louie, David Wong）（1954- ）

男，生于纽约洛克菲勒中心，第二代华裔，父母在长岛郊区经营干洗店。现居加州。

—.《蛮人将至》（*The Barbarians Are Coming*. New York: Putnam, 2000）

- 成长小说，以 20 世纪 70 年代为背景。

—.《爱的阵痛》（*Pangs of Love*. New York: Knopf, 1991）（南京：译林出版社，2004）

- 短篇小说集。

129.刘裔昌（Lowe, Pardee）（1904-1996）

男，生于旧金山，第二代华裔。

—.《虎父虎子》（*Father and Glorious Descendant.* Boston: Little, 1943）

- 自传，以排华时期的旧金山为背景，关注美国出生的华裔，讲述他们的经历和内心的复杂感触。

130. 林洪业（Lum, Darrell H. Y.）（1950- ）

男，生于夏威夷火奴鲁鲁，华裔夏威夷人，现居夏威夷。

—.《骑上子弹》（*Riding the Bullet*. New York: Macmillan, 1999）

- 童话。

—.《米的秘密》（*The Rice Mystery*. New York: Macmillan, 1998）

- 童话。

—.《辣椒娃与铁嘴公鸡捕火捉风记》（*Hot-Pepper-Kid and Iron-Mouth-Chicken Capture Fire and Wind*. New York: Macmillan/McGraw-Hill, 1997）

—.《金拖鞋》（*The Golden Slipper: A Vietnamese Legend*. New York: Troll Associates, 1994）

- 童话。

—.《一去勿回头》（*Pass On, No Pass Back*. Honolulu: Bamboo Ridge Press, 1990）

- 短篇故事集。

—.《太阳：短篇故事和戏剧集》（*Sun: Short Stories and Drama*. Honolulu: Bamboo Ridge Press, 1980）

131.林永得（Lum, Wing Tek）（1946- ）

男，诗人。生于夏威夷火奴鲁鲁，第三代华裔。曾居纽约和香港，1976年返回火奴鲁鲁，定居至今。

—.《疑点详析》（*Expounding the Doubtful Points*. Honolulu: Bamboo Ridge Press, 1987）

- 献给陶渊明和赵健秀的诗歌。以语言文字、文化身份及文化障碍为主题。

132.凯瑟琳·马（Ma, Kathryn）（?- ）

女，生于宾夕法尼亚州，贵格会教徒。现同家人居旧金山。

—.《徒劳无后》（*All That Work and Still No Boys*. Iowa City: University of Iowa Press, 2009）

- 10 篇故事，挖掘移民生活经历，特别是加州北部的华裔生活，点出责任、转变和失落的实质。

133. 马严君玲（Mah, Adeline Yen [Ma Yan Junling]）（1937- ）

女，生于天津，幼时在上海生活，11 岁时迁往香港。移民美国后学习麻醉学。现住加州、伦敦和香港。

—.《中国灰姑娘：神秘的宋代绘画》（*Chinese Cinderella: The Mystery of the Song Dynasty Painting*. New York: Delacorte, 2010）

—.《中国：龙和皇帝的国度》（*China: Land of Dragons and Emperors*. New York: Delacorte, 2009）

—.《中国灰姑娘和神秘的龙》（*Chinese Cinderella and the Secret Dragon*. New York: HarperCollins, 2005）

—.《千金句：从谚语中回顾中国的过去》（*A Thousand Pieces of Gold: A Memoir of China's Past Through Its Proverbs*. San Francisco: HarperSanFrancisco, 2002）

—.《看那树：中国女孩对快乐、传统和智慧的反思》（*Watching the Tree: A Chinese Daughter Reflects on Happiness, Traditions and Spiritual Wisdom*. New York: Broadway Books, 2001）

—.《中国灰姑娘：一个弃女的真实故事》（*Chinese Cinderella: The True Story of an Unwanted Daughter*. New York: Delacorte, 1999）

—.《落叶归根》（*Falling Leaves: The True Story of an Unwanted Chinese Daughter*. New York: Wiley, 1997）（香港：星岛，1997）（北京：中国友谊出版公司，2003）

134. 罗琳·马（Mar, Laureen）（1953- ）

女，生于西雅图，现住西雅图。

—.《有生命的家具》（*Living Furniture*. San Francisco: Noro Press, 1982）

- 诗集。

135. 马敏仪（Mar, M. Elaine）（1966- ）

女，生于香港。6 岁时移居美国。

—.《纸女儿》（*Paper Daughter, a Memoir*. New York, NY: HarperCollins Publishers Inc., 1999）

- 回忆录。记叙了到美国后家庭极端贫困，在学校里受同学嘲笑的“边缘人”生活。

136. 林露德（McCunn, Ruthanne Lum [Lum Loh Duk]）（1947- ）

女，生于旧金山，长于香港，1962 年返美读大学。母亲为中国人，父亲为苏格兰裔美国人。

—.《幸运之神》（*God of Luck*. New York: Soho Press, 2007）

—.《月珍珠》（*The Moon Pearl*. Boston: Beacon, 2000）

—.《木鱼歌》（*Wooden Fish Songs*. New York: Dutton, 1995）

—.《华裔画像：1828～1988年的个人历史》（*Chinese American Portraits: Personal Histories 1828-1988*. San Francisco: Chronicle Books, 1988）

—.《生还》（*Sole Survivor*. San Francisco: Design Enterprises, 1985）

- 传记体小说，讲述一个中国水手海上遇险 133 天后生还，写入吉尼斯世界纪录。

—.《咬馅饼的人》（*Pie-Biter*. San Francisco: Design Enterprises of San Francisco, 1983）

- 童话。

—.《千金姑娘》（*Thousand Pieces of Gold: A Biographical Novel.* San Francisco: Design Enterprises, 1981）

137. 闵安琪（Min, Anchee）（1957- ）

女，生于上海，1984 年赴美。

—.《中国之珠》（*Pearl of China: A Novel*. New York: Bloomsbury USA, 2009）

—.《末代皇后》（*The Last Empress*. Boston: Houghton Mifflin, 2007）

—.《兰皇后》（*Empress Orchid*. Boston: Houghton Mifflin, 2004）

- 讲述清朝末年一位皇妃的故事。

—.《野姜》（*Wild Ginger*. Boston: Houghton Mifflin, 2002）

—.《江青成长记》（*Becoming Madame Mao*. Boston: Houghton Mifflin, 2001）

—.《凯瑟琳》（*Katherine*. New York: Riverhead Books, 1995）

- 小说。

—.《映山红》（*Red Azalea*. New York: Pantheon, 1994）

- 回忆录。

138.赵来思（Namioka, Lensey）（1929- ）

女，生于北京，9 岁时移居美国。语言学家赵元任三女儿。现居西雅图。

—.《错配》（*Mismatch*. New York: Delacorte Books for Young Readers, 2006）

- 青少年小说。写美国一个华裔女孩和一个日裔男孩的爱情故事，以及双方家长的态度。

—.《日本武士和长鼻怪》（*The Samurai and the Long Nose Devils*. Vermont: Tuttle Publishing, 2004）

—.《白蟒蛇城堡》（*White Serpent Castle*. Vermont: Tuttle Publishing, 2004）

—.《一半一半》（*Half and Half*. New York: Delacorte Books for Young Readers, 2003）

- 青少年小说。关于一个中苏（格兰）混血女孩的文化身份。

—.《远隔大洋两重天》（*An Ocean Apart, a World Away*. New York: Delacorte Books for Young Readers, 2002）

- 故事发生在 20 世纪初的中国，一个女孩踏上去美国的路，学习医学。

—.《缠脚与姻缘》（*Ties That Bind, Ties That Break*. New York: Delacorte Books for Young Readers, 1999）

- 背景为20世纪初的中国。一个女孩拒绝缠脚，未来婆家解除婚约。

—.《杨家二姐和她的秘密崇拜者》（*Yang the Second and Her Secret Admirers*. Boston: Little, Brown, 1998）

- 杨家故事系列。杨家有4个孩子，他们刚刚从中国搬到美国。

—.《杨家三姐和她的一家》（*Yang the Third and Her Impossible Family*. Boston : Little, Brown, 1995）

—.《四月和龙女》（*April and the Dragon Lady*. San Diego : Browndeer Press, 1994）

—.《杨家小弟和她的笨耳朵》（*Yang the Youngest and His Terrible Ear*. Boston : Joy Street Books, 1992）

—.《白狐洞》（*Den of the White Fox*. San Diego: Harcourt Brace, 1977）

139.伍慧明（Ng, Fae Myenne）（1956- ）

女，生于长于旧金山，第二代华裔，现居纽约市。

—.《驶向礁石》（*Steer Toward Rock*. New York: Hyperion, 2008）

- 小说，讲述一个在旧金山当屠夫的非法入境者的故事。

—.《骨》（*Bone*. New York: Hyperion, 1993）

- 小说，讲述住在旧金山唐人街的三姐妹的故事。

140.伍美琴（Ng, Mei）（1966- ）

女，生于长于纽约，第二代华裔。

—.《裸体吃中餐》（*Eating Chinese Food Naked*. New York: Scribner, 1998）

- 小说，女主人公渐渐接受自己华裔美国女性的身份。

141.希格里德·努奈兹（Nunez, Sigrid）（1951- ）

女，生于纽约市，父亲为巴拿马华裔，移民美国，母亲为德国人。现居纽约。

—.《最后的母熊》（*The Last of Her Kind*. New York: Farrar, Straus & Giroux, 2006）

- 故事发生在20世纪六七十年代，探索了美国反文化的理想主义。

—.《献给茹阿娜》（*For Rouenna*. New York: Farrar, Straus & Giroux, 2001）

- 本书讲述了叙事人逝去的恋情和茹阿娜的生活：茹阿娜是越战时期的护士，一直沉醉于战争的回忆。小说借此检视了友谊和集体文化记忆。

—.《米茨：布隆贝里的绒猴》（*Mitz: The Marmoset of Bloomsbury*. New York: HarperFlamingo, 1998）

- 本书基于作者的回忆录和信件，讲述了20世纪30年代一对夫妇的生活，着重刻画了他们的宠物绒猴米茨。

—.《裸睡的人》（*Naked Sleeper: A Novel*. New York: HarperCollins, 1996）

- 小说主人公的婚姻因一段婚外情而破碎，作者借此展现了中年妇女迈向成熟、自我发现的艰难过程。

—.《上帝呼吸中的轻羽》（*A Feather on the Breath of God: A Novel*. New York: HarperCollins, 1995）

- 作者讲述了移民父母的早年生活、她自己的梦想和挫折，以及自己与一位俄国男子的婚外恋情。

142.裴震和（Pei, Lowry [Cheng-Wu]）（1946- ）

男，生于密苏里州圣路易斯，半中国血统，父亲祖籍苏州，母亲来自美国堪萨斯。现居马萨诸塞州剑桥市。

—.《家族亲缘》（*Family Resemblances*. New York: Random, 1986）

- 小说围绕反传统的阿姨和15岁的侄女展开，以自由开放的态度探讨了忠诚和恋爱关系的不同方面。

143.濮青（Pwu, Jean Lee）（?- ）

女，生于中国，就读于明尼苏达大学，现居新泽西州。

—.《东风西雨》（*East Wind, West Rain*. New York: Mellen Press, 1997）

- 诗集。

144.裘小龙（Qiu, Xiaolong）（1953- ）

男，生于上海，1988年移民美国。现在华盛顿大学任教。

—.《毛公案》（*The Mao Case*. New York: St. Martin's Minotaur, 2009）

- 陈探长侦探小说，围绕最高领袖毛泽东的私隐秘事展开。

—.《红旗袍》（*Red Mandarin Dress*. New York: St. Martin's Minotaur, 2007）

- 陈探长侦探小说。

—.《双城案》（*A Case of Two Cities*. New York: St. Martin's Minotaur, 2006）

- 陈探长侦探小说。

—.《石库门骊歌》（*When Red is Black*. New York: Soho Press, 2004）（叶旭军译，上海：上海文艺出版社，2005）

- 陈探长侦探小说。

—.《中国诗行》（*Lines Around China*. St. Louis: Neshui Publishing, 2003）

- 诗集。

—.《外滩花园》（*A Loyal Character Dancer*. New York: Soho Press, 2002）（匡咏梅译，上海：上海文艺出版社，2005）

- 陈探长侦探小说。

—.《红英之死》（*Death of a Red Heroine*. New York: Soho Press, 2000）（俞雷译，上海：上海文艺出版社，2003）

- 陈探长侦探小说系列之首部作品。

145. 佩斯里·雷克达尔（Rekdal, Paisley）（1971- ）

女，生于华盛顿州西雅图，中挪混血。现居罗拉米，在怀俄明大学教授诗歌。

—.《发明万花筒》（*The Invention of the Kaleidoscope*. Pittsburgh, PA: The University of Pittsburgh Press, 2007）

- 诗集。

—.《六个没裤子的女孩》（*Six Girls Without Pants*. Spokane: Eastern Washington University Press, 2002）

- 诗集。

—.《犀牛的冲撞》（*A Crash of Rhinos*. Athens: University of Georgia Press, 2000）

- 诗集。

—.《母亲遇见李小龙那晚》（*The Night My Mother Met Bruce Lee*. New York: Pantheon, 2000）

- 散文集，讲述美国和海外混血人的故事。

146. 劳拉·赵·罗伦德（Rowland, Laura Joh）（1954- ）

女，生于密歇根州哈珀伍兹，第三代美籍中韩混血。在密歇根长大，现居路易斯安那州新奥尔良市。写成佐野一郎侦探小说系列，除非特别说明，故事背景为封建时期的日本。

—.《云亭》（*The Cloud Pavilion*. New York: Minotaur, 2009）

- 故事发生在封建时期的日本，讲述了武士侦探佐野一郎破获系列强奸案的经过。

—.《夏洛特·布朗蒂的秘密历险》（*The Secret Adventures of Charlotte Bronte*. ME: Thorndike Press, 2008）

- 记叙布朗蒂奇妙的探险经历。

—.《火和服》（*The Fire Kimono*. New York: St. Martin's Minotaur, 2008）

- 佐野一郎在与政敌进行权力争斗的同时，面临更艰巨的任务——大将军的表兄弟死于40年前，他须查明此案真凶，以洗清母亲嫌疑。

—.《雪皇后》（*The Snow Empress*. New York: St. Martin's Minotaur, 2007）

- 佐野一郎调查儿子绑架案时，又卷入一场谋杀案的侦查工作，死者即雪皇后。

—.《红菊花》（*The Red Chrysanthemum*. New York: St. Martin's Minotaur, 2006）

- 佐野一郎的妻子卷入一场谋杀案，此案受害人是一位有卖国嫌疑的贵族。

—.《致命点穴》（*The Assassin's Touch*. New York: St. Martin's Minotaur, 2005）

- 佐野一郎奉命调查系列谋杀案，死者均为高级官员，被杀手点穴而丧命。

—.《香袖》（*The Perfumed Sleeve*. New York: St. Martin's Minotaur, 2004）

- 佐野一郎受显赫政客死后委托，调查他的死亡真相。

—.《龙王之殿》（*The Dragon King's Palace*. New York: St. Martin's Minotaur, 2003）

- 将军之母和一郎之妻被绑架，其后又有一系列罪案发生，而这一切的幕后操纵者都是一个自称为"龙王"的人。

—.《紫藤夫人的枕边书》（*The Pillow Book of Lady Wisteria*. New York: St. Martin's Minotaur, 2002）

- 将军的堂兄死于名妓紫藤夫人的床榻，而紫藤夫人与其私人日记一同失踪；一郎的调查由此展开。

—.《黑莲》（*Black Lotus*. New York: St. Martin's Minotaur, 2001）

- 故事缘起于黑莲寺的一起纵火谋杀案。

—.《武士之妻》（*The Samurai's Wife*. New York: St. Martin's Minotaur, 2000）

- 府中大臣策划政治阴谋但却离奇丧命，一郎就此展开调查。

—.《姬之纹身》（The *Concubine's Tattoo*. New York: St. Martin's, 1998）

- 将军的爱妾突然死于有毒的纹身，一郎奉命调查事情真相。

—.《叛徒之路》（*The Way of the Traitor*. New York: Villard, 1997）

- 一位荷兰商人摆脱监禁不久即殒命，时律禁止民众与外邦人接触，但一郎还是冒着生命危险调查此案。

—.《枭首案》（*Bundori*. New York: Villard, 1996）

- 小说围绕一系列谋杀案展开，凶手以古老的谋杀手段行凶，取下死者首级后将其示众。

—.《鸳鸯案》（*Shinju*. New York: Random House, 1994）

- 一对看似殉情的男女实为被人所害，为追寻正义，一郎对此展开调查并揭露了一场政治阴谋。

147.肖娜·杨·莱恩（Ryan, Shawna Yang）（1976- ）

女，生于加州首府萨克拉门托，混血华裔，现居加州伯克利。

—.《洛克1928》（*Locke 1928*. Berkeley, CA: El Leon Literary Arts, 2007. Later published as *Water Ghosts*. New York: Penguin Press, 2009）

- 故事发生在加州萨克拉门托市的洛克镇，这里上演了人类熟悉而又疏离的激情，讲述中国移民的生活。

148.特蕾萨·勒杨·莱恩 （Ryan, Teresa LeYung）（?-）

女，生于香港，8 岁随家人移民美国，在旧金山长大。现居湾区。

—.《爱由心生》（*Love Made of Heart*. New York: Kensington Books, 2002）

- 带有自传性质的小说。

149.邝丽莎（See, Lisa Lenine [also pseudo Monica Highland]）（1955- ）

女，生于法国巴黎，第五代美籍华人。其祖父于 1867 年移民加州，父亲有四分之一中国血统。在洛杉矶长大并居住于此。

—.《上海姐妹》（*Shanghai Girls: A Novel*. New York: Random House, 2009）

- 故事背景是20世纪30年代的上海，通过一对姐妹的经历，讲述传统和战争的创伤。

—.《牡丹还魂记》（*Peony in Love*. New York: Random House, 2007）（林维颐译，台北：高宝国际有限公司，2008）

- 故事发生在17世纪的中国，陈家小姐偶遇一位神秘男子并一见倾心，小说记叙了她不顾社会礼法、争取爱情的故事。

—.《雪花与秘扇》（*Snow Flower and the Secret Fan*. New York: Random House, 2005）（林维颐译，台北：高宝国际有限公司，2008；《雪花和秘密的扇子》，忻元洁译，北京：人民文学出版社，2005）

- 故事发生在19世纪的中国，详述了百合和雪花一生的亲密情谊。

—.《龙骨》（*Dragon Bones*. New York: Random House, 2003）（林维颐、陈静修、林劭瑜译，台北：高宝国际有限公司，2008）

- 三峡大坝施工过程中，在长江中突然发现一具美籍考古学家的尸体。女调查员刘胡兰与丈夫戴维一同前往三峡进行调查。

—.《本质》（*The Interior*. New York: HarperCollins, 1999）

- 农村的一间美国加工厂成为此案的嫌疑对象，刘胡兰深入调查了当地女工的生存环境。

—.《花网》（*Flower Net*. New York: HarperCollins, 1997）

- “红公主”疑案小说系列的首部作品，故事围绕中国调查员刘胡兰和她的美国情人戴维而展开。

—.《在金山上：我的华裔美国家族之百年历程》（*On Gold Mountain: The One-Hundred-Year Odyssey of My Chinese American Family*. New York: St. Martin's Press, 1995）

- 作者记叙了自己的华裔家庭在美国的百年之旅，反映了海外移民的生活。

—.《来自南加州的问候》（以莫妮卡·海兰为名）（As Monica Highland. *Greetings from Southern California*. Portland, OR: Graphic Arts Center, 1988）

- 基于一组精致的明信片，展现代表南加州文化的地方、事件和人物。

—.《上海路110号》（以莫妮卡·海兰为名）（As Monica Highland. *One Hundred Ten Shanghai Road*. New York: McGraw-Hill, 1986）

- 本书背景为 1926 年～1937 年的上海，中国因内战和西方威胁而陷入混乱，小说记叙了三个生在上海、长在上海的外国人的故事。

—.《莲地》（以莫妮卡·海兰为名）（As Monica Highland. *Lotus Land*. New York: Coward-McCann, 1983）

- 着重刻画三位来自不同文化背景的人及其后代，他们为洛杉矶的成长做出了不可或缺的贡献。

150.凯西·宋（Song, Cathy）（1955- ）

女，母亲为美籍华人，长在火奴鲁鲁，现居此地。

—.《云推手》（*Cloud Moving Hands*. Pittsburgh: University of Pittsburgh Press, 2007）

- 诗集。

—.《极乐之地》（*The Land of Bliss*. Pittsburgh: University of Pittsburgh Press, 2001）

- 一部交织现在和过去的诗集。

—.《学校中人》（*School Figures*. Pittsburgh: University of Pittsburgh Press, 1994）

- 诗集，呈现了作者的过去和家庭。

—.《无框的窗，几尺阳光》（*Frameless Windows, Squares of Light: Poems*. New York: Norton, 1988）

- 语言如画的诗集。

—.《照片新娘》（*Picture Bride: Poems*. New Haven: Yale University Press, 1983）

- 诗歌集。

151. 水仙花（曾用笔名“埃迪思·伊顿”）（Sui Sin Far [also Sui Sin Fah; pseuds. for Edith Maud Eaton]）（1865-1914）

女，生于英国马格斯菲特；母亲是中国人，父亲是英国人；1872年移居加拿大蒙特利尔，1898年迁入旧金山，其后多数时间居于华盛顿州西雅图。

—.《春郁太太及其他作品》（*Mrs. Spring Fragrance and Other Writings*. Amy Ling and Annette White-Parks, eds. Urbana: University of Illinois Press, 1995）（山西教育出版社，2002）

- 短篇故事集，探索美国的多元文化，着重描绘了白人小区内中国移民的生活。

—.《春郁太太》（*Mrs. Spring Fragrance*. Chicago: A.C. McClurg, 1912）

- 短篇故事集，探讨华人的身份认同及文化冲突。

152. 孙碧奇（Sun, Patrick Pichi）（1908-1986）

男，生于中国福建，赴美国斯坦福大学修读硕士学位，曾是中国外交官。

—.《浮生追忆》（*Recollections of a Floating Life*. Taipei: China Post Publishing, 1973）

- 自传。

153. 施家彰（Sze, Arthur）（1950- ）

男，出生并成长于纽约长岛区花园市，第二代美籍华人，1972年毕业于加州大学伯克利分校，专修中国诗歌。现居新墨西哥市。

—.《银杏之光》（*The Gingko Light*. Port Townsend, WA: Copper Canyon Press, 2009）

- 以宇宙视角写成的诗集，突出人、动物、植物和星球等意象。

—.《结绳》（*Qiupu*. Port Townsend, WA: Copper Canyon Press, 2005）

- 诗集，突出家庭生活和情色欲望。

—.《丝龙》（*The Silk Dragon: Translations from the Chinese*. Port Townsend, WA: Copper Canyon Press, 2001）

- 古典诗歌英译，此书收录作品此前极少被译介。

—.《红移网：1970-1998 诗作》（*The Redshifting Web: Poems 1970-1998*. Port Townsend, WA: Copper Canyon Press, 1998）

- 诗集，探讨集体文化的过去和个人的现在。

—.《群岛》（*Archipelago*. Port Townsend, WA: Copper Canyon Press, 1995）

- 诗集，体现了作者作为美籍华裔的双重文化传承，展现了中国古典诗歌之美。

—.《河流，河流》（*River River*. Providence, RI: Lost Roads Publishers, 1987）

- 诗集。

—.《两只乌鸦：施家彰译诗选》（*Two Ravens: Translations from the Chinese and Poems by Arthur Sze*. Santa Fe, NM: Tooth of Time Books, 1984）

- 诗集。

—.《眩惑》（*Dazzled*. Point Reyes, CA: Floating Island Publications, 1982）

- 诗集。

—.《杨柳风：施家彰诗及译诗选》（*The Willow Wind: Translations from the Chinese and Poems by Arthur Sze*. Santa Fe: Tooth of Time Books, 1981）

- 诗集。

—.《两只乌鸦》（*Two Ravens*. Guadalupita, NM: Tooth of Time Books, 1976）

- 中国经典诗歌英译，包括李白、杜甫、王维、李清照、陶潜和闻一多等人的作品，附有作者自己的诗作。

—.《杨柳风》（*The Willow Wind*. Berkeley, CA: Rainbow Zenith Press, 1972）

- 中国经典诗歌英译，包括李白、杜甫、王维、李清照、陶潜和闻一多等人的作品，附有作者自己的诗作。

154. 苏美美（Sze, Mai-mai）（1905-1987）.

女，出生于中国北京，成年后旅居英国、法国和美国。

—.《静默的孩子》（*Silent Children*. New York: Harcourt, 1948）

- 讲述二战难民儿童在战后的艰难求生经历。

—.《哭的回声：一个从中国讲起的故事》（*Echo of a Cry: A Story Which Began in China*. New York: Harcourt, 1945）

- 前驻华盛顿外交官之女的回忆录。

155. 谭恩美（Tan, Amy）（1952- ）

女，生于加州奥克兰，第二代美籍华人，成长在湾区，现居于此。

—.《沉默之鱼》（*Saving Fish from Drowning*. New York: Putnam, 2005）（蔡骏译，北京出版社，2006）

- 旧金山艺术界翘楚陈小姐计划同好友穿缅甸公路度假，却在出发前被残忍杀害。她的魂魄向我们讲述了 12 位友人在缅甸丛林的磨难和历险。

—.《命运的对立面——沉思集》（*The Opposite of Fate: A Book of Musings*. New York: Putnam, 2003）

- 散文集，涵盖作者对人生、信仰、命运和家庭关系的思索。

—.《接骨师的女儿》（*The Bonesetter's Daughter*. New York: Putnam, 2001）

- 小说记叙了接骨师和她女儿的故事，父女间关系紧张但内心却深切爱护彼此。

—.《通灵女孩》（*The Hundred Secret Senses*. New York: Putnam, 1995）（孔小炯等译，浙江文艺出版社，1999）

- 故事以中美两种文化为背景，讲述了一双姐妹的故事，借此审视了连接美籍华人与其祖先的文化纽带。

—.《中国暹罗猫》（*The Chinese Siamese Cat*. New York: Macmillan, 1994）

- 儿童读物。

—.《月亮女神》（*The Moon Lady*. New York: Macmillan, 1992）

- 儿童读物。

—.《灶神之妻》（*The Kitchen God's Wife*. New York: Putnam, 1991）（凌月、颜伟译，海峡文艺出版社，1992）

- 讲述的是中国母亲同在美国出生的女儿间的故事。

—.《喜福会》（*The Joy Luck Club*. New York: Putnam, 1989）（于人瑞译，台北：联合文学，1990；程乃珊、严应薇译，杭州：浙江文艺出版社，1999）

- 小说讲述四对母女的故事，探索了移民母亲与西化女儿间的微妙关系。

156.希拉里·谭（Tham, Hilary）（1946-2005）

女，生于马来西亚巴生，父母为中国移民，1971 年移民美国，居于新泽西，后移居弗吉尼亚州的阿林顿。

—.《锡矿与妾：马来西亚小说集》（*Tin Mines and Concubines: Malaysian Fictions.* Washington D.C.: Washington Writers' Publishing House, 2005）

- 由 18 个相互关联的故事组成，记叙华裔和印裔移民的生活，探索马来文化和传统。

—.《魏太太之道》（*The Tao of Mrs. Wei: Poems.* Washington D.C.: Bunny and the Crocodile Press, 2003）

- 诗集，作者以讽刺的笔调刻画了一个典型东南亚妇女。

—.《计数：长诗》（*Counting: A Long Poem*. Washington D.C.: Word Works, 2000）

- 诗集。

—.《无名之路：马华女孩的自传与诗作》（*Lane With No Name: Memoirs and Poems of a Malaysian-Chinese Girlhood.* Boulder, CO: Lynne Rienner Publishers, 1997）

- 基于作者回忆录和诗作，探索多元文化中的身份认同。

—.《男人及其他怪事：诗与艺术》（*Men & Other Strange Myths: Poems and Art*. Colorado Springs, CO: Three Continents Press, 1994）

- 诗集，内容涉及友情、爱情、文化冲突和两性间的误解。

—.《虎骨酒》（*Tigerbone Wine: Poems*. Washington D.C.: Three Continents Press, 1992）

- 诗集，以讽刺笔触探索人际间关系。

—.《女人的恶名》（*Bad Names for Women*. Washington D.C.: Word Works, 1989）

- 诗集。

—.《纸船：诗作》（*Paper Boats: Poems*. Washington D.C.: Three Continents Press, 1987）

- 诗集。

157.埃利诺·黄·特拉马克（Telemaque, Eleanor Wong）（1934- ）

女，生于明尼苏达州，第二代美籍华人，长在美国中西部。

—.《一个美籍华裔恐怖分子的自白》（*The Sammy Wong Files: Confessions of a Chinese American Terrorist.* S.l.: Xlibris, 2007）

- 回忆录，讲述主人公从明尼苏达州到中国，到加拿大，到纽约再到芝加哥的经历。

—.《假期海地岛》（*Haiti Through Its Holidays*. New York: E.W. Blyden Press, 1980）

- 故事主人公是美籍海地人，他向外孙讲述了海地的假期、佳节和习俗。

—.《疯狂之举：在明尼苏达州做个中国人》（*It's Crazy to Stay Chinese in Minnesota*. Nashville: T. Nelson, 1978）

- 本书主人翁是一位17岁美籍华裔女孩，身居明尼苏达州的她努力在中美两种文化中取得平衡。

158. 丁雄泉（Ting, Walasse）（1929- ）

男，生于上海，1946年移居香港，1952年移居巴黎，1957年移民美国，定居纽约；20世纪90年代之后，居于纽约和阿姆斯特丹；视觉艺术家、诗人。

—.《杨柳风》（*The Willow Wind*. NM: Tooth of Time Books, 1981）

- 唐诗英译。

—.《酸辣汤》（*Hot and Sour Soup*. Calif.: Sam Francis Foundation, 1969）

- 诗集，配有插图。

—.《一分人生》（*One Cent Life*. Ed. Sam Francis. Bern: E. W. Kornfield, 1964）

- 诗作及画作。

159. 詹妮弗・曾（Tseng, Jennifer）（1969- ）

女，生于印第安纳州，父亲祖籍中国台湾，母亲是德国人。生长在加州，获加州大学洛杉矶分校硕士学位，研究亚裔美国人。

—.《长着我的脸的男人》（*The Man With My Face: Poems*. New York: Asian American Writers' Workshop, 2005）

- 诗集，抒发移民的情感。

—.《逃离：诗选》（*The Escape: Collected Poems*. Colo.: Colorado College, 1991）

- 诗集。

160. 蒋希曾（Tsiang, H.T [Jiang Xizeng]）（1899-1971）

男，生于江苏启安，后随家人移民纽约；诗人兼作家，20世纪二三十年代加入格林尼治村文学潮。

（双语作家，中文作品参见下篇蒋希曾条目）

—.《“出番”记》（*And China Has Hands*. New York: Robert Speller, 1937）

- 讲述中国移民在纽约唐人街的生活，以及他们经常面临的经济剥削和社会孤立。

—.《金拜》（*The Hanging on Union Square*. New York: privately printed, 1935）

- 讽刺小说，通过描写联合广场的工人，展现贫富间的对立和矛盾。

—.《中国红》（*China Red*. New York: privately printed, 1931）

- 书信体小说，讲述一段异地恋情，主人公是在中国上学的女孩和她留学美国的男朋友。

—.《中国革命诗歌》（*Poems of the Chinese Revolution*. New York: privately printed, 1929）

- 诗集。

161.凯蒂·苏（Tsui, Kitty）（1952- ）

女，生于香港，1968年与家人一起，经天使岛最终移民美国。同性恋诗人。

—.《火光飞溅》（*Sparks Fly*. New York: Masquerade Books, 1997）

- 讲述了旧金山浪子诺顿的人生起伏和风流韵事。

—.《无法呼吸：情色》（*Breathless: Erotica*. Ithaca, NY: Firebrand Books, 1996）

- 以大胆笔触来描写女同性恋的性爱。

—.《夜视》（*Nightvision*. Santa Cruz, Calif.: Moving Parts Press, 1984）

—.《火热女言》（*The Words of a Woman Who Breathes Fire*. San Francisco: Spinsters, Ink, 1983）

- 诗作与散文合集。

162.筑山基思（Tsukiyama, Gail）（约1960- ）

女，生于加州旧金山，父亲兼有日本和夏威夷血统，母亲来自中国香港。小说家，多写历史小说，现居加州艾沙利度城。

—.《千花之街》（*The Street of a Thousand Blossoms*. New York: St. Martin's

Press, 2007）

- 本书讲述了东京一对孤儿兄弟 30 多年的人生故事。

—.《梦水》（*Dreaming Water*. New York: St. Martin's Press, 2002）

- 关于一对母女顽强对抗成人早衰症的故事，歌颂了勇气、爱、家庭和友谊。

—.《线的语言》（*The Language of Threads*. New York: St. Martin's Press, 1999）

- 故事的背景是二战时期中国抗日战争。

—.《多梦之夜》（*Night of Many Dreams*. New York: St. Martin's Press, 1998）

- 以 1940 年日军统治下的香港为背景，通过一个家族 15 年的经历，探索了成长、成熟与自我发现。

—.《武士的花园》（*The Samurai's Garden*. New York: St. Martin's Press, 1995）

- 小说，二战前夕，一位中国男人为治愈肺病来到日本疗养，碰到一位日本女孩，两人堕入爱河。

—.《丝女》（*Women of Silk*. New York: St. Martin's Press, 1991）

- 小说以 1919～1938 年经历经济、政治变革下的中国为背景，讲述了一个 8 岁就被送到丝厂工作的女孩的故事。

163.段光忠（Tuan, Alice）（1963- ）

女，生于华盛顿西雅图，第二代美籍华人，现居洛杉矶，剧作家。

—.《游戏开始》（*Game On*. New York: Playscripts Inc., 2009）

- 戏剧集。

—.《美国单身派对大观》（*BATCH: An American Bachelor/ette Party*. New York: Playscripts Inc., 2008）

- 戏剧，以单身派对管窥成年礼。

164. 凯瑟琳·陶（Tyau, Kathleen）（1947- ）

女，生于加州，长于夏威夷，夏威夷华人，现居俄勒冈州。

—.《向海》（*Makai*. New York: Farrar, Straus and Giroux, 1999）

- 讲述两个女人的友谊和在爱情上的相互竞争。

—.《多一点即可》（*A Little Too Much is Enough*. New York: Farrar, Straus and Giroux, 1995）

- 成长小说，取材于二战后的夏威夷，描写了一个幸福的中国移民大家庭。

165. 王蕤（Wang, Annie）（1972- ）

女，生于并长于北京，1993年赴美就读于加州大学伯克利分校。（双语作家，中文作品参见下篇王蕤条目）

—.《欲望俱乐部》（*The People's Republic of Desire: A Novel*. New York: Harper, 2006）

- 生在美国、长在中国的记者对当代的中国探视。

—.《莉莉，天安门的故事》（*Lili: A Novel of Tiananmen*. New York: Pantheon Books, 2001）

- 故事的重点不是“天安门事件”，而是中国改革开放时期成长起来的“坏女孩”莉莉。

166. 王燊甫（Wang, David Rafael [pseudo. of David Hsin-fu Wand]）（1931-1977）

男，生于中国，1949年新中国成立后不久即移民美国，就读于达特茅斯学院，推崇艾兹拉·庞德，加入新兴文学运动“垮掉的一代”。

—.《燃火的河》（*Rivers on Fire*. New York: Basilisk Press, 1977）

- 诗集。

—.《性交》（*The Intercourse*. Greenfield Center, NY: Greenfield Review Press,

1975）

- 三组诗作，赞美性交的力量和快感。

—.《月杯》（*The Goblet Moon*. Lunenburg, VT: Stinehour Press, 1955）

167. 王屏（Wang, Ping）（1957- ）

女，生于中国上海，1985年赴美就读于长岛大学，现任教于明尼苏达州的麦卡莱斯特学院。

—.《最后的共产主义处女》（*The Last Communist Virgin*. Minneapolis: Coffee House Press, 2007）

- 由7个短篇故事组成，讲述了由中国逃亡纽约的移民的生活经历。

—.《龙王》（*The Emperor Dragon: A Chinese Folk Tale*. Minneapolis: Millbrook, 2008）

- 改写自中国民间故事，讲述龙王应龙和叛军蚩尤的战争。

—.《魔鞭》（*The Magic Whip*. Minneapolis: Coffee House Press, 2003）

- 散文、诗歌集，反映了家庭、母爱和民族的历史。

—.《为美而痛：中国缠足文化》（*Aching for Beauty: Footbinding in China*. Minneapolis: University of Minnesota Press, 2000）

- 检视缠足的深层文化原因和权力架构。

—.《灵与肉》（*Of Flesh and Spirit*. Minneapolis: Coffee House Press, 1998）

- 诗集。

—.《外国鬼子》（*Foreign Devil*. Minneapolis: Coffee House Press, 1996）

- 小说主人公梦想出国留学并获得学士学位，被戏称为“外国鬼子”；通过他的自传体叙述，本书突出了顽强不屈的奋斗精神。

—.《美国签证》（*American Visa*. Minneapolis: Coffee House Press, 1994）

- 记叙了主人公海藻在“文化大革命”时，逃离贫瘠落后的家乡、移民纽约的经历，探讨了在中西文化背景下作为女人的真正意义。

168.杨小燕（Wei, Katherine）（1930- ）

女，生于北京，1949年移民美国。

—. 与特里·奎恩合著：《第二个女儿》（*Second Daughter: Growing Up in China, 1930-1949*. Boston: Little, 1984）

- 自传。

169.黄柳霜（Wong, Elizabeth）（1958- ）

女，生于并长于洛杉矶，第二代美籍华人，剧作家。

—.《中国娃娃》（*China Doll: The Imagined Life of an American Actress*. Woodstock, IL: Dramatic Publishers, 2005）

- 取材于首位华裔女明星的人生故事，讲述了唐人街华裔女孩的爱恋和奋斗，记录了她最终走向成功的经历。

—.《博伊德与奥斯卡》（*Boid and Oskar: A Play*. Woodstock, IL: Dramatic Publishers, 2002）

- 博伊德是一只聪明的麻雀，奥斯卡是城市中的一尊雕像；通过二人的故事，探讨了慈善和无私、牺牲和友谊。

—.《泡菜和小肠：关于相处的严肃喜剧》（*Kimchee and Chitlins: A Serious Comedy About Getting Along*. Woodstock, IL: Dramatic Publishers, 1990）

- 基于真实故事改编，探讨了大众传媒和现代社会的种族关系。

170.黄玉雪（Wong, Jade Snow）（1922-2006）

女，生于并长于加州旧金山，第二代美籍华人。

—.《没有陌生的华人》（*No Chinese Stranger*. New York: Harper, 1975）

- 回忆录，背景是20世纪50到70年代，故事围绕第二代美籍华人及其家庭展开。

—.《华女阿五》（*Fifth Chinese Daughter*. New York: Harper, 1945）（张龙海，译林出版社，2004）

- 自传，描述作者从中国到美国的经历。

171. 王梅（Wong, May）（1944-）

女，生于中国重庆，获新加坡大学学士学位，1968 年在爱荷华大学获得艺术创作硕士学位。

—.《迷信》（*Superstitions: Poems*. New York: Harcourt, 1978）

- 诗集。

—.《报告》（*Reports*. New York: Harcourt, 1972）

—.《坏女孩的动物书》（*A Bad Girl's Book of Animals*. New York: Harcourt, 1969）

- 诗集。

172. 黄南英（Wong, Nanying Stella）（1914-2002）

女，生于加州奥克兰，曾短居纽约，1940 年定居湾区；诗人、视觉艺术家。

—.《曲线升空》（*Man Curving to Sky*. San Francisco: Anthelion Press, 1976）

173. 朱丽爱（Wong, Nellie）（1934- ）

女，生于并长于加州奥克兰唐人街，第二代美籍华人，诗人。

—.《偷来的时光》（*Stolen Moments*. Goshen, CT: Chicory Blue Press, 1997）

- 诗集，内容涉及美食、音乐和电影。

—.《女士之死》（*The Death of a Long Steam Lady*. Los Angeles: West End Press, 1986）

- 展现作者从民族文化中吸取的生活热情。

—.《哈里森公园之梦》（*Dreams in Harrison Railroad Park: Poems*. Berkeley, CA: Kelsey St, 1977）

- 诗集，展现作者作为女儿、敏感的女人及一个美籍华人的细腻情感。

174. 黄则岳（Wong, Norman）（1963- ）

男，生于夏威夷火鲁努努，同性恋作家，现居纽约。

—.《文化大革命：故事集》（*Cultural Revolution: Stories*. New York: Persea Books, 1994）

- 讲述火奴鲁鲁的一家四代人的生活，由 11 个相互关联的小故事组成。

175. 黄健（Wong, Raymond K）（?- ）

男，生于并长于香港，移民美国并就读于匹兹堡大学。

—.《太平洋之间》（*The Pacific Between*. Lake Forest, CA: Behler Publications, 2005）

- 故事围绕一个 32 岁的加州男子展开，他跨越太平洋，在香港追寻自己的爱情。

176. 徐忠雄（Wong, Shawn）（1949- ）

男，生于加州奥克兰，第二代美籍华人，现为华盛顿大学教授。

—.《美国膝》（*American Knees*. New York: Simon and Schuster, 1995）

- 故事主人公是第二代美籍华人，他克服自身文化认同，与一位亚裔美国女人相爱。

—.《天堂树：一个华裔美国家族四代的故事》（*Homebase: A Novel*. New York: Reed, 1979）（何文敬译，麦田，2001）

- 以 20 世纪五六十年代的加州为背景，小说围绕一位试图将美国认作家乡的第四代美籍华人展开。

177.王素玲（Wong, Su-Ling [pseud.]）（1918- ）

女，生于中国南方，中国官员之女，作者真实姓名未知。

—. 与克莱斯（E. H. Cressy）合著：《孔子的女儿：个人的历史》（*Daughter of Confucius: A Personal History*. New York: Farrar, 1952）

- 以中美两国为背景的自传。

178.卓以玉（Woo, Catherine Yi-yu Cho）（?- ）

女，生于中国，留学美国伊利诺斯大学，主修建筑，获旧金山大学博士学位，现居加州尔湾市。

—. 与桑德拉合著：《水晶：华夏文化诗中寻》（*Crystal: Spectrums of Chinese Culture Through Poetry*. New York: Peter Lang, 1995）

- 探讨中国文化、语言和诗歌。

—. 与桑德拉合著：《水晶之侣：诗意梦幻》（*Crystal's Companion: Poetic Reveries*. San Diego: LARC Press, San Diego State University, 1995

- 汉语学习指导书，含双语古诗，探索中国语言和文化。

179.胡淑英（Woo, Merle）（1941- ）

女，诗人，生于加州洛杉矶，父亲为中国人，母亲是韩国人。

—.《黄女人在诉说：诗选》（*Yellow Woman Speaks: Selected Poems*. Seattle, Wash. : Radical Women Publications, 1986）

- 关于变性和同性恋主题的诗集。

180.兴禄延陵氏（Woo, X. L.）（1937- ）

男，生于中国上海，1987年移民美国。

—.《中诗英译集》（*English Version of Chinese Poems*. New York: Cozygraphics Press, 2009）

- 作者的中文诗作及古典诗词英译集。

—.《美国女孩的古代中国探险》（*Adventures of an American Girl in Ancient China*. New York: Outskirts Press, 2007）

- 一个美国女孩神秘地跨越时空，来到16世纪的中国，并卷入一场宫廷阴谋。

—.《诗作及短篇》（*Poetic Gems & Short Stories*. New York: iUniverse Inc., 2004）

- 作者的英诗和短篇故事集。

—.《功夫大侠》（*Kungfu Master*. Balrimore, Maryland: American House Book Publishers, 2003）

- 侦探武侠小说，据作者中文小说《荒唐女侠》改编而成。

—.《慈禧太后》（*Empress Dowager Cixi*. New York: Algora Publishing, 2002）

- 关于慈禧太后的虚构小说。

181. 巫一毛（Wu, Emily）（1958- ）

女，生于中国北京，1981年移民美国，现居加州库柏蒂诺；吴宁坤之女。

—.《暴风中的一羽——动乱中失去的童年》（*Feather in the Storm: A Childhood Lost in Chaos*. New York: Pantheon, 2006）

- 回忆录，讲述“大跃进”和“文化大革命”时的成长故事。

182. 吴帆（Wu, Fan）（1973- ）

女，生于中国南方，1997年以奖学金就读于斯坦福大学，遂移民美国，现居南加州。

—.《二月花》（*February Flowers*. New York: Washington Square Press, 2007）

- 当代中国故事，讲述了两个女子自我发现、接纳过去的历程。

—.《美丽如昨》（*Beautiful As Yesterday*. New York: Atria Books, 2009）

- 故事的主人公是一对中国姐妹，她们移民美国，然而却彼此疏离。

183.巫宁坤（Wu, Ningkun）（1920- ）

男，生于江苏扬州，曾就读于印第安纳的曼彻斯特学院、芝加哥大学，专修英国文学；1951 年返回中国，90 年代初期移民美国。

—. 与李怡楷合著：《一滴泪》（*A Single Tear: A Family's Persecution, Love, and Endurance in Communist China*. New York: Atlantic Monthly Press, 1993）

- 与妻子共同写就的回忆录。

184.伍廷芳（Wu, Ting Fang）（1842-1922）

男，生于新加坡，在中国和英国接受中英文教育，1907～1909 年任中国外交官，居于华盛顿。

—.《一位东方外交家眼中的美国》（*America through the Spectacles of an Oriental Diplomat*. New York: Frederick A. Stokes, 1914）（李欣译，上海：学林出版社，2006）

- 作者以中华文化为参照，描述了他对美国文明的印象、看法。

185.许素细（Xu Xi [Xu Su Xi]）（1954- ）

女，生于印尼，长在香港。在美国佛蒙特州和香港教书。

—.《瞬息小岛》（*Evanescent Isles: From My City-Village*. Hong Kong: Hong Kong UP, 2008）

- 一部后现代散文集，讲述作者的人生、家庭、朋友和事业，探索变革中的香港正在消失的文化。

—.《香港对岸》（*Overleaf Hong Kong*. Hong Kong: Chameleon Press, 2004）

- 关于海外华人生活的故事和散文，记叙他们的欢乐悲喜和抱负。

—.《无墙之城》（*The Unwalled City*. Hong Kong: Chameleon Press, 2001）

- 故事发生在 1995 年，呈现了 4 位主人公内心的复杂和矛盾。

—.《历史的小说》（*History's Fiction*. Hong Kong: Chameleon Press, 2001）

- 在历史背景中讲述香港。

—.《香港玫瑰》（*Hong Kong Rose*. Hong Kong: Chameleon Press, 1997）

- 玫瑰是香港女孩，她出走纽约以逃避父母安排的婚姻，通过她的经历，小说探讨了现代亚洲社会的勇气、懦弱和妥协。

—.《许家女儿》（*Daughters of Hui*. Hong Kong: Asia 2000, 1996）

- 短篇故事集。

—.《中国墙》（*Chinese Walls*. Hong Kong: Chameleon Press, 1994）

- 故事发生在 20 世纪六十年代的香港，描写了中印（尼）混血家庭中无形的隔阂，探索其生活中的爱恨和挫折。

186.严歌苓（Yan, Geling）（1958- ）

女，生于中国上海，1989 年赴美留学并移民，现居加州阿拉米达市。（双语作家，中文作品参见下篇严歌苓条目）

—.《赴宴者》（*The Banguet Bug*（*AKA: The Uninvited*）. Cheltham: Faber & Faber, 2006）（台北：三民出版社，2008；郭琼森译，西安：陕西师范大学出版社，2009）

- 下岗工人董丹冒充记者去各种会议、盛宴胡吃海喝，从而见识了当代社会闹剧般的黑幕。

187.杰佛里·杨（Yang, Jeffrey）（?- ）

男，生于并长于加州圣迭戈，第二代美籍华人，现居纽约。

—.《水族馆》（*An Aquarium*. St. Paul, Minnesota: Graywolf Press, 2008）

- 诗集，诗作题目多取自海洋生物。

188.杨谨伦（Yang, Gene Luen）（1973- ）

男，生于加州阿拉米达市，现居旧金山湾区，绘图小说家。

—. 《头胎宝宝》（*Prime Baby*. New York: First Second, 2010）

- 一个8岁小男孩嫉妒自己的出生不久的妹妹，并习惯于自我保护；小说从心理角度揭示了一定的社会现实。

—.《熊仔饼：杨谨伦故事集》（*Animal Crackers: A Gene Luen Yang Collection.* San Jose, California : SLG Publishing, 2010）

- 故事集，包含3篇旧作、1篇新作。

—.《永恒的微笑：三个故事》（*The Eternal Smile: Three Stories.* New York: First Second, 2009）

- 包括3个小故事，探索想象与现实的边界。

—.《美生中国人》（*American Born Chinese*. New York: First Second, 2006）（郝瑨译，西安：陕西师范大学出版社，2008）

- 由3个故事组成，主题与种族、身份认同和自我接受有关。

—.《异梦：洛约拉·钱和圣皮利格兰令》（*Loyola Chin and the San Peligran Order*. CA: AmazeInk, 2004）

- 洛约拉可以在梦境中进入异种空间，通过他的故事，小说探索了生活中的爱和忠诚。

—.《漫画玫瑰园祈祷书》（*The Rosary Comic Book*. Boston: Pauline Books & Media, 2003）

- 在福音内容中刻画基督和玛利亚等形象，帮助儿童吟诵玫瑰经。

189.杨瑞（Yang, Rae）（1950- ）

女，生于中国，现任宾夕法尼亚州迪金森学院东亚研究教授。

—.《吃蜘蛛的人：一份关于文革的个人记忆》（*Spider Eaters*. Berkeley: UC Press, 1997）（叶安宁译，广东：南方日报出版社，1999）

- 作者的回忆录，追忆了“文化大革命”时期的动荡岁月。

190.姚强（Yau, John）（1950- ）

男，生于麻省，祖父移民英国，娶英国女子为妻，父亲有中英血统，母亲是生于上海的中国人；艺术家、作家、评论家，现居纽约。

—.《万里挑一：贾斯培尔·琼斯的艺术》（*A Thing Among Things: The Art of Jasper Johns.* New York: Distributed Art Publishers, 2008）

- 散文集，探讨贾斯培尔·琼斯（Jasper Johns）的艺术风格。

—.《激情的观者：文艺与诗歌散文集》（*The Passionate Spectator: Essays on Art and Poetry.* Michigan : University of Michigan Press, 2006）

- 散文及艺术评论集，探索诗与艺术的交界。

—.《流亡天堂》（*Paradise Diaspora.* New York: Penguin Poets, 2006）

- 诗集。

—.《英·格瑞士》（*Ing Grish.* United States: Saturnalia Books, 2005）

- 诗集。

—.《借来的情诗》（*Borrowed Love Poems*. New York: Penguin Poets, 2002）

- 诗集，探索身份认同的多个形成因素。

—.《我的心是那永远的玫瑰纹身》（*My Heart Is That Eternal Rose Tattoo*. Santa Rosa, CA: Black Sparrow Press, 2001）

- 短篇故事和散文诗集。

—.《分水岭》（*Watershed.* New York: Pamela Auchincloss, 2000）

- 诗画集，收录作者巡展作品。

—.《在弗兰肯斯坦之屋，我曾是诗人》（*I Was a Poet in the House of Frankenstein*. NY: Poetry New York, 1999）

—.《我的症状》（*My Symptoms*. Santa Rosa, CA: Black Sparrow Press, 1998）

- 短篇故事集。

—.《禁作》（*Forbidden Entries*. Santa Rosa, CA: Black Sparrow Press, 1996）

- 散文诗集。

—.《柏林双联画》（*Berlin Diptychon.* New York: Timken, 1995）

- 用诗作和影像重新审视熟悉的城市。

—.《夏威夷牛仔》（*Hawaiian Cowboys*. Santa Rosa, CA: Black Sparrow Press, 1995）

- 由 13 个短篇故事组成，着重描写欧洲亚裔的年轻一代。

—.《特拉克尔的明信片》（*Postcards from Trakl*. New York: ULAE, 1994）

- 含有 22 首诗作和明信片。

—.《A.R. 彭克》（*A.R. Penck*. New York: Abrams, 1993）

- 小说讲述了彭克的故事，他经历二战得以幸存并移民西德。

—.《再见，建筑》（*Edificio Sayonara*. Santa Rosa, CA: Black Sparrow Press, 1992）

- 诗集，展现作者对当代城市现实的思索。

—.《大城市画册：20世纪末审视纽约》（*Big City Primer: Reading New York at the End of the Twentieth Century*. New York: Timken, 1991）

- 用诗作和影像记录纽约曾经的宏伟和现代的衰落。

—.《绚丽侧影：1974～1988选作新编》（*Radiant Silhouette: New & Selected Work, 1974-1988*. Santa Rosa, CA: Black Sparrow Press, 1989）

- 诗集，讲述美籍华人的欢喜和困惑。

—.《龙血》（*Dragon's Blood.* Colombes, France: Collectif Généraion, 1989）

- 诗集。

—.《尸与镜》（*Corpse and Mirror*. New York: Henry Holt, 1983）

- 诗集。

—.《衍词》（*Notarikon.* New York: Jordan Davies, 1981）

- 含罗伯特画作。

—.《被音乐折断》（*Broken Off by the Music*. Providence, RI: Burning Deck, 1981）

- 诗集。

—.《欧仁·德拉克罗瓦的不眠夜》（*The Sleepless Night of Eugene Delacroix*. Brooklyn, NY: Released Press, 1980）

- 诗集。

—.《有时》（*Sometimes: Poems*. New York: Sheep Meadow Press, 1979）

- 诗集。

—.《读一个不断变化的故事》（*The Reading of an Ever-Changing Tale.* Clinton, NY: Nobodaddy Press, 1977）

- 诗集。

—.《跨过运河街》（*Crossing Canal Street.* New York: Gill's Book Loft, 1976）

- 诗歌集，描写纽约唐人街移民的生活经历。

191.叶祥添（Yep, Laurence）（1948- ）

男，生于加州旧金山，第三代美籍华人。

—.《虎魔法》（*Tiger Magic.* New York: HarperCollins, 2005）

- 虎学徒三部曲的终结篇，讲述了虎先生和邪恶势力的战争。

—.《地龙苏醒：旧金山大地震》（*The Earth Dragon Wakes: The San Francisco Earthquake.* New York: HarperCollins, 2005）

- 故事以1906年旧金山大地震为背景，围绕唐人街的两个男孩展开。他们最终认识到，平淡而低调的父亲才是真正的英雄。

—.《虎之血》（*The Tiger's Blood.* New York: HarperCollins, 2004）

- 《虎学徒》的续集，故事围绕汤姆、虎先生和他们的3个同盟展开。

—.《臭鼬童子军》（*Skunk Scout.* New York: Hyperion Books for Children, 2003）

- 小说记叙了周末一个并不算愉快的远足旅行。

—.《虎学徒》（*The Tiger's Apprentice.* New York: HarperCollins, 2003）

- 故事以当代旧金山为背景，讲述了一个被动的学徒与师父虎先生间的故事。

—.《背叛：1885金山志》（*The Traitor: Golden Mountain Chronicles, 1885.* New York: HarperCollins, 2003）

- 故事发生在1885年的怀俄明，时值中美关系紧张，故事讲述了两个备受孤立的年轻矿工被视为叛徒的经历。

—.《春珠：最后的花》（*Spring Pearl: The Last Flower.* Middleton, Wis.:

Pleasant Co. Publications, 2002）

- 小说以 1857 年鸦片战争时期的广州为背景，讲述了孤女周春珠自强不息的故事。

—.《马戏团进城》（*When the Circus Came to Town.* New York: HarperCollins, 2002）

- 一个女孩因面部痘痕而自我孤立，小说通过她重拾自信的过程，探讨了亚裔华人小区内的友谊、同情和宽容。

—.《谯国夫人：南疆勇士》（*Lady of Ch'iao Kuo: Warrior of the South.* New York: Scholastic, 2001）

- 小说改编自 6 世纪的历史故事，记叙了南疆冼氏之女谯国夫人的传奇一生。

—.《神仙鱼》（*Angelfish.* New York: Putnam, 2001）

- 学习芭蕾的女孩发现一个表面粗鲁的鱼店老板曾经是中国红极一时的芭蕾舞明星，但因“文化大革命”时期遭批斗而从此息舞；在女孩影响下鱼店老板的粗暴态度渐渐改变。

—.《中国矿工日记》（*The Journal of Wong Ming-Chung: A Chinese Miner.* New York: Scholastic, 2000）

- 以日记形式写成的小说，讲述了中国移民在加州矿场的艰苦生活，探讨了种族问题和自我价值的发现。

—.《魔笔》（*The Magic Paintbrush.* New York: HarperCollins, 2000）

- 故事发生在旧金山的唐人街，围绕一个刚刚失去父母的男孩展开。祖父送他一枝魔笔，最终令他感觉到亲人的关爱。

—.《梦魂》（*Dream Soul.* New York: HarperCollins, 2000）

- 故事描写了西弗吉尼亚州一个家规严格的美籍华人家庭，展现了年轻一代在与移民父母进行思想交流时作出的努力。

—.《蟑螂虱子》（*Cockroach Cooties.* New York: Hyperion Books for Children, 2000）

- 故事发生在旧金山的唐人街，通过两兄弟的故事，探讨了父母失职及家庭不和等问题。

—.《阿妈》（*The Amah.* New York: Putnam, 1999）

- 一个现代美籍华人家庭的故事，呈现其优点和弊端，探讨异代人间的微妙关系。

—.《走火案》（*The Case of the Firecrackers.* New York: HarperCollins, 1999）

- 有人在道具手枪内放入子弹，致使手枪在电影拍摄时走火，故事主人公将查出此案真相。

—.《舞狮案》（*The Case of the Lion Dance.* New York: HarperCollins, 1998）

- 舞狮比赛进行时意外发生爆炸，大笔钱财被偷；主人公在调查此案的同时，对一个看似骄傲无礼的年轻人有了更深的了解。

—.《吃我作业的小鬼》（*The Imp That Ate My Homework.* New York: HarperCollins, 1998）

- 旧金山唐人街的移民家庭受到一个小鬼的骚扰，作者记叙了这一有趣经历，并展现了现代文化与传统价值观之间的冲突。

—.《厨师的一家》（*The Cook's Family.* New York: Putnam, 1998）

- 讲述一个美籍华人家庭的故事。

—.《蒙古牧羊人：一个民间传说》（*The Mongolian Shepherd: A Mongolian Folktale.*New York: Scholastic, 1996）

- 一个年轻的牧羊人历经 3 次考验，最终得以娶到蒙古大汗的女儿。

—.《龙太子：中国版美女与野兽的传说》（*Dragon Prince: A Chinese Beauty & the Beast Tale.* New York: HarperCollins, 1997）

- 根据中国民间传说改编，讲述龙太子的故事。

—.《失珠案》（*The Case of the Goblin Pearls.* New York: HarperCollins, 1997）

- 故事缘起于一串失窃的珍珠项链，并描写了旧金山唐人街一家血汗工厂的不公现象。

—.《缎带》（*Ribbons.* New York: Putnam, 1996）

- 故事刻画了一个勇敢追求芭蕾梦的女孩。

—.《龙城》（*The City of Dragons.* New York: Scholastic, 1995）

- 一个涉及道德的华南民间故事，主人公是一个被孤立的男孩。

—.《等一会儿，短吻鳄》（*Later, Alligator.* New York: Hyperion, 1995）

- 通过对兄弟间矛盾的幽默描写，作者探讨了手足的真正意义。

—.《偷心贼》（*Thief of Hearts*. New York: HarperCollins, 1995）

- 故事发生在旧金山的唐人街，探讨了身份认同、种族和跨文化沟通等问题。

—.《梦之树：夜花园的十个故事》（*Tree of Dreams: Ten Tales from the Garden of Night*. Mahwah, NJ: BridgeWater, 1995）

- 日本、印度、中国、希腊和巴西等国家的民间故事集。

—.《广岛：中篇小说》（*Hiroshima: A Novella*. New York: Scholastic, 1995）

- 故事以 1945 年受到原子弹袭击的广岛市为背景展开。

—.《虎女人》（*Tiger Woman*. Mahwah, NJ: BridgeWater, 1994）

- 民间故事绘图本，讲述了一个自私的老妇人最终克服贪欲的故事。

—.《鬼狐狸》（*The Ghost Fox*. New York: Scholastic, 1994）

- 故事取材于中国传统鬼故事：足智多谋的小李成功地使母亲免受鬼狐狸伤害。

—.《吞蛇男孩》（*The Boy Who Swallowed Snakes*. New York: Scholastic, 1994）

- 小说刻画了善良正直的小周，歌颂了他的无私和勇气。

—.《小雷神》（*The Junior Thunder Lord*. Mahwah, NJ: BridgeWater, 1994）

- 小雷神混入凡间，除了故事主人公，当地人都疏远他；后来雷神以一场及时雨报答了主人公。

—.《龙翼》（*Dragonwings*. New York: Dramatist Play Service, 1993）

- 青少年故事书；小说主人公自制飞机并驾驶它飞越山岭。

—.《贝女与国王：中国民间传说》（*The Shell Woman & The King: A Chinese Folktale*. New York: Dial Books for Young Readers, 1993）

- 取自中国民间故事，讲述海神妻子和凡人丈夫的故事。

—.《蝴蝶男孩》（*The Butterfly Boy*. New York: Farrar, Straus, Giroux, 1993）

- 故事框架取自“庄生梦蝶”的典故，塑造了一不受世俗羁绊的主人公形象。

—.《戏鬼的人》（*The Man Who Tricked a Ghost*. Mahwah, NJ: BridgeWater, 1993）

- 小说主人公在夜行时遇鬼，谎称自己是鬼并勇敢地将其戏弄一番。

—.《龙门》（*Dragon's Gate.* New York: HarperCollins, 1993）

- 小说围绕加州铁路华工展开，记叙他们在艰苦环境中求生存的不懈努力。

—.《龙战》（*Dragon War.* New York: HarperCollins, 1992）

- 讲述了龙族与邪恶之王的战争。

—.《龙锅》（*Dragon Cauldron.* New York: HarperCollins, 1991）

- 小说讲述了龙公主试图恢复龙族家园的故事。

—.《迷失的花园：回忆录》（*The Lost Garden: A Memoir.* Englewood Cliffs, NJ: Messner, 1991）

- 作者自传。

—.《玉舌》（*Tongues of Jade.* New York: HarperCollins, 1991）

- 短篇神幻故事集。

—.《占星渔夫》（*The Star Fisher.* New York: Morrow Junior Books, 1991）

- 小说讲述了西弗吉尼亚州的一个美籍华人家庭，探讨了亲情、友谊，以及美国社会中存在的文化冲突。

—.《彩虹人》（*The Rainbow People.* New York: Harper & Row, 1989）

- 本书重述了 20 个中国民间故事。

—.《松鼠的诅咒》（*The Curse of the Squirrel.* New York: Random, 1987）

- 约翰逊农场最优秀的猎犬受到一只大松鼠的诅咒，故事由此展开。

—.《怪物制造厂》（*Monster Makers, Inc.* New York: Arbor House, 1986）

- 科幻小说；缘起于人类成功地孵化了一只小怪兽，由此展开有关外星人侵略的奇幻情节。

—.《山光》（*Mountain Light.* New York: Harper & Row, 1985）

- 《蛇之子》的续集；讲述一个移民美国的年轻人在加州金矿区追寻发财梦的故事。

—.《龙钢》（*Dragon Steel.* New York, Harper & Row, 1985）

- 故事发生在水底龙宫，记叙了龙公主等人试图恢复龙族的努力。

—.《影子之王：星际小说》（*Shadow Lord: A Star Trek Novel.* New York:

Pocket Books, 1985）

- 故事围绕外星球的王子展开，他来到地球学习，并想为自己落后的星球带回先进的思想。

—.《汤姆·索亚之火》（*The Tom Sawyer Fires*. New York: Morrow, 1984）

- 故事发生在旧金山，记叙了内战时期南方一场匪夷所思的纵火案。

—.《蛇之子》（*The Serpent's Children*. New York: Harper & Row, 1984）

- 小说以19世纪的中国为背景，围绕杨和其家人展开，记叙了他们对抗饥荒、干旱、暴力和其他族人孤立的故事。

—.《骗子，骗子》（*Liar, Liar*. New York: Morrow, 1983）

- 一个被视为骗子的男孩试图证实朋友之死并非意外，小说即围绕这一情节展开。

—.《马克·吐温谋杀案》（*The Mark Twain Murders*. New York: Four Winds, 1982）

- 1864年夏天，旧金山发生了一起谋杀案。一个少年答应协助记者马克·吐温得到此案内情，故事由此展开。

—.《善良的心和温柔的怪兽》（*Kind Hearts and Gentle Monsters*. New York: Harper & Row, 1982）

- 小说记叙了两个女孩的真挚友谊；两人性格迥异，一个习惯理性思考，一个凭感觉做判断。

—.《匿海之龙》（*Dragon of the Lost Sea*. New York: Harper & Row, 1979）

- 小说讲述了被流放的龙公主努力恢复龙族家园的故事。

—.《海玻璃》（*Sea Glass*. New York: Harper & Row, 1979）

- 小说围绕陈家人展开，触及中国移民在美国的复杂生活感受。

—.《西德门》（*Seademons: A Novel*. New York: Harper & Row, 1977）

- 科幻小说。

—.《猫头鹰的孩子》（*Child of the Owl*. New York: Harper & Row, 1977）

- 12岁的卡西是第二代美籍华人，她与祖母住在唐人街时感到无所适从，最后终于找到归属感。

—.《龙翼》（*Dragonwings*. New York: Harper & Row, 1975）

- 小说记叙了20世纪早期加州美籍华人的生活。

—.《甜水》（*Sweetwater*. New York: Harper & Row, 1973）

- 一个男孩和其族人迁居“和谐”星球，并试图改善当地人的生活方式。

192.叶明媚（Yip, Mingmei）（?- ）

女，生于香港，就读巴黎索邦大学，现住纽约。

—.《来自天空的花瓣》（*Petals from the Sky*. Boston: Tuttle, 2010）

—.《桃花亭》（*Peach Blossom Pavilion*. New York: Kensington, 2008）

—.《中国孩子最喜欢的故事》（*Chinese Children's Favorite Stories*. Boston: Tuttle, 2004）

193.杨志成（Young, Ed）（1931- ）

男，生于天津，3岁迁居上海，17岁移居香港，20岁时赴美读书。童书绘本作家。现居纽约。

—.《小鹰》（*Hook*. New York: Roaring Brook Press, 2009）

—.《老鼠娶亲》（*Mouse Match: A Chinese Folktal*. San Diego: Silver Whistle, 1997）

—.《狼婆婆》（*Lon Po Po: A Red-Riding Hood Story from China.* New York: Puffin Books, 1996）

—.《猫和老鼠：中国生肖故事》（*Cat and Rat : the Legend of the Chinese Zodiac*. New York : H. Holt, 1995）

—.《驴的麻烦》（*Donkey Trouble*. New York : Atheneum Books for Young Readers, 1995）

—.《小梅》（*Little Plum*. New York : Philomel Books, 1994）

—.《龙王九子》（*The Sons of the Dragon King: A Chinese Legend.* New York; London: Atheneum, 2004）

—.《高山上：中国谜语选》（*High on a Hill : a book of Chinese Riddles*. New York: Collins, 1980）

—.《蟋蟀》（*Cricket Boy: A Chinese Tale.* Garden City, N.Y. : DoubleDay, 1977）

- 根据蒲松龄《蟋蟀》改编。

194.俞淳（Yu, Chun）（1966- ）

女，1966年生于江苏盐城，1991年至2010年居美。现居旧金山。

—.《小青：文革中的成长》（*Little Green: Growing Up During the Chinese Cultural Revolution*. New York: Simon & Schuster, 2005）

- 长篇自由诗体自传。本书以一个出生在“文化大革命”前夜的孩子的眼光，记述她“文化大革命”中的童年和在充满变动与恐怖的大环境下一家三代人的命运与情感，为中国历史上这一特殊时期打开了一个天真的窗口。

—.《皇帝诗人》（*Emperor Poets*. New York: Roaring Brook Press, 2011）

- 绘本小说。本书穿插讲述毛泽东和李煜这两位相隔一千年中国历史上的统治者与诗人的故事。他们在权力与诗歌之间的选择及其选择对其国家与人民命运的影响。

195.袁海旺（Yuan, Haiwang）（?- ）

男，生于中国，1990年移民美国。

—.《孔雀公主：中国少数民族故事》（*Princess Peacock: Tales from the Other Peoples of China*. Westport, CT: Libraries Unlimited, 2008）

—.《宝莲灯和其他汉族故事》（*The Magic Lotus Lantern and Other Tales from the Han Chinese.* Westport, CT: Libraries Unlimited, 2006）

196.容闳（Yung Wing [Rong Hong]）（1828-1912）

男，生于广东南屏，在澳门和香港读书，1847年移民美国，在马萨诸塞州孟松公学就读，后入读耶鲁学院（耶鲁大学前身）。1855年重返中国，1863年回康涅狄格州。

—.《西学东渐记》/《我在中国和美国的生活》（*My Life in China and America*. New York: Arno, 1909）（《西学东渐记》台北：广文书局，1961）（《我在中国和美国的生活》上海：百家出版社，2003）

- 第一个赴美的中国留学生自传。

197. 朱小棣（Zhu Xiao Di）（1958- ）

男，1958年生于江苏南京，1990 年至今居美，现居波士顿。

（双语作家，中文作品参见下篇朱小棣条目）

—.《红房子三十年：在共和国度过的儿童和青春期回忆录》（*Thirty Years in a Red House: A Memoir of Childhood and Youth in Communist China*. Amherst, MA: University of Massachusetts Press, 1998）

—.《狄仁杰传奇》（*Tales of Judge Dee*. Lincoln, NE: iUniverse, Inc., 2006）

- 狄仁杰是汉学家高本汉创造的人物形象，在西方被喻为“中国的福尔摩斯”。本书继承该传统，描述狄仁杰破案故事。

下篇：华美文学中文作家作品

1. 阿城（1949- ）

原名钟阿城。男，1949年生于北京，90年代初至2000年居美，现居北京。

—.《棋王，树王，孩子王》（台北：大地出版社，2007）

- 3个中篇共同反映了人性的重要性。

—.《阿城精选集》（北京：燕山出版社，2006）

- 包括3个中篇《棋王》（1984）、《树王》（1985）、《孩子王》（1985），以及6个短篇，还有以《遍地风流》为题的一系列很短的文章。

—.《遍地风流》（北京：作家出版社，1999）

- 本书收入作者30年前所创作品59篇。

—.《常识与通识》（北京：作家出版社，1999）

- 本书收录的12篇散文曾在1997～1998年发表于上海的双月刊杂志《收获》（以“常识”为主题）。

—.《威尼斯日记》（北京：作家出版社，1997）

- 游记。1992年作者因获奖应邀旅居威尼斯两个月，作成此书。

—.《闲话闲说：中国世俗与中国小说》（北京：作家出版社，1997）

- 收录阿城小说和散文代表作。

2. 阿黛（1953- ）

原名高黛林，笔名也用阿待、阿呆。女，生于福建福州，1988年至今居美。

—.《处女塔：阿黛中短篇小说选》（福州：海峡文艺出版社，1999）

- 本书收录的小说分为两类：第一类发生在国内，多写“文化大革命”时期知青故事，如《处女塔》、《儿子》等；第二类写中国人在海外的经历。

3. 艾华（1960- ）

又名柳旭凯、穗子。男，生于广东，20 世纪 80 年代至今居美，现居纽约、香港。

—.《城市火柴》（武汉：长江文艺出版社，2003）

- 小说。城市白领故事。

4. 艾米（1977- ）

女，生于中国，2000 年至今居美。

—.《欲》（辽宁：万卷出版公司，2010）

- 小说。讲述现代人站在现实的十字路口上作出的抉择。

—. 与黄颜合著《憨包子与小丫头》（辽宁：万卷出版公司，2009）

- 与丈夫一起讲述童年趣事。

—.《不懂说将来》（北京：群言出版社，2009）

- 小说。美国大学教授与中餐馆厨师的爱情故事。

—.《三人行》（北京：群言出版社，2009）

- 小说。一个女孩面对爱情与婚姻做出了惊人的决定。

—.《十年忽悠》（北京：群言出版社，2009）

- 小说。艾米半自传体小说，讲述和丈夫黄颜十年的真实感情经历。

—.《同林鸟》（北京：群言出版社，2009）

- 小说。题目出自“夫妻本是同林鸟，大难来时各自飞”，讲述几对各具特色的夫妻的故事。

—.《致命的温柔》（北京：群言出版社，2009）

- 小说。留学生的爱情故事。

—.《至死不渝》（北京：群言出版社，2008）

- 小说。故事发生在 20 世纪六七十年代，讲述了一个工人家庭出身的女孩的爱情故事。

—.《山楂树之恋》（南京：江苏文艺出版社，2007）

- 小说。故事发生在20世纪七十年代，讲述了一个美丽的知青姑娘与军区司令员儿子的爱情故事。

5. 安苹（1970-）

女，生于重庆，1999年至今居美，现居拉斯维加斯。

—.《欲望城市：拉斯维加斯的中国女人》（北京：中国对外翻译出版公司，2007）
- 小说。该书为《拉斯维加斯的中国女人》的续集。

—.《拉斯维加斯的中国女人》（北京：中国对外翻译出版公司，2006）
- 小说。讲述一群怀揣着梦想的中国女人在拉斯维加斯的奋斗故事。

6. 白先勇（1937- ）

男，生于广西桂林，1963年至今居美，现居加利福尼亚。

—.《纽约客》（台北：尔雅出版社有限公司，2007）
- 小说集。反映了赴美的青年学子们漂泊异国的游子心态。

—.《白先勇精选集》（北京：燕山出版社，2006）
- 本书收录了白先勇先生的经典精品。

—.《台北人：中英对照版》（香港：中文大学出版社，2000）
- 小说。为白先勇于1971年集结数篇20世纪60年代于《现代文学》发表的14篇短篇小说而出版的中英对照单行本。

—.《白先勇经典作品》（北京：当代世界出版社，2004）
- 散文小说合集。

—.《第六只手指：白先勇散文精编》（上海：文汇出版社，2004）
- 散文集。第一辑散文・论文；第二辑书评；第三辑现代文学；第四辑访谈。

—.《青春念想：白先勇自选集》（广西：广西师范大学出版社，2004）
- 白先勇编选自己各个创作时期的代表作，包括短篇小说7篇、散文和随笔6篇。

—.《昔我往矣：白先勇自选集》（香港: 天地图书公司，2002）

- 散文。白先勇先生这本自选集，正如书名所示，多是作者“怀人感事的忆旧文章”。

—.《树犹如此》（台北：联合文学出版社，2001）

- 散文。本书是小说家白先勇先生题献给挚友王国祥先生的散文集。

—.《白先勇文集》（广州：花城出版社，2000）

- 共5卷，包括短篇小说、长篇小说和散文评论等。

—.《骨灰：白先勇自选集续篇》（香港：华汉文化事业公司，1989）

- 短篇小说集，收入《夜曲》、《骨灰》等短篇。

—.《金大班的最后一夜》（台北：远景出版公司，1985）

- 小说。讲述30世纪30年代至50年代，上海和台北夜总会里舞女的故事。

—.《孽子》（哈尔滨：北方文艺出版社，1987）

- 小说。白先勇至今唯一一部长篇小说，描写台北一个同性恋群体的故事，对情感和心理有细腻描写。

—.《台北人》（台北：尔雅出版社，1983）

- 《台北人》标志着白先勇小说的成熟期和高峰期，包括14篇作家最优秀的作品，描绘出在历史与现实、传统与现代的断层中挣扎的众生相。

—.《白先勇短篇小说选》（福州：福建出版社，1982）

- 小说。本书收入了白先勇经典短篇小说22篇。

—.《谪仙记》（台北：大林出版社，1980）

- 小说。通过4个贵族小姐在中国处于重大历史变革时期离开祖国到美国几十年的命运，折射出历史变迁下人的沉浮。

—.《蓦然回首》（台北：尔雅出版行，1978）

- 本书为白先勇散文集，共30篇。

7. 北岛（1949- ）

原名赵振开。男，生于北京，1993 年至 2007 年居美，现居香港。

—.《城门开》（香港：牛津大学出版社，2010）

- 回忆录体散文集。

—.《守夜——诗歌自选集 1972-2008》（香港：牛津大学出版社，2009）

- 按时间顺序编排，收录诗人自 1972 年到 2008 年期间创作的诗歌。

—.《结局或开始》（中国：长江文艺出版社，2008）

- 诗集，共有 7 辑。

—.《青灯》（香港：牛津大学出版社，2006）

- 散文集，中国政府对他解除执教禁令后的首部作品。

—.《时间的玫瑰》（北京：中国文史出版社，2005）

- 采用“诗歌传记”的表现手法，介绍了西方 20 世纪诗歌黄金时代中涌现的七位代表人物，融合诗歌与时代、人文与论创作，分析了外诗中译面对的困局。

—.《失败之书》（汕头：汕头大学出版社，2004）

- 散文集，诗人的流亡生涯散记。

—. 《北岛诗歌集》（海南：南海出版社，2003）

- 诗集。

—.《午夜之门》（台北：九歌出版社，2002）

- 散文集，记叙了诗人十几年来在国内外遭遇的人和事。

—.《开锁》（台北：九歌出版社，1999）

- 诗集，收录 1996～1998 年的 49 首新作。

—.《蓝房子》（台北：九歌出版社，1998）

- 散文集，笔调轻松而严肃，通过写人状物及对亲情和生活趣事的描写，侧面呈现大千世界。

—.《零度以上的风景：北岛 1993-1996》（台北：九歌出版社，1996）

- 收录诗人 1993 至 1996 年，出走海外后的作品 50 首，是作者的政治呐喊，也是个人心灵情感的抒发。

—.《午夜歌手：北岛诗选1972-1994》（台北：九歌出版社，1995）

- 收录诗人流亡前与后的诗作共124首，有作者早期的激情宣泄，也有后期的反讽自嘲和流亡海外的不同视野，展现了与中国文化亲密而疏离的微妙关系。

—.《在天涯：北岛诗选》（香港：牛津大学出版社，1993）

- 诗集，包括“旧雪1989-1990”和“走廊1991-1992”两部分。

—.《北岛诗选》（广州：新世纪出版社，1986）

—.《归来的陌生人》（广州：花城出版社，1986）

—.《波动》（香港：中文大学出版社，1985）

- 短篇小说。以毛泽东时代的中国为背景，用第一人称视角交叉叙述了五个身份、性格迥异的人物，揭露了官员腐败和煤井矿难等社会问题，反驳了人们对红色革命时代的想象。

—.《陌生的海滩》（北京：自行刊印，1978）

- 北岛最早的一部诗集，自行油墨印刷而成。

8. 贝拉（1960s- ）

原名沈镭。女，生于上海，20世纪90年代初至1996年居美，现居多伦多、上海。

—.《魔咒钢琴》（上海：上海人民出版社，2007）

- 小说。讲述二战时期波兰犹太裔钢琴家横跨欧亚，最后来到上海避难。

—.《花间道》（武汉：长江文艺出版社，2005）

- 小说。日本留学生可忆为了筹钱医治病重的父亲，无奈屈身作一日本富商的情妇。

—.《伤感的卡萨布兰卡：穿越生与死凄绝的情色挽歌》（北京：现代出版社，2003）

- 小说。本书以跨文化婚恋为主题，描写了作者经历的几段感情。

—.《天国的婚礼：游移在生死爱欲间的情欲自白》（北京：燕山出版社，

2005）

- 半自传体小说。写一对情人在“9•11”这天举行婚礼，不幸降临在男友身上。

—.《9•11 生死婚礼：我的情爱自传》（北京：燕山出版社，2005）

- 自传。表现20世纪60年代出生80年代出洋的漂泊者的情爱历程。

—.《远岸的女色》（海口：海南出版社，2002）

- 小说。作者游历各国对男女情事的所见所闻以及对灵与欲的感悟。

9. 贝岭（1959- ）

男，生于上海，1988年至1993年、2000年至今居美，现居波士顿、台北。

—.《旧日子：贝岭诗选》（台北：倾向出版社，2006）

- 诗集。本书是贝岭1980～1995年的诗选集中英对本。

—.《主题变奏曲》（台北：黎明文化事业股份有限公司，1994）

10. 冰花（1962- ）

原名鲁丽华。女，生于辽宁沈阳，1994年赴美，现居马里兰州。

—.《溪水边的玫瑰》（香港：世界中文出版社，2008）

- 诗集。收录了冰花近150首隽永唯美的诗歌。作品反映出现代人对精神生活的追求以及对完美情感的渴望。

11. 冰凌（1956- ）

原名姜卫民。男，生于上海，1994年至今居美，现居新泽西。

—.《冰凌幽默小说选》（新泽西：强磊出版公司，2004）

- 小说。收录作者30年幽默小说创作精品。

—.《冰凌自选集》（北京：作家出版社，1993）

- 小说创作精选集。

—.《嘻嘻哈哈——冰凌精品幽默小说选》（福州：海峡文艺出版社，1992）

- 小说。作者近年来的幽默小说选集。

12. 蔡楚（1945- ）

本名蔡天一。男，生于四川成都，1997 年至今居美。

—.《别梦成灰》（北京：中国文联出版社，2008）

- 诗集。全书记录了作者所著的 64 首诗歌，当中不乏他经历过的大事。

—.陈墨，蔡楚：《鸡鸣集》（成都：电子科大出版社，1993）

- 合著诗集。

13. 蔡素芬（1963- ）

女，生于台南，1989 年至今居美。

—.《台北车站》（台北：联经出版事业公司，2000）

- 小说。细腻描写平凡人的故事，见证了台北由混乱不堪变得生气勃勃。

—.《橄榄树》（台北：联经出版事业公司，1998）

- 小说。本书是《盐田儿女》的第二部。全书描写大学校园里的爱情、友情。

—.《姐妹书》（台北：联合文学出版社, 1996）

- 小说。以姐妹书信往来的形式探讨人生问题，反映两人所处的东西方社会的不同文化。

—.《盐田儿女》（台北：联经出版事业公司，1994）

- 小说。本书写了一段发生在台南盐田村落的青梅竹马的恋情。

—.《六分之一剧》（台北：希代书版有限公司，1989）

- 小说。作者的短篇小说集。

14. 曹长青（1953- ）

男，1953年生于黑龙江，1988年至今居美，现居纽约。

—.《美国价值》（台北：玉山社，2004）

- 杂文。剖析美国价值，分析为什么向往自由和财富的人们最向往美国。

15. 曹桂林（1947- ）

男，生于北京，1982年至今居美，现居纽约、北京。

—.《王起明回北京》（北京：朝华出版社，2003）

- 小说。讲述了20世纪90年代初期，王起明从美国回到北京创业的故事。在历尽艰辛和坎坷后，王起明在文化产业上走出了第一步。

—.《危险旅程》（北京：朝华出版社，2003）

- 小说。本书揭示了黑帮的内幕和鲜为人知的偷渡过程。

—.《偷渡客》（北京：现代出版社，2002）

- 小说。本书描写了人口走私组织和偷渡客的生活，揭露出拜金主义对人性的扭曲和偷渡客们“美国梦”的幻灭。

—.《纽约上空的中国夜莺》（北京：现代出版社，1994）

- 小说。本书系《北京人在纽约》一书的姊妹篇。讲述了王起明在后来的生活道路、事业发展中的种种痛楚与遭遇。

—.《绿卡：北京姑娘在纽约》（广州：新世界出版社，1993）

- 小说。着重描写了北京姑娘常铁花只身赴美，为挣得永久居留证绿卡，所经历的由人到鬼、由鬼到人的悲惨遭遇。

—.《北京人在纽约》（北京：中国文联出版公司，1991）

- 小说。以作者的亲身经历为蓝本，描绘了20世纪八十年代到九十年代从中国大陆到美国的一批新移民的心路历程，他们所经历的辛酸、欣喜、无助、挣扎以及东西方两种文化价值观的碰撞。

16. 曹宏威（1951- ）

笔名曹为。男，生于香港，1965年至1976年居美，现居香港。

—.《人生力学之∑》（香港：金陵出版社，1991）

- 散文。

—.《人生力学之离未罔两》（香港：金陵出版社，1988）

- 散文。离未罔两就是魑魅魍魉没有了鬼。鬼怪不见了，才有人，才有人类文明的科学。

—.《毕绽》（香港：金陵出版社，1987）

- 科学随笔。

—.《人生力学87》（香港：金陵出版社，1987）

- 散文。作者编的第二本科技散文集。

—.《人生力学86》（香港：天地图书有限公司，1986）

- 散文。收录了一百篇1985年中旬到1986年初发表在《大公报》洋紫荆版“人生力学”专栏的文章。

17. 曹明华（1960s- ）

女，生于上海，1992年至今年居美，现居南加州。

—.《生命科学手记》（上海：文汇出版社，2009）

- 介绍当代生物学脑科学等领域的新进展，并探讨健康生活方面的问题。

—.《才华横溢的念头》（上海：上海文艺出版社，2002）

- 收录西方警句妙语。中英对照。

—.《世纪末在美国》（上海：上海文艺出版社，1998）

- 散文。写一个人在美国生活的感受，观察不同的文明中相同的人性。

—.《一位现代女性的灵魂独白》（北京：工人出版社，1988）

- 作者在本书中袒露了寻求真的情爱、真的人生的炽烈而潇洒的心灵世界。

—.《一个女大学生的手记》（上海：上海文化出版社，1986）

- 散文。这本书是一幕自我“个性”的展现，从用诗的眼光来看生活，到用哲学的眼光来看生活。

18. 曹又方（1942-2009）

本名曹履铭，字光虹，曾用光虹、金名、衣娃、甑尼佛、苏玄玄等笔名。女，生于上海，1979 年至 1988 年居美，2009 年于台北病逝。

—.《曹又方精选集》。台北：圆神出版社，2003）

- 共 24 卷。其中小说 10 卷、散文 6 卷、励志 8 卷。

—.《认识男人》（上海：锦绣文章出版社，2008）

- 散文。本书探讨男性世界的种种情况和问题。

—.《写给永恒的恋人》（重庆：重庆出版社，2005）

- 散文。作者用书笺的形式写出了现实中人们对爱情的理想、概念、情绪。

—.《走过你我的爱情》（重庆：重庆出版社，2005）

- 散文。本书以生命、爱与性为主题，来探讨感情世界。

—.《灵欲刺青》（台北：圆神出版社，2005）

- 自传。

—.《爱情智商》（上海：文汇出版社，2004）

- 散文。

—.《爱上纽约》（上海：上海文艺出版社，2004）

- 散文。精选关于纽约和美国的散文短章，文笔优美、内涵隽永。

—.《做个智慧女人》（重庆：重庆出版社，2004）

- 为现代女性解答爱情、婚姻、事业、外貌、心灵方面的问题，帮助女性成为自己生活的主宰。

—.《淡定 积极 重生》（重庆：重庆出版社，2004）

- 散文。对死的抗拒，对生的渴求，对人生的反思，交织成复杂的心路过程。

—.《风华的印记》（台北：九歌出版社，2004）

- 散文。作者对人生的体悟。

—.《天使不做爱》（上海：上海文艺出版社，2002）

- 小说。本书是一部专门刻画男女情感、两性关系的小说。

—.《很自我很自在》（台北：圆神出版社，2000）

- 随笔。作者针对现代人在面临生活的粗糙与混沌，提出了确实可用的方法及超越观点。

—.《让自己变生活高手》（台北：圆神出版社，2000）

- 杂文。打破生活的框框，选择自己想要的生活，作者提出精彩方案。

—.《为万事欢喜》（台北：圆神出版社，2000）

- 散文。特别针对现代上班族提出了 46 则真言。

—.《下个男人会更好》（北京：新世界出版社，1999）

- 散文。如何把握生命缘会，不致溜走和毁灭，以及创造幸福之路，本书给出答案。

—.《男人真命苦》（太原：北岳文艺出版社，1998）

- 散文。男人女人面面观。

—.《人生一定要精彩》（北京：新世界出版社，1998）

- 散文。人生观的告诫。

—.《爱情 EQ》（北京：新世界出版社，1997）

- 散文。书中提出了两性相处的快乐新配方和游戏新规则。

—.《做一个有智慧的女人》（北京：新世界出版社，1997）

- 散文。女人唯有智慧能使美丽有质的内涵。

—.《红了樱桃：新潮散文》（青岛：青岛出版社，1996）

- 散文。选取了作者自 1980 年到 1990 年间创作的 49 篇散文。

—.《爱情女子联盟：二十世纪末最炫的爱情传奇》（台北：圆神出版社，1996）

- 小说。本书是一部爱情小说，从一位女子胜男结婚到离婚的故事。

—.《七情》（台北：圆神出版社，1990）

- 散文。为你道尽人间的七情六欲。

—.《美国月亮》（香港：三联书店，1986）

- 小说。负笈美国的男主角，在餐馆耗掉10年光阴后返回中国台湾，登报征婚，娶了一位比他小20岁的“娇妻”。小说着墨于描写他们之间琐碎的喜怒哀乐，侧面反映了美国中餐馆内的华人生活。

19. 常罡（1955- ）

笔名石工。男，生于北京，20世纪80年代年至今居美，现居旧金山。

—.《海外拾珍记》（北京：人民美术出版社，2008）

- 图文集。书中在讲述常罡于海外如何拾得各种古物。

—.《静窗手稿》（北京：昆仑出版社，1999）

- 小说。描述一个过着典雅生活的古怪书斋文人的故事。

20. 陈葆珍（1936- ）

女，生于广东台山，1982年起定居美国，现居纽约。

—.《拾趣》（纽约：柯捷出版社，2006）

- 诗词集。共收其古诗、律诗、绝句、词、联、自由诗、散文诗300多首。

—.《20年一觉纽约梦》（纽约：柯捷出版社，2004）

- 小说。本书为长篇小说《情感沧桑》续篇。写许明珠一家在纽约从贫困阶层攀上中产阶级、从新移民到进入美国主流社会的经过。

—.《SARS新娘》（纽约：柯捷出版社，2003）

- 小说。这是一本描写21世纪初在中国抗SARS中，人们的爱情、亲情、友情的真情流露、动人心弦的小说。

—.《情感沧桑》（北京：华文出版社，2001）

- 长篇小说。从抗日战争末期写到“文化大革命”结束，时间跨度达30余年，反映了知识分子在那段时期的生活境遇。

21. 陈本铭（1946-2000）

笔名药河。男，生于越南西贡，1989年至2000年居美，2000年于加利福尼亚逝世。

—. 陈本铭，远方，陈铭华，达文：《四方城》（加利福尼亚：新大陆诗刊，1994）

- 诗集。本书收入诗人陈本铭诗作30篇、远方诗作39篇、陈铭华诗作39篇、达文诗作34篇。

22. 陈炳煌（1903- ）

笔名鸡笼生，男，1903年生于基隆，1967年至今居美，现居洛杉矶。

—.《海外见闻录》（高雄：台湾新闻报社, 1935）

- 散文画录。作者旅居海外的见闻画录。

23. 陈炳藻 （1946- ）

男，生于香港，1968年至今居美，现居爱荷华州。

—.《就那么一点暗红》（台北：新地文学出版社，1987）

- 小说。小说写出了社会中的种种不平，也提出了人类存在及发展的大问题。

—.《投影》（香港：山边社，1984）

- 小说。本书收入短篇小说10余则，多半为作者赴美前在香港的文艺刊物上发表过的。

24. 陈大哲（1934- ）

原名陈世喆，笔名大方、颜欢、余欢颜、水草平、思湄等。男，生于福建厦门，现居旧金山。

—.《金山脚下》（承印者香港南国印刷公司；排版者中南印刷公司（CA），1994）

25. 陈丹青（1953- ）

男，生于上海，1982年至2000年居美，现居北京。

—.《荒废集》（桂林：广西师范大学出版社，2009）

- 散文。收录了陈丹青的多篇随笔文章。

—.《多余的素材》（桂林：广西师范大学出版社，2007）

- 散文。以日常细节牵动种种记忆，并获得历史感。

—.《退步集续编》（桂林：广西师范大学出版社，2007）

- 杂文。本书由近两年陈丹青的杂文、演讲、博客、采访汇编而成。

—.《与陈丹青交谈》（上海：上海文艺出版社，2007）

- 书信散文。12篇见识新颖、谐趣横生的交谈文章。

—.《退步集》（桂林：广西师范大学出版社，2005）

- 杂文。画家陈丹青的杂文访谈集萃。话题涉及绘画、影像、城市、教育。

—.《陈丹青音乐笔记》（上海：上海音乐出版社，2002）

- 散文。本书收录了作者于1992年到1998年间写给上海《音乐爱好者》双月刊的文章，为他在纽约的音乐见闻。

—.《纽约琐记》（长春：吉林美术出版社，2000）

- 散文。这本书是作者纽约生涯的结账、初事写作的开端。

26. 陈敢权（1953- ）

男，生于香港，1974年至1982年居美，现居香港。

—.《苗锐常菁：陈敢权独幕剧集. III》（香港：2006）

- 剧本。收录 7 出独幕剧剧本，主题都是探讨人生、人性及宇宙性的课题。

—.《星光延续》（香港：臭皮匠出版有限公司，1998）

- 剧本。作者自 1982 年至 1995 年创作的剧本集。

—.《从世界末日开始》（香港：中天制作有限公司，1991）

- 剧本。陈敢权的 5 出独幕剧剧本。

—.《生观音于玛利亚》（香港：演艺学院戏剧学院，1991）

- 剧本。

—.《三个独幕戏：年初二，星光下的蜕变，困兽》（香港：香港演艺学院，1987）

- 剧本。作者的 3 个独幕戏剧本。

—.《星光下的蜕变》（香港：演艺学院戏剧学院，1986）

- 剧本。清丽脱俗的爱情故事，主角不是王子公主，而是大白菜及毛虫。

—.《困兽》（香港：演艺学院戏剧学院，1986）

- 剧本。

27. 陈济潮 （1941- ）

男，1941 年生于广东台山，1990 年至今居美，现居旧金山。

—.《异乡播种》（2007）

- 散文、诗词、对联、歌曲合集。

28. 陈建华（1947- ）

男，1947 年生于上海，1998 年至 2002 年居美，现居香港。

—.《乱世萨克斯风》（广州：花城出版社，2009）

- 收录自 1977 年至 2008 年所作诗 120 余首。

—.《陈建华诗选》（广州：花城出版社，2006）

- 诗集。本诗集是陈建华早期诗作的精选集。分为“红坟草”（收录 1965 至 1969 年诗）以及“红坟草诗传”（收录杂文 16 篇）两部分。

—.《去年夏天在纽约》（上海：上海文艺出版社，2001）

- 散文。记录了作者的纽约见闻，包括“纽约地铁”、“曼哈顿门卫诗人”、“记忆的雕塑：纽约 1999 年之夏”、“地铁歌手”、“初学哈佛记” 等散文。

29. 陈九（1955- ）

男，1955 年生于天津，1986 年至今居美，现居纽约。

—.《车窗里的哈迪逊河》（北京：中国新华出版社，2010）

- 该散文集收录了作者 10 年间在美国报刊及国内文学刊物发表的部分作品。

—.《漂泊有时很美》（纽约：美国蓝斯出版社，2007）

- 该诗集收录了作者在 15 年间的部分诗作。

—.《偶然》（香港：香港天马出版社，2001）

- 该诗集收录了作者写于 1995 年至 2000 年间的部分诗作。

30. 陈铭华 （1956- ）

男，1956 年生于越南嘉定，1979 年至今居美，现居洛杉矶。

—.《防腐剂》（加利福尼亚：新大陆诗刊，2009）

- 诗集。收 2000～2008 年散文诗作 52 首，有诗人向明序及后记。

—.《我的复制品》（加利福尼亚：新大陆诗刊，2003）

- 诗集。收 1995～2003 年诗作 76 首，有诗人洛夫序及后记。

—.《天梯》（加利福尼亚：新大陆诗刊，2001）

- 诗集。收 1993～2000 年散文诗作 50 首，有后记。

—.《春天的游戏》（加利福尼亚：新大陆诗刊，1996）

- 诗集。收1993～1995年诗作55题64首，有诗人纪弦序、自序及诗人张国治、邹建军评论2篇。

—.《童话世界》（加利福尼亚：新大陆诗刊，1993）

- 诗集。收1991～1993年诗作80首，有诗人非马序。

—.《河传》（加利福尼亚：新大陆诗刊，1991）

- 诗集。收1974～1991年诗作96首，有自序及诗人黄玉液、千瀑评文。这是诗人第一本结集的个人诗集，也是新大陆诗刊出版的"新大陆丛书"系列之第一本书籍。

31. 陈破空（1963- ）

原名陈劲松。男，生于四川，1996年至今居美，现居纽约。

—.《中南海厚黑学》（香港：开放出版社，2010）

- 政论集。

—.《关于中国的一百个常识》（台北：博大出版社，2007）

- 杂文。该书汇集了有关中国历史、现状和未来的100个常识性问题，涵盖政治、经济、文化、社会等众多领域。

—.《赵飞燕》（台北：台湾实学社，1999）

- 小说。赵飞燕悲惨的成长过程，使她磨练出一套生存的手段，不仅摆布了汉成帝，也摆布了汉朝的命运。

—.《绯闻》（广州：广东人民出版社，1995）

- 诗集。作者历年来的诗作收录。

32. 陈齐家（1968- ）

男，生于福建福州，1989年至今居美，现居纽约。

—.《爱之旅》（加利福尼亚：新大陆诗刊，1996）

- 收作者诗作59首及3篇诗想随笔，卷前有诗人非马序，卷后有作者后记。

33. 陈谦（1960- ）

笔名啸尘。女，生于广西南宁，1989 年至今居美，现居硅谷。

—.《美国两面派》（武汉：湖北人民出版社，2007）

- 散文。在美国生活的作者看到了美国双重的面目，展现了一个真实的美国。

—.《爱在无爱的硅谷》（上海：上海文艺出版社，2004）

- 小说。年轻女工程师、计算机专家苏菊借股票之力一夜致富，可就是觉得不快乐，渴望过一种有“灵性”的生活。

—.《覆水》（南宁：广西人民出版社，2004）

- 小说。旅美 20 年的女主人公依群独特的人生历程和不为人知的内心悲剧。

34. 陈瑞琳（1963- ）

女，生于西安，1992 年至今居美，现居休斯敦。

—.《家住墨西哥湾》（石家庄：河北教育出版社，2009）

- 散文。是作者沉淀了自己面对新世界的探奇与浮华，在定心潜居之后对新时代移民故事的重新解读，也是在新的文化坐标上展开了东西方的精彩对话。

—.《“蜜月”巴黎：走在地球经纬上》（天津：百花文艺出版社，2003）

- 散文。是作者近来所创作的一部域外散文精华集锦。

—.《走天涯——我在美国的日子》（北京：中国文联出版社，1998）

- 散文。此书近距离描述北美的人文风情，讲述作者初到美国听到的移民故事。

35. 陈若曦（1938- ）

本名陈秀美。女，生于台北，1979 年至 1995 居美，现居台北。

—.《坚持·无悔〔陈若曦七十自述〕》（台北：九歌出版社，2008）

- 自传。此本自传写下陈若曦在人生各种时期非凡丰富的人生体验，并能看出作者从一而终，坚持自己的信念与理想，无怨无悔。

—.《重返桃花源》（南投：南投县政府文化局，2001；台北：草根出版公司，2002）

- 小说。比丘尼释元真 9 •21 地震后自美国赶回参加灾后赈济工作，发现家乡乃宗教福地，人间处处桃花源。

—.《慧心莲》（台北：九歌出版社，2000；新加坡 / 吉隆坡：大众出版社，2001）

- 小说。作者通过一家三代的学佛和出家故事，从遁入空门到争取剃度和生涯规划，刻画了台湾 30 年来的佛教兴革和社会变化，更为妇女奋斗和成长做了记录。

—.《生命的轨迹》（四川：人民出版社，2000）

- 散文。本书收录了 50 篇散文作品。

—.《完美丈夫的秘密》（台北：九歌出版社，2000）

- 小说。写 37 个女人，37 段婚姻故事。

—.《归去来》（台北：探索出版社，1999）

- 散文。集选 28 篇，记录了作者中学和大学时代的一点回忆，初抵中国大陆的印象，美加的生活点滴及返台定居的一些观感。

—.《清水婶回家》（台北：骆驼出版社，1999）

- 小说。本集涵盖了陈若曦在中国大陆、美国和中国台湾 3 个时期的作品。

—.《打造桃花源》（台北：台明文化中心，1998）

- 散文。世上没有现成的桃花源，自己的桃花源只有靠自己打造。

—.《女儿的家》（台北：探索出版社，1998）

- 小说。陈若曦对妇女问题的省思小说集。

—.《慈济人间味》（台北：远流出版社，1996）

- 散文。作者亲身接触社会各阶层的民众，娓娓写出自小人物到显赫人士所历练的人生故事。

—.《我们那一代台大人》（台北：台北县立文化中心，1996）

- 散文。本文收录了作者的 25 篇散文佳作，部分是对当年在台湾生活的所忆所思所想。

—.《妈妈寂寞》（石家庄：河北教育出版社，1996）

—.《域外传真》（北京：人民文学出版社，1996）

- 散文。全书分为“今日美国”、“华裔在美、加”、“天涯随笔”3 部分。

—.《王左的悲哀》（台北：远流出版社，1995）

- 小说。描述移民者所面临的种种辛酸，反映出海外华人的真实生活。

—.《柏克莱传真》（香港：勤十缘出版社，1993）

- 散文。收录了作者在港台报纸杂志发表的文章。表现久居海外的作者对中华大地的依恋之情。

—.《柏克莱邮简》（香港：天地图书公司，1993）

- 散文。陈若曦长期生活在柏克莱，以作家观察生活的敏锐和细致，对美国社会生活的各个不同层面作了生动的描述。

—.《陈若曦集》（台北：前卫出版社，1993）

- 小说。本书选取了 11 篇结合作者的生活经历所创作的小说及两篇对其小说的评论。

—.《走出细雨蒙蒙》（香港：勤十缘出版社，1993）

- 小说。本书收录作者 13 个短篇小说，反映当代美国华人在恋爱、婚姻、家庭、种族等各方面的矛盾。

—.《青藏高原的诱惑》（台北：联经出版公司，1989；香港：博益出版社，1990）

- 散文。作者深爱雪山和草原，青藏高原一直是她梦想中的雪乡仙国。

—.《西藏行》（香港：香江出版社，1989）

- 散文。本书共 5 辑，收录了作者 27 篇散文，详细而翔实地记下了作者访问西藏的所见所闻所思。

—.《草原行》（台北：时报出版社，1988）

- 收录22篇隽永的散文。

—.《纸婚》（台北：自立报系出版社，1986；香港：三联书店，1987；北京：中国文联出版公司，1987；北京：华夏出版社，1996）

- 日记体长篇小说。一位上海姑娘自费留学美国，因违反规定打工而被勒令离境。一位美国青年用“假婚”出手相助。而当她获得“绿卡”时，美国青年却患上艾滋病，只有这位姑娘陪他到最后。

—.《天然生出的花枝》（天津：百花文艺出版社，1987）

- 散文。本书收录了作者24篇散文佳作。

—.《陈若曦中短篇小说选》（福州：海峡文艺出版社，1985）

- 收录12个中短篇小说。

—.《二胡》（高雄：敦理出版社 1985）

- 小说。两对夫妇的故事，丈夫均为美国华人，妻子都来自中国大陆。展示出东西文化的碰撞冲突。

—.《远见》（台北：远景出版社，1984；香港：博益出版公司，1984；北京：友谊出版公司，1985；哈尔滨：北方文艺出版社，1988）

- 小说。一位台湾妇女按照丈夫的“远见”，带女儿去美国读大学申请绿卡，历经磨难，终于在一名中国大陆访问学者的帮助下获得了永久居留权，然而却发现她的丈夫已经在台湾有了外遇并生子。

—.《陈若曦小说选》（北京：广播出版社，1983）

- 小说。本书收录了《最后夜戏》、《燃烧的夜》、《收魂》、《大青鱼》和《向着太平洋彼岸》5篇小说。

—.《归》（台北：联经出版公司，1978；香港：明窗出版社，1979）

- 小说。本书虽然不是自传，但很大部分由作者的亲身经历写成。

—.《突围》（北京：友谊出版公司，1983；台北：联经出版社，1983；香港：三联书店，1983）

- 小说。描写旧金山华人知识分子的工作生活状态，探索这个群体的前途命运。

—.《无聊才读书》（香港：天地图书公司，1983）

- 散文。本书收录了作者 28 篇精彩散文。

—.《城里城外》（台北：时报出版公司，1981；香港：八方出版社，1981；香港：天地图书公司，1983）

- 小说。本书为 20 世纪 70 年代作者零星发表的小说结集。

—.《生活随笔》（台北：时报出版社，1981）

- 散文。本书的 26 篇生活小散文，涵盖了作者对政治、法律、教育及生活的思考。

—.《文革杂忆》（台北：洪范书局，1979）

- 散文。本书是作者对所经历的“文化大革命”的所忆、所思、所感。

—.《老人》（台北：联经出版公司，1978）

- 小说。本书收集了 7 个短篇小说。

—.《陈若曦自选集》（台北：联经出版社，1976）

- 小说。这里 11 篇小说代表了作者十几年思想的变化和走过的坎坷路程，是作者对自己人生经历和写作的一段总结。

—.《尹县长》（台北：远景出版社，1976）

- 小说。陈若曦细腻地刻画出“文化大革命”时期对人性的扭曲与对百姓的迫害，这 6 篇小说实际上就是她在中国大陆生活中所见所闻的具体呈现。

36. 陈少聪（1941- ）

女，生于贵州贵阳，1963 年至今居美，现居加州屋仑。

—.《永远的外乡人》（台北：印刻文学出版公司，2010）

- 传记散文。

—.《有一种候鸟》（南京：江苏文艺出版社，2008）

- 散文。《有一道河从中间流过》的简体字版，选文略有增加。

—.《有一道河从中间流过》（台北：九歌出版社，2006）

- 散文。本书是以域外人视角书写的有关异域羁旅、文化遐思、乡愁、感怀等抒情散文创作。作者幼小离开故土，对中国这个历史性的故土，始终怀有深挚的情结。

—.《爱琴海迷航》（台北：时报文化出版公司，2004）

- 散文。结合希腊神话、史诗、悲剧与个人感思交织的文学散文与随笔。

—.《捕梦网》（西安：太白文艺出版社，2000）

- 散文。本书收集了作者在美国生活中的一些随笔杂文。

—.《航向爱琴海》（台北：麦田出版有限公司，1995）

- 杂文。这本书不是一本纯粹的游记，既是报导性、记述性的，又掺杂了个人写意抒情的成分。

—.《女伶》（台北：九歌出版社, 1993）

- 短篇小说与散文合集。

—.《水莲》（台北：尔雅出版社, 1984）

- 小说与散文合集。老庄的旷达，玄学的空灵，心理学的冷静，浪漫唯美的生活情调。

37. 陈漱意（1946- ）

女，生于台湾，1967 年至今居美，现居纽约。

—.《无法超越的浪漫》（台北：皇冠出版社，2009）

- 小说。突显两个女性间相知相惜的情缘，但不是同性恋的故事。

—.《双姝恋——陈漱意小说精选》（银川：宁夏出版社，2009）

- 小说。这本书收集中短篇小说包括“双姝恋”、“罗刚杀人”、“哥儿们”、“这样的未来”，等等。

—.《台北寻梦的女人》（台北：九歌出版社，2000）

- 小说。写一位台北职业妇女得知台商丈夫背叛之际，又检查出患上乳癌，奔波中重新审视自己的内心世界。

—.《上帝是我们的主宰》（台北：皇冠文学出版有限公司，1996）

- 小说。故事述说男主角严尘因为 5 岁的女儿走失，使他不断寻找女儿之余，产生许多魔幻。

—.《蝴蝶自由飞》（台北：皇冠文学出版有限公司，1996）

- 小说。谈台湾的省籍问题，女主角从小在省籍心结颇重的环境中成长, 成年后赴美又面对种族问题，本书写出了这种人生的无奈。

—.《别有心情》（台北：皇冠文学出版有限公司，1992）

- 散文。作者的散文选集，轻描淡抹的文字风格，对应的是复杂深沉的人性刻画。

—.《流浪的犹太》（台北：皇冠杂志社，1985）

- 短篇小说集。包括“流浪的犹太”、“青鸟”、“怨偶”、“挽歌”、“乡累”等。

38. 陈思进（1958- ）

男，生于上海，1990～1997年及2001～2007年居美国纽约，现居多伦多。

—.《华尔街这些事》（武汉：长江出版集团崇文书局，2009）

- 作者用他多年积累的金融知识介绍、分析了美国金融危机的来龙去脉。

—. 陈思进，雪城小玲：《绝情华尔街》（北京：北京大学出版社，2009）

- 描写一群中国留学生在华尔街前后15年的故事。

—. 陈思进，雪城小玲：《独闯华尔街》（北京：现代教育出版社，2008）

- 介绍个人在融入华尔街的艰难过程，渗透著作者对新世纪的审视和思考，对时代特征的把握。

—. 陈思进，雪城小玲：《闯荡北美》（修订版）（北京：现代教育出版社，2007；合肥：安徽文艺出版社，2004）

- 讲述了作者在美国和加拿大奋斗十多年后，终于在华尔街拥有一席之地。

39. 陈霆（1970s- ）

女，生于北京，1993 年至 1997 年居美，现居加拿大。

—.《漂流北美》（北京：中国文学出版社，1998）

- 小说。写中国女留学生驾车环游美国的所见所闻。

40. 陈香梅（1925- ）

女，1925 年生于北京，1960 年至今居美，现居华盛顿。

—.《一千个春天——婚姻的自述》（上海：文汇出版社，2008）

- 回忆录。本书回忆了作者与陈纳德将军的生死恋情，从 1944 年二人的相识相知一直写到 1958 年的天人永隔。

—.《陈香梅自传》（济南：山东人民出版社，2003）

- 自传。本书真实地记录了作者的家世和成长经过，展示了自己与美国历届总统、白宫要人的交往、友谊和美国各个时代的朝政外交、民态风俗情况。

—.《爱之谜》（广州：花城出版社，2000）

- 小说。讲述钢铁公司老板的女儿在飞机上邂逅一位实业家并陷入情网，而随着两人交往深入，这位女子却发现男友生活和性格上的种种难解之谜。

—. 陈香梅，杨汝戬，沈威：《陈香梅全集》（石家庄：河北人民出版社，2000）

- 全集分为 9 卷。卷一、卷二为时论集（分中国卷和美国卷），卷三为随笔，卷四、卷五为回忆录，卷六、卷七为小说、诗歌，卷八为译著，卷九为杂著。

—.《丈夫太太与情人》（广州：花城出版社，2000）

- 中篇小说精选。讲述各种爱情故事、跨国情缘。

—.《灰色的吻》（广州：花城出版社，2000）

- 小说。家庭情感纠葛，异国情爱故事。

—. 陈香梅，陈虹：《华府春秋：陈香梅回忆录》（杭州：浙江文艺出版社，1999）

- 回忆录。本书分为华府春秋及岁月沧桑两辑。

—.《我与华府》（北京：中国青年出版社，1999）

- 回忆录。

—.《我的婚恋》（北京：中国青年出版社，1999）

- 回忆录。本书讲述了陈香梅的生平事迹。

—.《陈香梅自传：永远的春天》（海口：海南国际新闻出版中心，1998）

- 自传。

—.《春秋岁月：陈香梅自传》（北京：中国妇女出版社，1997）

- 自传。陈香梅女士记叙了自己的家史、与美国飞虎队将军陈纳德的爱情婚姻、移居美国后以华裔身份进入白宫工作的经历，以及热心关注中国的现代化建设的感受。

—.《我看新中国》（合肥：安徽文艺出版社，1997）

- 时论集。30年后重归故土，展现在作者面前的是一个全新的中国。

—. 陈香梅，王樟生，屈毓秀：《陈香梅回忆录》（杭州：浙江文艺出版社，1996）

- 回忆录。本书分上、下两册，其中收录了陈香梅个人珍藏的历史照片200多幅。

—. 陈香梅，金宏达，于青：《陈香梅文集》（合肥：安徽文艺出版社，1995）

- 陈香梅作品选集，共分4册。

—.《春水东流：陈香梅回忆录》（济南：山东人民出版社，1992）

- 回忆录。亲情、友情、爱情，身边小事，家国大事，把这些环节穿串起来，是一个大时代的故事。

—.《留云借月：陈香梅回忆录》（台北：时报文化出版公司，1991）

- 回忆录。本书收录了很多陈香梅女士政治生涯中的论文、讲词等。

—.《爱神的叹息：陈香梅中短篇小说选》（北京：中国友谊出版公司，1988）

- 小说。形形色色的情感故事。

—.《丈夫、太太与情人：陈香梅小说选》（北京：宝文堂书店，1988）

- 本书包括16篇短篇小说。

—.《谜》（北京：中国友谊出版公司，1986）

- 小说。以作者自己爱的体验来进行创作，描述“传统观念”与“女性意识”的婚姻冲突。

—.《往事知多少》（台北：时报文化出版公司，1982）

- 散文，小说。这本书是一个女人的故事，也是许许多多曾经触动作者生命的人们的故事。

—.《茶花怨》（台北：大林出版社，1980）

- 收集有诗、杂记、短篇小说，大多是她怀念亡夫有感而写的文章。

—.《陈香梅自选集》（台北：黎明文化事业公司，1980）

- 回忆录。以回忆录形式，将作者自己曾亲身经历的，包括亲历中美两国间方方面面的进步、自己面临的困境、感受以及对中美关系展望与看法，集结成书。

—.《陈纳德将军与我》（台北：传记文学出版社，1978）

- 回忆录。作者讲述了她与陈纳德将军的爱情故事。

—.《陈香梅短篇小说选》（台北：传记文学出版社，1978）

- 小说。本书收入她有代表性的14个短篇小说。

—.《半个美国人》（台北：文星书店，1964）

- 散文。作者以飞虎队陈纳德将军夫人的身份于美生活随感。

41. 陈雪丹（1934- ）

男，生于陕西，1980年至今居美，现居旧金山。

—.《雪丹散文》（北京：民族出版社，1999）

- 散文。本书收入散文31篇。

—.《雪丹诗集：爱与人生》（北京：民族出版社，1999）

- 诗集。本诗集汇集了作者几十首诗篇，表达了对祖国与亲人无限的思念。

42. 陈燕妮（1960- ）

女，生于浙江杭州，1988 年至今居美，现居旧金山。

—.《洛杉矶已久》（北京：作家出版社，2006）

- 散文。作者旅居海外多年，写下各地见闻，对东西方文化的差异、东西方情感的不同表达方式给予了全新的阐释。

—.《陈燕妮：再回纽约》（北京：中国社会出版社，1998）

- 散文。收录了随笔 40 多篇。

—.《纽约意识》（北京：中国社会出版社，1995）

- 散文。本书为《告诉你一个真美国》的姊妹篇，以随笔的形式评说中美两国社会生活的方方面面。

—.《告诉你一个真美国》（北京：华夏出版社，1994）

- 散文。以随笔的形式描述了作者所知的美国社会。

43. 陈屹（1960- ）

女，生于天津，1986 年至今居美。

—.《不是男人的错》（北京：中信出版社，2005）

- 散文。作者站在中西文化交汇的高度，大胆剖析男女关系中的是是非非。

—.《背洋书包的孩子：十个中国小留学生的故事》（西安：陕西师范大学出版社，2002）

- 采访。本书通过对 10 位在美国读书的中国小留学生的采访，使我们透过表面的浮华看到了内在的真实。

44. 陈之藩（1925- ）

字范生。男，1925 年生于河北霸州，1955 年至今多次赴美，现居波士顿、香港。

—.《看云听雨》（香港：八方文化出版社，2008）

- 散文。记述对科学、对文学、对人生、对世间种种现象的看法，文中处处流露知识分子忧国忧民的情怀。

—.《思与花开》（香港：牛津大学出版社，2008）

- 收录作者定居香港后创作的 64 篇散文。

—.《寂寞的画廊》（南京：江苏文艺出版社，2007）

- 散文。陈之藩是科学家，还是散文家，除了科技领域的一片天，他始终在心里为文学保留着一席之地。

—.《散步》（天津：百花文艺出版社，2006）

- 散文集。

—.《大学时代给胡适的信》（香港：牛津大学出版社，2005）

- 书信。此书收录的是陈之藩在 1947 年前后给胡适写的 13 封信。

—.《时空之海》（台北：远东图书公司，1996）

- 作者从 20 世纪九十年代到 20 世纪末，在波士顿与台南所写的散文。

—.《一星如月》（台北：远东图书公司，1985）

- 散文。在自然中，人，究竟是什么？与“无穷”比较起来，人什么也不是。

—.《陈之藩散文集》（台北：远东图书公司，1984）

- 散文。本书收录了“旅美小简”、“在春风里”、“剑河倒影”、“一星如月”等作品。

—.《在春风里》（台北：远东图书公司，1990，1983）

- 杂文。多为作者刚到曼城时所写，9 篇纪念胡适之先生的文字，是在胡适之先生刚逝世后写的。

—.《蔚蓝的天》（台北：远东图书公司，1977）

- 散文，诗歌。这本集子收集了发表于学生杂志中的译诗及散文。

—.《剑河倒影》（台北：远东图书公司，1972）

- 散文。是陈之藩在剑桥所写的文章，大多与感谢思乡有关。

—.《旅美小简》（台北：明华书局，1957）

- 随笔。作者这20几篇小简写出了一个寂寞旅人在荒村静夜中的叹息声。

45. 陈中美（1924- ）

原名陈庭钜，又名田军，男，1924年生于广东台山，1980年至今居美，现居加州。

—.《中美散文集：1946-2001》（江门：美洲台山华侨书社，2002）

- 散文。本书包含作者在中国参加解放战争、长期任报刊编辑和在美国当洗盘碗工人到复任报刊编辑及老年退休各个时期的作品，读者可以看到作者的一生经历。

—.《中美诗话：1992-2002》（江门：美洲台山华侨书社，2002）

- 本书为作者写的论述及诗的各种体裁的文章。这时期作者年年都回故乡一两次，是个东西两栖人，故写及中国及美国的诗人及诗坛活动。

—.《中美诗千首：1943-2002》（江门：美洲台山华侨书社，2002）

- 诗歌。本书收录了格律诗、白话诗和作者独创的新律诗；写及抗日战争时期人民的苦难、解放后干部经历政治运动的委屈和新侨美国从事体力劳动到复任编辑的过程，还有老年频频回乡的苦恋之情。

—.《中美游记：1978-2002》（江门：美洲台山华侨书社，2002）

- 游记。本书选录了作者在中国、美国所游所记，写观景、讲故事，结合抒己之情。

—.《中美小文选》（江门：台山华侨书社，1994）

- 本书包含记叙文、政论文等多种体裁的文章，选自作者在中国及美国所著的多部著作。

—.《中美新律诗》（江门：台山华侨书社，1994）

- 诗集。本书分为前后篇，前篇为“通俗新律诗”，后篇为“变型新律诗”。

—.《金山诗话》（江门：台山华侨书社，1989）

- 作者八十年代在美国旧金山写的对古今诗歌的述评。

—.《金山小诗集》（江门：台山华侨书社，1986）

- 诗集。

46. 程宝林（1962- ）

男，生于湖北荆门，1998年至今居美，现居夏威夷。

—.《故土苍茫》（北京：东方出版社，2009）

- 散文。关注中国农村的变革、农民的命运，作者以国际性生存为背景，细腻地折射出一个农家子弟在美国生存、求学、发展的心路历程。

—.《心灵时差》（郑州：河南文艺出版社，2004）

- 散文。中美之间地理的差异、文化的差异、社会的差异，在作者的散文中留下了折射和印痕。

—.《一个农民儿子的村庄实录》（上海：上海文化出版社，2004）

- 散文。

—.《国际烦恼》（广州：花城出版社，2003）

- 散文。人类必须重新树立起自身的信仰，既包容大地，也包容天空和宇宙。

—.《纸的锋刃》（花城出版社，2003）

- 英汉对照诗集。

—.《美国戏台》（北京：东方出版社，1998）

- 长篇小说，描写了在美国文化领域创业的中国人的面貌。

—.《托福中国》（北京：东方出版社，1995）

- 散文。收录了作者早期散文创作的61篇代表性作品。

—.《烛光祈祷》（成都：四川人民出版社，1993）

- 散文集。

—.《程宝林抒情诗拔萃》（成都：四川大学出版社，1991）

- 诗集。是诗人程宝林先生的第三本诗歌集。

—.《未启之门》（成都：四川文艺出版社，1987）

- 诗集。是诗人程宝林先生的第二本诗歌集。

—.《雨季来临》（北京红叶诗社，1985）

- 诗集。是诗人程宝林先生的第一本诗歌集。

47. 程步奎（1948- ）

原名郑培凯，男，1948年生于山东青岛，1970年至1998年居美，现居香港。

—.《出土的愉悦》（香港：天地图书有限公司，2001）

- 散文。关在象牙塔里皓首穷经的学者，到街市去看一般人的生活。

—.《New York 走透透：资深纽约客深度指南》（台北：商智文化事业股份有限公司，1999）

- 散文。写纽约生活点滴，以及纽约城市光怪陆离的百态。

—.《从何说起》（台北：贞德书局，1993）

- 诗集。收入诗人40岁的时候所做诗篇，共收入诗作50余篇。

—.《也许要落雨》（台北：汉艺色研，1989）

- 散文。收了作者在纽约生活的所见所闻所思。

—.《新英格兰诗草》（台北：皇冠出版社，1989）

- 诗集。集中收了作者在耶鲁求学及生活在新英格兰地区的感怀。

—.《程步奎诗抄》（台北：中国文化大学出版部，1983）

- 诗集。本书为作者第一本诗集。

48. 程国强（1936- ）

笔名程漪、悲漪，别号谷疆。男，生于江苏南京，1961年至1975年居美，现居台北。

—.《异乡人语》（台北：华刚出版有限公司，1976）

- 杂文。可分为 7 个部分：剖视美国、留学甘苦、外交漫谈、国际政治、人物风云、国是诤言、侨社点滴。

—.《这一圈》（台北：华刚出版有限公司，1976）

- 小说。是许多留学生生活的一部分，这里面也许有你，也许有我，也许有他。

—.《归》（台北：商务印书馆，1969）

- 小说。收录了作者 20 个短篇，是个人流浪生活的点滴，也可以说是这一时代部分知识分子的写照。

49. 程明琤（1936- ）

女，1936 年生于法国巴黎，1963 年至今居美，现居西雅图。

—.《夕阳中的笛音》（台北：三民书局出版社，2001）

- 散文。包括游记、艺评、生活感思等。

—.《遥尘集》（西安：太白文艺出版社，2000）

- 散文。共分五卷：咏情，观世，远游，归源，谈艺。

—.《呜咽海》（台北：三民书局出版社，1997）

- 散文。古玛雅文明古迹沉思、西班牙古宫堡及唐吉诃德故乡感游等。

—.《长江的忧郁》（台北：中国时报文化出版公司，1994）

- 游记。糅合了作者对历史的感怀及对于时局的评论。

—.《心湖款款风》（香港：天地图书公司出版社，1992）

- 杂文。艺术，剧评，文化感思。

—.《走过千秋》（台北：联经文学出版社，1989）

- 游记。包括非洲伊索匹亚蓝色尼罗河探源、中国古洛阳记感等。

—.《岁月边缘》（台北：李白出版社，1987）

- 散文。生活记感散文集。

—.《烟波两岸》（台北：江山出版社，1985）

- 散文。旅居印度尼西亚爪哇岛雅加达 3 年生活经验，观游印度尼西亚诸岛纪事，及印度尼西亚文化社会反思。

—.《海角・天涯・华夏》（台北：中国时报文化出版公司，1983）

- 散文。旅游文学。

—.《羁旅游思》（台北：水牛出版社，1979）

- 散文。纪游，论述，文化评论。

—.《层楼集》（香港：鹅湖出版社，1968）

- 诗集。作者所著的白话诗集。

50. 诚然谷（1946- ）

原名谷文瑞，又名诚谷然。男，生于湖南，1973 年至今居美。

—.《请跟我来》（台北：时报出版公司，1988）

- 小说。描述在国外的经验体会，以及对外部环境和内心世界的探寻。

—.《给文明把脉》（香港：三联书店，1985）

- 散文。从东西方文化对比的角度分析美国社会的人生百态。

—.《彩虹山》（北京：中国友谊出版公司，1987；台北：时报文化出版公司，1980）

- 小说。本书分为 4 辑，收录了作者的 14 篇小说。

51. 慈林（1957- ）

男，生于广州，1988 年至今居美，现居洛杉矶。

—.《慈林的诗和他写诗的日子》（加利福尼亚：美国大洋文化，2008）

- 诗文集。全书分为 12 卷，共收入诗作约 200 首。

52. 丛甦（1937- ）

本名丛掖滋。女，生于山东掖景，1959 年至今居美，现居纽约。

—.《生气吧！中国人》（台北：希代出版公司，1987）

- 散文，杂文。40 篇散文、杂文结集。

—.《兽与魔》（香港：三联书店，1986）

- 小说。写于 1977 至 1984 年间的 10 个短篇，多是美国新移民的故事。

—.《净土沙鸥》（台北：时报出版公司，1984）

- 游记。本书分为“丹麦”、“瑞典”、“挪威”与“冰岛”四部分，共收入旅行见闻 24 篇。

—.《君王与跳蚤》（台北：洪范书店，1981）

- 散文。本书收录了 15 篇散文。

—.《中国人》（台北：时报出版公司，1978）

- 小说。描写落魄异乡的中国人的故事。

—.《想飞》（台北：联经出版公司，1977）

- 小说。写出了流浪的中国人和他们的苦闷与彷徨。

—.《秋雾》（台北：晨钟出版社，1972）

- 小说。本书收录了作者的 10 部短篇小说。

—.《白色的网》（台北：仙人掌出版社，1969）

- 小说。作者的短篇小说集。认为人与人能突破孤绝的处境就可以冲出白色的网。

53. 达文（1962- ）

原名谭达文。男，生于广东台山，1990 年至今居美，现居洛杉矶。

—.《气候窗》（加利福尼亚：新大陆诗刊，1993）

- 诗集。本书是作者早期作品的结集。

54. 戴舫（1955- ）

笔名楚原。男，生于上海，20 世纪 80 年代至今居美，现居纽约。

—.《夜幕降临曼哈顿》（郑州：河南人民出版社，1998）

- 小说。以美国曼哈顿为背景的长中篇小说。

—.《第三种欲望：向精神分析医生雪尔•罗宾逊叙述童年往事》（上海：上海文艺出版社，1998）

- 小说。主人公留美获得博士学位时，突患顽症，药石无效。精神分析医生雪尔•罗宾逊诊断为童年时期心理创伤所致，诱使他追忆童年往事进行治疗。

—.《牛皮303：当代旅外小说选萃1》（北京：中国友谊出版公司，1991）

- 小说。本书包括《牛皮303》、《名人老古和他的室友们》、《丛林下的冰河》等5部中短篇小说。

55. 戴文采（1956- ）

女，生于中国，1988年至今居美，现居洛杉矶。

—.《我最深爱的人》（台北：九歌出版社，2001）

- 一本小说与散文合串的文集。以散文写热与爱，用小说描绘冷与死。

—.《在陌生的城市》（台北：九歌出版社，1995）

- 小说。探讨台湾黑金充斥的选举文化，人欲、物欲横流的现况。

—.《天才书》（台北：九歌出版社，1994）

- 散文。收录了一些早期获奖之佳篇及游记杂感。

—.《蝴蝶之恋》（台北：圆神出版社，1991）

- 小说。有形形色色的异性恋、同性爱的相濡以沫，自恋而华丽，世故且凄凉。

—.《那一夜在香港：第四届梁实秋文学得奖作品集》（台北：中华日报出版社，1991）

- 原名《天才书》，呈现中国香港、中国大陆、美国等地的人文景观、社会百态。

—.《女人啊！女人》（台北：圆神出版社，1990）

- 散文。自承“响往大女子主义，励行小女子规章”，为这一代身处“传统现代边缘”的女性发出不平之鸣。

—.《哲雁》（台北：洪范书店，1989）

- 小说。爱情故事，在特定的异国情调中，让来自海峡两岸的男女以血泪和欢笑点燃彼此的人性。

56. 丹娃（1950s- ）

女，生于北京，1986年至今居美，现居新泽西州。

—.《穿梭魔域》（北京：作家出版社，2004）

- 小说。王伟是个记者，在一次领奖旅途中认识了来自硅谷的高科技人才伍岳，意外得知著名的考古人镜机，被一个奇异的梦境所扰。

—.《罂粟花，漾》（台北：英属维京岛商高宝国际有限公司台湾分公司，2001）

- 小说。爱恨情仇，钱色财性，就像罂粟花一样，华丽引人上瘾。故事以纯纯乡下小女孩的角度，来看这龌龊的大千世界。

—.《风雨花季》（北京：中国华侨出版社，1999）

- 小说。描绘出一位将门之女在“文化大革命”期间及“文化大革命”后十年的生活悲喜剧。

—.《毁誉婚变》（北京：中国华侨出版社，1999）

- 小说。讲述现代人的婚姻爱情问题。

—《纽约情殇》（北京：中国华侨出版社，1999）

- 小说。居美华人，尤其是留美学子们的“生活写真”。

57. 邓泰和（1942- ）

男，生于桂林，1981年至今居美，现居纽约。

—.《花旗下记趣》（上海：文汇出版社，2007）

- 描绘美国社会形形色色的人，讲述作者在美国生活获得的人生启迪。

58. 董鼎山（1922- ）

男，生于浙江宁波，1947年至今居美，现居纽约。

—.《西洋镜背后》（武汉：湖北人民出版社，2006年）
- 散文。每个人都在人生旅途中走着。身影远去，留下一道道踪迹，或深或浅。

—.《温馨上海 悲情纽约》（上海：辞书出版社，2002）
- 散文。出于对世界文化的热爱，构筑起中美两国文化交流的桥梁。

—.《最后的罗曼史》（上海：百家出版社，2001）
- 小说。16篇爱情短篇小说集。

—.《留美五十年》（上海：上海书店出版社，2001）
- 散文。抒写了作者的美国生涯、文人交往、家庭琐事以及怀乡情愫。

—.《纽约客书林漫步》（天津：百花文艺出版社，2001）
- 散文。专门介绍美国文坛与出版界状况的文章。

—.《美国梦的另一面》（北京：商务印书馆，2000）
- 描写美国生活不为一般人所知的另一面。

—.《纽约客闲话》（北京：中国电影出版社，1998）
- 本书展示了欧美文坛、艺苑、新闻、出版等诸多领域形形色色的众生相。

—.《董鼎山文集》（北京：中国戏剧出版社，1997）
- 散文。本书主要收入了作者5个方面的文章，包括人的文学、性的文学、社会的文学、家的文学和书房的文学。表现了作者的读书生活与观察思考。

—.《西边书窗》（上海：三联书店，1997）
- 散文集。关于作者所在美国文艺界的人与事。

—.《在纽约的书房里》（上海：文汇出版社，1997）

- 散文。本书收录的是比较轻松的有关欧美文坛的轶闻与作者自己的读书随感。

—.《自己的视角》（上海：学林出版社，1997）

- 散文。散见于中国大陆、中国香港、纽约各种报刊的作品。

—.《第三种读书》（兰州：敦煌文艺出版社，1994）

- 散文。多半文章是作者读书后的杂感杂记，并融入了作者在美国长期生活的感受。

—.《留美三十年》（北京：人民日报出版社，1988）

- 散文。搜集了50余篇散文。既有对美国生活的趣闻乐事的描写，也严肃地比较了中美两国青年思想文化上的差异。

—.《美国作家与作品》（北京：光明日报出版社，1988）

- 散文。此处所收都是读书杂感，多半曾在北京《读书》月刊与纽约《中报》副刊发表。

—.《西窗拾叶：闲话欧美文坛》（台北：圆神出版社，1988）

- 散文。从“后现代主义”小说到科幻小说；从“垮掉的一代”三始祖到四位遁世作家；旅美40余年，以28篇读书随感，概述近代欧美文坛点滴。

—.《西边叶拾》（上海：学林出版社，1987）

- 散文。美籍诗人眼中的中国和美国，涉及文学、艺术、新闻、出版。

—.《书·人·事二集》（北京：中国友谊出版公司，1986）

- 散文。有关书、人及其他事。

—.《西窗漫记》（香港：三联书店，1986）

- 散文。本书收44篇文章，评介西方图书，剖析文化动向。

—.《天下真小：纽约邮简：书、人》（北京：三联书店，1984）

- 散文。介绍美国当代文学作家，以及出版界的情况，反映了中美文化交流的盛况，建议和批评，作者对祖国亲友眷恋之情，以及在美国的生活风貌。

59. 杜杜（1948- ）

原名何国道。男，生于上海，在香港长大，20世纪80年代至今居美，现居纽约。

—.《饮食魔幻录》（香港：明报周刊，2005）

- 散文集，由作者在明报上的专栏集结而成，谈论饮食以及由饮食衍生的幻想、艺术、文学、语言等。

—.《饮食与艺术别集》（香港：明窗出版社，2002）

- 杂文。谈论饮食和艺术。

—.《饮食与艺术》（香港：明窗出版社，1998）

- 杂文。从中国的狮子头以至法国的小甜饼，皆被收纳为作者吃的体验。

—.《非常饮食艺术》（香港：皇冠出版社（香港）有限公司，1997）

- 杂文。借饮食一事，串联起古今中外的文学艺术和电影中有关食物的描述。

—.《另类食的艺术》（香港：皇冠出版社，1996）

- 杂文。从中西文学、美术、宗教领域，搜罗各种新奇食谱。

—.《瓶子集》（香港：素叶出版社，1995）

- 散文。本书分为3辑，作者通过篇篇温润的文字讲出生活中的道理。

—.《住家风景》（香港：纯一出版社，1979）

- 散文。本书是杜杜写给逝世一年的母亲的。写感情和生死，除了有无限的关爱，也多了一份超脱和纯洁。

60. 杜国清（1941- ）

男，生于台湾台中，1970年至今居美，现居加利福尼亚。

—.《山河掠影：杜国清诗集》（台北：台湾大学出版中心，2009）

- 诗人游历中国大陆所触发的感兴。

—.《爱染五梦》（台北：桂冠图书股份有限公司，1999）

- 诗集。

—.《对我 你是危险的存在》（北京：中国文联出版公司，1996）

- 诗集。本书收录了作者大量诗作，表现了作者对于美的追求与理解。

—.《勿忘草》（北京：人民文学出版社，1992）

- 诗集。

—.《情劫》（北京：中国文联出版公司，1991）

- 诗集。本书是组恋诗，分情劫和山河掠影两部分，既有现代诗艺又富传统精神。

—.《殉美的忧魂》（台北：笠诗刊社，1986）

- 诗集。

—.《心云集》（台北：时报文化出版有限公司，1983）

- 诗集。

—.《望月》（台北：尔雅出版社，1978）

- 诗集。

—.《雪崩》（台北：笠诗刊社，1972）

- 诗集。

—.《岛与湖》（台北：笠诗刊社，1965）

- 诗集。

—.《蛙鸣集》（台北：现代文学杂志社，1963）

- 诗集。

61. 范迁（1953- ）

男，生于上海，1981 年至今居美，现居旧金山。

—.《失眠者俱乐部》（西安：陕西师范大学出版社，2009）

- 小说。讲述一个画家在洛杉矶探寻生命和灵魂的所在。

—. 《风吹草动》（西安：陕西师范大学出版社，2009）

- 小说。讲述一个社会底层的边缘人物一跃成为黑道、政界、走私集团的座上客。

—.《桃子》（西安：陕西师范大学出版社，2009）

- 小说。主人公是一个退役军人，被迫成为杀手集团“老大”，一行四人亡命天涯。一个温柔的上海女子桃子的出现改变了他们的生活。

—.《错敲天堂门：曼哈顿童话》（北京：朝华出版社，2004）

- 小说。本书为长篇小说，以莫默的故事为主线，塑造了一批来自中国的画家以及纽约社会各个层面的人物形象。

—.《古玩街：柏克莱童话》（上海：上海文艺出版社，2004 年）

- 这是写一对异父异母姐弟间情爱的故事，也是写美国社会边缘人物心灵漂流的故事。

62. 范思琦（1933- ）

原名蔡玲。女，生于重庆，1951 年至 2002 年居美，现居上海。

—.《葛莱湖》（台北：皇冠出版社，1967）

- 小说。本书所写的是一个因真而感人的爱情故事。

—.《七个珍重》（台北：皇冠出版社，1965）

- 小说。爱情故事。

63. 方方（1938- ）

原名王正方。男，生于北京，20 世纪 60 年代至 1986 年居美，现居台北、厦门。

—.《我这人话多：导演讲故事》（台北：九歌出版社，2008）

- 散文。以逗趣之笔写童年往事，少小离家老大回，从中国台湾到美国，再回到出生地北京，亦庄亦谐，幽默且沧桑。

—.《我这人长得别扭》（台北：文化事业有限公司，2005）

- 自传。诉说对亲人、朋友、工作、故乡的细腻情怀。

64. 方思（1925- ）

本名黄时枢。男，生于湖南长沙，20 世纪 60 年代至今居美。

—.《方思诗集》（台北：洪范书店，1980）

- 诗集。本诗集为作者历年来的诗作佳选。

—.《竖琴与长笛》（台北：现代诗社，1958）

- 诗集。本书是方思告别诗坛的力作。此后他移居美国。

—.《夜》（台北：现代诗社，1955）

- 诗集。本书为作者早期的诗作选。

65. 非马（1936- ）

原名马为义，男，生于台湾台中，1961 年至今居美，现居芝加哥。

—.《非马集》（台南：台湾文学馆，2009）

- 诗集。本书选入了非马的诗 65 首，并附有作者影像、小传、写作生平简表、阅读进阶指引、出版诗集要目以及编者的解说。

—.《凡心动了》（广州：花城出版社，2005）

- 散文。作者的第一本散文集。据作序者、画家黄永玉说：“诗人如果是和尚，和尚如果有时动了凡心去拈花惹草，那就是散文。”

—.《非马短诗选》（香港：银河出版社，2003）

- 诗集。中英双语，中文 31 首，英译 31 首。

—.《非马的诗》（广州：花城出版社，2000）

- 诗集。题材开阔，大千世界，中外古今，并在科学与诗的结合上，开辟新的领域。

—.《没有非结不可的果》（台北：书林出版公司，2000）

- 诗集。共有 4 辑 91 首。

—.《微雕世界》（台中：台中市立文化中心，1998）

- 诗集。收 20 世纪九十年代诗作 144 首。

—.《非马自选集》（贵阳：贵州人民出版社，1993）

- 诗集。收 20 世纪八十年代诗作 128 首。

—.《飞吧！精灵》（台中：晨星出版社，1993）

- 诗集。

—.《非马短诗精选》（福州：海峡文艺出版社，1990）

- 诗集。本书收录作者所著诗歌 180 余首。

—.《笃笃有声的马蹄》（台北：笠诗刊社，1986）

- 诗集。收 1966～1984 年诗作 53 首。书前有自序“诗路历程”。

—.《路》（台北：尔雅出版社，1986）

- 诗集。本书收集了作者近两三年来的作品，共分 4 辑。

—. 王渝，许达然，张错，非马：《四人集》（北京：中国友谊出版公司，1985）

- 诗集。本书收录王渝诗作 22 首、许达然诗作 22 首、张错诗作 24 首，以及非马诗作 19 首。

—.《白马集》（台北：时报出版公司，1984）

- 诗集。本书分为 5 辑，前四辑收录作者所创诗歌 120 余首，第 5 辑为对作者诗的评价。

—.《非马集》（香港：三联书店，1984）

- 诗集。收录了作者 1970 年到 1984 年期间创作的 83 首诗作。

—.《非马诗选》（台北：商务印书馆，1983）

- 诗集。本书选录了非马在 1957 至 1979 年间的重要作品。

—.《在风城》（台北：笠诗刊社，1975）

- 诗集。非马的第一本汉英双语诗集。收早期（1958-1974）诗作 58 首。

66. 傅孝先（1934- ）

男，生于浙江绍兴，20 世纪 60 年代至今居美，现居康涅狄格州。

—.《别样情怀》（北京：新华出版社，1999）

- 散文。行文时多有东西方文化的比较。

—.《无花的园地》（台北：九歌出版社，1986）

- 散文集。

—.《寒蝉与鸣蛙》（台北：九歌出版社，1981）

- 散文。写的是一些日常生活琐事，字里行间也不乏微言大义。

67. 高德蓉（1941- ）

笔名德蓉。女，生于四川成都，1990年至今居美，现居旧金山。

—.《德蓉文集》（北京：顺诚华杰印刷有限公司，2009）

- 杂文。记述了一个中国女人在美国的所见所闻。

68. 高小刚（1956- ）

男，生于北京，1984年至1998年居美，现居香港。

—.《图腾柱下：北美印第安文化漫记》（北京：三联书店，1997）

- 游记。本书作者以图片数据（近90幅）和曾浪迹于北美印第安数载并从事印第安艺术和文化研习的亲身经历介绍了印第安人的历史、地貌、风习、现状及其文化的主要象征——图腾和图腾柱。

—. 高小刚，李惠薪，艾丹：《女博士旅美打工记》（北京：中国华侨出版公司，1990）

- 纪实文学。诉说了新移民的困惑与潦倒、屈辱与自尊、奋发与更新。

69. 高准（1938- ）

字正之。男，生于上海，1967年至1981年居美，现居中国台湾。

—.《高准诗集全编：附诗篇赏析选录》（台北：诗艺文出版社，2001）

- 诗集。本书为高准诗作全编，并附有各家所撰赏析多篇。

—.《山河纪行》（台北：文史哲出版社，1985）

- 游记散文。1981 年，高准只身访问中国大陆，成为 1949 年之后，中国台湾公开访问中国大陆的第一位诗人。本书记下这次访问的行踪。

—.《高准诗集》（台北：文史哲出版社, 1985）

- 诗集。本书收入作者自 1955 年至 1984 年期间所作诗篇 80 首。

—.《葵心集》（台中：蓝灯文化事业股份有限公司，1979）

- 合集。本书为作者历年的诗重加整理删选的结果。

—.《高准诗抄》（台中：光启出版社，1970）

- 诗集。

70. 戈云（1925- ）

原名卓戈云，笔名戈云、费解、拔舟、卓英、阿十、阿牛、老鹰等。男，生于广西藤县，1931 年至今居美，现居旧金山。

—.《在自由女神像下》（广州：广东人民出版社，1988）

- 杂文。本书写出了作者眼中的美国。

71. 龚则韫（1952- ）

女，生于台湾新竹，1975 年旅美至今，现居美国马里兰州。

—.《荷花梦》（台北：健行文化出版事业有限公司，1998）

- 散文。写作者与周遭人物的感情互动、异国生活逸趣、爱与梦想。

72. 古添洪（1945- ）

男，生于广东鹤山，1976 至 1981 年居美，现居花莲。

—.《晚霞的超越》（台北：国家出版社，1977）

- 散文，诗集。本书分为 6 辑，前 3 辑为作者的散文选，后 3 辑为诗作选。

73. 顾晓阳（?- ）

笔名晓阳。男，生于北京，1990 年至今居美。

—.《风景收费区》（北京：作家出版社，2003）

- 本书可视为《洛杉矶蜂鸟》的姊妹篇，视点聚焦在中国。从海外归来的主人公迷失在一片色彩斑斓的风景区。

—.《洛杉矶蜂鸟》（北京：作家出版社，1997）

- 小说。作者书中的描述基本是自己在美国的亲身经历。是一部反映中国人在美国生活的错综复杂的小说。

74. 顾一樵（1902-2002）

原名顾毓琇，号古樵，曾用笔名蕉舍，主要笔名一樵、顾一蕉。男，生于江苏无锡，1923 年至 1929 年和 1950 年至 2002 年居美，2002 年逝于美国。

—.《期颐集》（北京：清华大学出版社，2001）

- 合集。本书包括作者的诗 130 首，以及与闻一多、朱湘及郑振铎先生的书信。

—.《百龄自述》（南京：江苏文艺出版社，2000）

- 回忆录。

—.《一个家庭，两个世界》（上海：上海人民出版社，2000）

- 自传。记录了他从童年到重返中国大陆的一段历史。

—.《行云流水》（北京：清华大学出版社，1998）

- 散文。

—.《顾毓琇词曲集》（南京：南京大学出版社，1997）

- 诗词集。本书收录了作者所创作的 1001 首词曲。

—.《顾毓琇诗歌集》（北京；清华大学出版社，1996）

- 诗集。本书收录了作者所创作的诗歌 2000 余首。

—.《蕉舍诗词》（北京：清华大学出版社，1995）

- 合集。本书分为 6 卷，收录作者所作诗、词、译歌等。

—.《水木清华》（北京：清华大学出版社，1994）

- 诗集。本书就历年以来，和宋人诗、和元人诗及和明人诗，共计 400 余首。

—.《耄耋集》（北京：清华大学出版社，1993）

- 诗集。本书分 3 卷，共收和唐人诗 215 首。

—.《顾毓琇戏剧选》（北京：商务印书馆，1990）

- 剧本。本书收录了顾先生所著 8 出戏剧的剧本。

—.《顾毓琇诗选》（上海：学林出版社，1986）

- 诗集。本书选录了顾毓琇历年创作诗歌 400 余首。

—.《蕉舍纪游三百咏》（台北：华冈出版有限公司，1977）

- 诗集。本书收录了作者游历世界过程中所做诗咏。

—.《太湖集》（台北：商务印书馆，1973）

- 诗集。本书收录作者诗篇 200 首。

—.《蕉舍诗歌一千首》（台北：华冈出版部，1973）

- 诗歌。本书收有顾毓琇自谱的歌曲和译歌 1000 首。

—.《蕉舍词曲五百首》（台北：华冈出版部，1972）

- 词曲。本书收录作者自谱的词曲 500 首。

—.《锡山集》（台北：商务印书馆，1972）

- 诗集。本书收录作者诗篇 120 首。

—.《惠泉集》（台北：商务印书馆，1971）

- 诗集。本书收录作者诗篇 244 首。

—.《梁溪集》（台北：商务印书馆，1970）

- 诗集。本书收录作者诗篇 255 首。

—.《松风集》（台北：商务印书馆，1969）

- 诗歌。

—.《冈陵集》（台北：商务印书馆，1968）

- 诗集。本书收录作者诗篇160首。

—.《白娘娘》（台北：商务印书馆，1968）

- 戏剧。白娘娘成为因爱情而抗拒宿命的悲剧英雄。

—.《荆轲》（台北：商务印书馆，1968）

- 剧本。本剧是作者对于历史剧的第一次尝试。

—. 顾一樵，顾青海：《西施及昭君》（台北：商务印书馆，1968；上海：商务印书馆，1936（《西施及其他》）。

- 剧本。本书收入了四幕剧《西施》以及三幕剧《昭君》的剧本。

—.《岳飞》（台北：商务印书馆，1968）

- 戏剧。日本军队于1931年在沈阳制造"九一八"事变后，顾毓琇愤而创作了历史剧《岳飞》，热情歌颂了为恢复失地、精忠报国的民族英雄岳飞及其将士。

—.《芝兰与茉莉》（台北：商务印书馆，1968）

- 小说。本书写了一个揭露封建婚姻悲剧的故事。

—.《莲歌集》（台北：商务印书馆，1966）

- 诗集。本书收录作者诗篇46首。

—.《樵歌集》（台北：商务印书馆，1963）

- 诗集。本书收录作者诗篇46首。

—.《顾一樵全集》（台北：商务印书馆，1961）

- 合集。分为散文、小说、戏剧、诗词、音乐、论著、佛学、自传、科学论文、译著10大类，16卷。

—.《海外集》（台北：中西出版社，1960）

- 诗集。本书收录作者诗篇340首。

—.《我的父亲》（重庆：商务印书馆，1946）

- 传记。本书除了纪念作者父亲的传记外，还附录了《祖母的死》同《三老太的一生》两篇文章。

—.《苏武》（上海：商务印书馆，1941）

- 戏剧。顾毓琇先生早在1926年就写出话剧《苏武》（1932年出版；1943 年再稿，并在重庆上演）。

75. 顾肇森（1954-1995）

男，生于浙江诸暨，20 世纪 70 年代至 1995 年居美，1995 年于纽约逝世。

—.《猫脸的岁月》（台北：九歌出版社，2004）

- 小说。这是部以纽约为主要舞台的“旅美华人谱”，作者用科学家精神剖析在美华人的种种生活形态。

—.《冬日之旅》（台北：洪范书局，1994）

- 小说。本书收顾肇森创作以来小说代表作 12 篇。

—.《枪为他说了一切》（台北：东润出版社，1993）

- 报告文学。卢刚杀人事件和留学生及移民的适应问题。

—.《季节的容颜》（台北：东润出版社，1991）

- 小说。描述男女、夫妻、兄弟在时代背景前交错婉转的关系。

—.《感伤的价值》（台北：汉艺色研，1990）

- 散文。擅以寻常心看待人生志事，展现迷人的生活智慧。

—.《惊艳》（台北：九歌出版社，1989）

- 散文。趣味性的生活随笔。

—.《月升的声音》（台北：圆神出版社，1989）

- 小说。本书共收入小说作品 8 篇。

—.《拆船》（台北：联经出版有限公司，1987）

- 小说。不同阶层、不同国籍、不同种族之间的文化差异和价值冲突，并透过这些冲突，抒发人性的光辉。

76. 果风（1912-1995）

原名顾克兴。男，生于广东，1945 年至 1995 年居美，1995 年于纽约逝世。

—.《白马无疆》（加利福尼亚：新大陆诗刊，1994）

- 诗集。收作者诗作40首及《写在卷末》一篇，共分3辑。

77. 哈若英（?- ）

又名婴子。女，生于宁夏，1991年至今居美，现居美国、加拿大。

—. 哈若英，陈斌：《男人的泪》（上海：上海文艺出版社，2001）

- 小说。中国大陆男青年江浩在母亲病逝后只身赴美投奔多年未见的生父陶汉，并得以结识漂亮热情开朗的美国姑娘凯瑟琳，小说颂扬人类美好的情感。

—.《曼哈顿的中国村》（北京：中国友谊出版公司，1996）

- 小说。讲述曼哈顿（堪萨斯州内的一个小城）“中国村”里四个家庭的悲欢离合。

78. 韩秀（1946- ）

女，1946年生于美国纽约，1978年至2002年居美（其间曾在中国台湾居住四年），现居华盛顿。

—.《楼上楼下》（纽约：柯捷出版社，2009）

- 小说。9篇小说描摹的是20世纪80年代北京人的生活。

—.《MOM，没有人会这样爱我》（台北：幼狮文化出版公司，2008）

- 散文。亲子手记，道出母子之间20年来的互动。

—.《食物的旅行》（南昌：21世纪出版社，2007）

- 小说。《食欲共和国》的简体字本。

—.《寻回失落的美感》（台北：九歌出版社，2007）

- 散文。剖析东西方文明在擦撞之中出现的诸般可能性。

—.《雪落哈德逊河》（台北：允晨文化，2007）

- 散文。作者定居美国，始终心系华人现世处境，字里行间，寄念遥深。

—. 韩秀，张让：《两个孩子两片天》（台北：大田出版，2006）

- 书信。两位喜欢写信的母亲，在书信往返中随性谈起的有关孩子的主题，写出了做母亲的快乐与矛盾挣扎。

—.《食欲共和国》（台北：知识领航出版，2006）

- 短篇小说集。现代人的苦难深沉而悲哀，但是，对美食的执着一点点地消弭着人际之间的嫌隙。

—.《有一个故事是这样开始的》（台北：未来书城，2004）

- 散文。首次提出“幸存者文学”的概念，在文明的残片间欣赏过往的美丽与辉煌。

—.《玫瑰刚露尖尖角》（台北：三民书局，2003）

- 散文。60 余篇充满泥土气息的故事。

—.《与书同在》（台北：三民书局，2003）

- 散文。读书是生命存在的表征，如同净水、阳光、空气一般的必需。

—.《团扇》（台北：未来书城，2002）

- 小说。讲述 60 年代台湾海军少将的妻子不相信丈夫已经牺牲，等待了 10 多年，终于相见。

—.《一个半小时》（台北：探索出版，2002）

- 小说。人在祥和的氛围中绝对比在仇恨的、暴力的、阴暗的氛围中来得愉快。这便是这 8 篇小说的主旨。

—.《与阿波罗对话》（台北：三民书局，2001）

- 散文。讲述欧洲的散文。

—.《秀色可餐》（台北：智慧事业体，2000）

- 美食散文。习惯性地研究一切与餐桌有关的事物，在它们成百上千的组合中，出现了一种品味，一种氛围，连结着人们的味蕾。

—.《风景》（台北：三民书局，1998）

- 散文。以雅典为起点，发足飞奔。大海、沙漠、大城与小镇，更糅合历史、人物、社会、风俗，成为真实可信的人文景观。

—.《亲戚》（台北：三民书局，1996）

- 小说。在1994～1995的一年间，创作出的6篇小说。跨越台湾海峡，跨越太平洋，诉说着人们对太平岁月的向往、对真挚情感的依恋。

—.《心系两岸》（台北：世界书局，1995）

- 散文。畅叙沟通、理解、协调的必要，推崇符合中国传统文化、顺应世界民主潮流的理念。盼望民主、自由、均富的彻底实现。

—.《情书外一章》（台北：三民书局，1994）

- 散文。看似儿女情长，有小我，也有大我，大我居多。

—.《早安！台湾》（台北：九歌出版社，1994）

- 散文。一个过客，深爱着台湾这块美丽的岛土。用这30余篇散文传达她的一往情深。

—.《生命之歌》（台北：联经出版，1993）

- 小说。源远流长的不仅是中国的文化传统，更是花果飘零的中国人对故土永难割舍的情怀。

—.《涛声》（台北：九歌出版社，1993）

- 小说。9篇小说创作于曼哈顿。雄浑壮丽的曼哈顿所铺展的巨大背景上，走着来自黄土地的人。

—.《重叠的足迹》（台北：三民书局，1993）

- 散文。一本记事簿，记下了一些生命轨迹的重叠。

—.《折射》（台北：幼狮文化出版公司，1990）

- 自传体小说。一位美国武官，二战期间曾驻节重庆美国大使馆，他的女儿流落在中国大陆20多年，走遍了城市、乡村、荒僻的边陲地带。

79. 郝毅民（1914- 1994）

男，生于湖北襄阳，1994于纽约去世。

—.《纽约长短句：郝毅民诗选八十首》（纽约：一行诗社，1993）

- 诗集。本书收录了作者1975年后所创作的诗歌80首。

—.《杜鹃花开着》（吉隆坡：蕉风月刊，1980s）

- 诗集。

80. 何森（?- ）

笔名新生。男，赴美年代不详，现居洛杉矶。

—.《何森文集》（洛杉矶：北美华文作家出版社，2009）

- 该文集包含7本书。

81. 洪素丽（1947- ）

女，生于台湾高雄，1973年至今居美，现居纽约。

—.《台湾平安》（台北：三民书局股份有限公司，2008）

- 图文并茂，表现了作者的文学、艺术无国界观。

—.《金合欢》（台北：联合文学，2006）

- 短篇小说集。以台湾最常见的植物为引，描写50年来海内外人物，触及历史事件。

—.《银合欢》（台北：联合文学，2006）

- 短篇小说集。

—.《含笑》（台北：麦田出版,2003）

- 散文素描集。收入作者的散文及亲笔素描插画多幅。

—.《黑发城市》（台北：自立晚报社文化出版部，1990）

- 散文。这本散文主题台湾，内容怀乡。怀乡并不只是乡愁，是思想的再现、关怀的内容。

—.《台湾百合》（台中：晨星出版社，1998）

- 散文。融合国际视野与本土观点的自然写作。

—.《寻找一只鸟的名字》（台中: 晨星出版社，1994）

- 散文。收集了1986年到1994年间写的29篇文章。关心土地与大气的问题。

—.《梦与旅行》（台北：汉艺色研，1992）

- 小说。作者自喻是“迷途的鸟，放生的鸟”，在广大的地球人生里，让自己迷失于探险的光荣里。

—.《流亡》（台北：自立晚报社文化出版部，1990）

- 诗集。本书收录了43首诗歌，作者以“流亡”的母题来涵盖台湾社会的整体性问题。

—.《海·风·雨》（台北：联经出版事业公司，1989）

- 散文。海、风、雨，是地球表面三种最伟大的力量，支配了动物界的生活，当然，也同时支配了人的生活。

—.《旅愁大地》（台北：联经出版事业公司，1989）

- 散文。关于北极熊、白狐、蓝狐等来自远方的动物的故事，说明它们的生存状态与人类生活息息相关。

—.《海岸线》（台北：时报文化出版企业有限公司，1988）

- 散文。本书是作者第二本关于生态自然的写作。

—.《芳草天涯》（香港：三联书店，1987）

- 散文。书内散文全为作者自选，作品中注满浓烈的乡土气息。

—.《守望的鱼》（台中：晨星出版社，1986）

- 散文。倡导人与自然的平衡。

—.《盛夏的南台湾》（台北：前卫出版社，1986）

- 诗集。描写作者成长的地方。

—.《十年散记》（台北：时报文化事业有限公司，1981）

- 散文。本书收录了作者自1960年至1970年10年间的散文创作。

—.《昔人的脸》（台北：时报文化出版企业有限公司，1984 ）

- 散文。本书分为乡土篇、都市篇与海洋篇三辑，共收录作者散文42篇。

—.《浮草》（台北：洪范书店，1984）

- 散文。本书分为三辑，其中贝羽篇收录散文14篇，风俗篇收录14篇，色彩篇收录11篇。

—.《十年诗草》（台北：时报文化出版事业有限公司，1981）

- 诗集。本书收录了作者 40 余篇诗作。

—.《诗》（台北：田园出版有限公司，1969）

- 诗集。本书收录了作者的 32 首诗。

82. 侯榕生（1926-1990）

女，生于福建福州，1964 年至 1990 年居美，1990 年于华盛顿逝世。

—.《侯榕生自选集》（台北：黎明文化事业公司，1982）

- 散文，小说。

—.《陇西行》（香港：三联书店，1987）

- 游记。1982 年夏，作者只身由美返国作陇西行，旅程始于西安，止于敦煌。

—.《北京归来与自我检讨》（香港：文艺书屋，1973）

- 杂文。1972 年，“文化大革命”方兴未艾，作者费尽周折，终于成行。本书为作者北京之旅的总结。

—.《留菲小品》（菲律宾：侨报出版社，1963）

- 散文，小说。

83. 胡茵梦（1953- ）

本名胡茵子。女，1953 年生于台湾台中，1971～1975 年、1988 年至今居美，现居纽约。

—.《死亡与童女之舞：胡茵梦自传》（台北：圆神出版社，1999）

- 本书真实地揭露了自身成长历程，是一幅呈现人性深刻内涵的“心灵地图”。

—.《茵梦湖》（台北：旺角出版社，1999）

- 散文。由于一次婚姻的突变，竟意外地治愈了 20 多年的忧郁症，使她恍然自己面对打击与挑战的反应是如此坚强。

—.《古老的未来》（台北：方智出版公司，1990）

- 散文。发表了个人灵修的经验，传播出新时代的信息。

—.《胡言梦语》（台北：四季出版社，1980）

- 散文。本书是才女明星胡茵梦的第一本文集。

84. 华青（1961- ）

本名范昕。男，生于北京，1989年至今居美，现居洛杉矶。

—.《风尘交易人：一个美国汽车商的经历》（北京：人民文学出版社，2000）

- 小说。小说主人公在美国的奇特经历，在灵与肉、美与丑、善与恶交织的痛苦抉择中，展示丰富的内心世界。

—.《唐人街黑色风云录》（北京：群众出版社，1993）

- 小说。这是一部以美国真实案例为素材的惊险小说。展示了一幅幅美国社会光怪陆离、千姿百态的生活画卷。

85. 幻影（1942- ）

原名陈克宽。男，生于香港，1966年至1983年居美，现居香港。

—.《别时》（香港：长兴书局，1986；香港：太阳出版社，1986）

- 小说。收集了8个短篇。

—.《迟来的鹿车》（香港：长兴书局，1964）

- 小说。这是一个在爱情中成长的故事。

—.《晚钟》（香港：长兴书局，1964；香港：太阳出版社，1964）

- 小说。故事发生在这个苦闷的时代；这个新旧交替的年代，书本里面的人物都充满了理想。

—.《逝水东流》（香港：长兴书局，1963）

- 小说。本书里面每一个人物，都代表着一种不相同的个性。

—.《寸草心》（香港：长兴书局，1963；香港：太阳出版社，1963）

- 小说。本书不但给人类的善良添上光彩，而且叫人认识真、善、美的存在。

—.《世纪末的幽情》（香港：太阳出版社，1963；香港：长兴书局，1960）

- 小说。作者以奔放的情怀写出了世纪末的幽情。

—.《樱花梦》（香港：太阳出版社，1963）

- 小说。该书内容述及异国情鸳的故事，并为这战乱的世界、沉沦的人类加上鞭挞。

—.《落日之歌》（香港：长兴书局，1962）

- 小说。本书为一描写大时代悲歌的长篇小说，以一所大学生活为背景。

—.《彩虹上的记忆》（香港：长兴书局，1962）

- 小说。一个动人的爱情故事。

—.《永恒的迷梦》（香港：长兴书局，1960）

- 小说，散文。本书收录了作者在中学时所写的小说和散文。

86. 黄安琼（?- ）

笔名乔安妮。女，生于江苏，赴美年代不详，现居北加州。

—.《菲岛寄情》（菲律宾：亚洲华文作家协会菲律宾分会，1999）

- 散文。

87. 黄宝莲（1955- ）

女，生于台湾桃园，1983 年至 20 世纪 90 年代初居美，现居香港。

—.《我私自的风景》（南京：江苏文艺出版社，2008）

- 散文。本书共分 6 辑：童年风景、私人视角、岁月随想、爱情账单、人间美食、欧游札记，是作者丰富阅历的集结。

—.《五十六种看世界的方法》（台北：联合文学出版社，2007）

- 杂文。名人与怪人们引人深思的话语和行为，以及他们独特的生命风格。

—.《Indigo 蓝》（台北：联合文学出版社，2005）

- 小说。有关爱情、瘾癖与执着的 15 则故事。

—.《芝麻米粒说》（台北：二鱼文化出版，2005）

- 散文。全书 16 章，探索幽微隐密的饮食男女心房。

—.《无国境世代》（台北：九歌出版社，2004）

- 散文。书中除了谈论各国独特的风土民情以及惊世骇俗的雅痞行为，也有作者对这世代的反省与哲思。

—.《仰天 45 角：一个女子的生活史》（台北：联合文学出版社，2002）

- 散文。在台湾，在纽约，在香江，在伦敦，多样貌的异国之街，易感的女子生活。

—.《未竟之蓝》（台北：圆神出版社，2001）

- 散文。一个单身的女子，一趟丰富却孤独的寂寞旅程，走过了大半个地球。

—.《暴戾的夏天》（台北：皇冠文化出版有限公司，1998）

- 长篇小说。几个年轻人各自体会认识生命真相。

—.《七个不快乐的男人》（台北：远流出版事业股份有限公司，1998）

- 小说。这里有 7 个不快乐的男人，7 个不快乐的故事。

—.《七个不快乐的女人》（台北：远流出版事业股份有限公司，1998）

- 小说。她和别的女人不同。她学会了健忘。她习惯那样安抚笼络身边的男人。

—.《简单的地址》（台北：联合文学出版社，1995）

- 散文。简单的心事，愉悦的体悟。

—.《爱情账单》（台北：圆神出版社，1991）

- 散文。一个向命运撒娇而不向男子撒娇的女子，这是她用十年青春所支付的一本爱情账单。

—.《渡河无船：单身女郎周记》（台北：尧舜出版事业有限公司，1982）

- 散文。收录了作者作者 50 余篇探讨男女两性话题的散文作品。

88. 黄碧端（1945- ）

女，生于福建惠安，1978年至1989年居美，现居台北。

—.《月光下文学的海》（台北：天下远见出版股份有限公司，2006）

- 散文。32篇文学史上重要的人与故事。

—.《下一步就是现在》（台北：九歌出版社，2000）

- 散文。作者以感性与理性兼容并蓄的风格，对于网络信息、教育理念以及世纪末现象，有批判有建言。

—.《当真实的世界模拟虚构的世界》（台北：九歌出版社，2000）

- 时论。本书篇篇皆为透视社会的时论，有对政治、体制的严肃省察，也有贴近生活的亲切反思。

—.《期待一个城市》（台北：天下文化出版股份有限公司，1996）

- 散文。城市是文化的镜子，作者语重心长地说："我衷心期待一个属于中国人的、有文化风格的城市！"

—.《在沉寂与鼎沸之间》（台北：三民书局，1993）

- 时论。本书是作者对当今时事的分析评论集。

—.《书乡长短调》（台北：三民书局，1993）

- 杂文。共5辑。读书笔记、书评、外国文学和西方汉学名著品评及序跋选录。

—.《没有了英雄》（台北：九歌出版社，1993）

- 散文。本书谈文学、文化、社会现实，也记述旅游所思。

—.《在现实中惊梦》（台北：汉光文化，1991）

- 杂文。本书共分为7辑，容有60篇文章。

—.《记取还是忘却》（台北：汉光文化，1990）

- 杂文。本书9辑，66篇。

—.《有风初起》（台北：洪范书局，1988）

- 散文。全书2辑，收文章49篇。

89. 黄伯飞（1914-2008）

男，生于广州，1947年至2008年居美，2008年于洛杉矶逝世。

—.《诗与道》（广州：广东人民出版社，2004）

- 本书包括三卷，所有诗篇内容相距30余年，均是当时所触及的醒、悟。

—.《抒情短诗精选》（上海：东方出版中心，1999）

- 本书以英汉对照形式选收作者创作并自译的精美抒情短诗。

—.《诗国门外拾》（台北：幼狮文化公司幼狮文艺社，1975）

- 本书分为两部分，共收入文章8篇。

—.《祈响集》（台北：商务印书馆，1969）

- 本书共收入诗作98首。

—.《微明集》（香港：人生出版社，1965）

- 本书共收入诗作104四首。

—.《天山集》（香港：人生出版社，1959）

- 本书共收入作者诗作77首。

—.《风沙集》（香港：人生出版社，1957）

90. 黄鹤峰（1960- ）

女，生于福州，1997年至今居美，现居西雅图。

—.《最后的浪漫》（福州：海峡文艺出版社出版，2001）

- 小说。叙述了一对年青的主人公宇杰与理石，在20世纪80年代初，从组建读书会到办文学刊物，以他们交错的情感为线索，最后以男主人公宇杰离世为结局的一个悲情故事。

91. 黄河浪（1941- ）

原名黄世连，曾用笔名洪荒等。男，1941年生于福建长乐，1995年至今居美，现居夏威夷。

—.《披黑纱的地球》（香港：大世界出版公司，2008）

- 诗集。对当今世界的深层忧虑，对人类生存环境和终极命运的关怀，以及对现代人生的思索和感悟，和平，绿色，诗意地栖居，还有对精神家园的执着追寻。

—.《生命的足音》（香港：明窗出版社，2003）

- 散文。抒写个人的生活感悟，以及友人的生命历程。

—.《黄河浪短诗选》（香港：银河出版社，2002）

- 诗集。本书收入作者所作诗篇 21 首。

—.《海的呼吸》（香港：天地图书有限公司，2001）

- 诗集。本书分为 4 辑，共收入诗作 100 余篇。

—.《风的脚步》（香港：获益出版事业有限公司，1999）

- 诗集。母国文化的养分铸造了诗人的诗魂，藉一次又一次次的怀古之旅，表现了作者“融化古典、锻造现代”的艰苦努力和可观诗艺。

—.《悲土》（北京：文化艺术出版社，1996）

- 小说。以陕北高原偏僻农村为背景，反映了年轻、美丽的寡妇雪英的生活遭遇。

—.《遥远的爱》（北京：中国文联出版公司，1994）

- 散文。本书分为 4 辑，收入作者散文作品 29 篇。

—.《天涯回声》（香港：新天出版社，1993）

- 诗集。本书为一本旅情诗集，分为 3 辑，共收入作者诗作 134 篇。

—.《香江潮汐》（香港：天地图书有限公司，1993）

- 诗集。这个集子所收入的，是关于香港题材的诗和作者的一些生活感受。

—.《大地诗情》（北京：中国友谊出版公司，1986）

- 诗集。本书分为 4 辑，共收入诗作 93 篇。

—.《海外浪花》（福州：福建人民出版社，1980）

- 诗集。本书共收入作者诗作百余首。

92. 黄娟（1934- ）

女，生于台湾新竹，1968年至今居美，现居加州。

—.《落土番薯》（台北：前卫出版社，2005）

- 小说。“杨梅三部曲”的第三部，从主角赴美侨居写到“政党轮替”，堪称一部系统的台湾现代史。

—.《寒蝉》（台北：前卫出版社，2003）

- 小说。本书是“杨梅三部曲”的第二部。它呈现了台湾人在身份转换（即日本战败）后的一段历史。

—.《历史的脚印》（台北：前卫出版社，2001）

- 小说。黄娟透过自己的眼光，把自己经历过的人生，当作一面镜子，完成了这一部反映台湾一段历史轨迹的小说。

—.《失落的影子》（台北：前卫出版社，2000）

- 小说。关于女人的故事，台湾妇女的不幸和疾苦。

—.《媳妇》（台北：前卫出版社，2000）

- 小说。本书写出了台湾妇女的生活困境。

—.《虹虹的世界》（台北：前卫出版社，1998）

- 小说。赴美近30年之后的呕心之作，其中洋溢对台湾因为经济成长所带来的物化的忧思，并饱含对族群和谐的期待。

—.《哑婚》（台北：前卫出版社，1998）

- 小说。以“台美人”感情、婚姻生活为主题，写出美国台湾人小区的孤立与无奈。

—.《爱莎冈的女孩》（台北：前卫出版社，1996）

- 小说。本书写20世纪60年代台湾高压统治下的留美热潮，以及青年阶层的虚无、迷失，为见证时代之作。

—.《彼岸的女人》（台北：前卫出版社，1996）

- 小说。短篇小说集，作者以时代特色和社会关怀为作品主轴，取材跨越美国和中国台湾。

—.《大峡谷奇遇记》（石家庄：河北教育出版社，1996）

- 小说。本书收录 12 篇短篇小说。

—.《世纪的病人》（台北：前卫出版社，1994）

- 小说。本书呈现异地里的梦和爱。

—.《心怀故乡》（台北：前卫出版社，1994）

- 散文。

—.《我在异乡》（台北：前卫出版社，1994）

- 散文。本书是黄娟居美近四分之一世纪的写作历程，写下“台美人”对故乡的关怀。

—.《邂逅》（台北：前卫出版社，1994）

- 小说。本书是标准的以新大陆为题材的台美文学。

—.《婚变》（台北：前卫出版社，1994）

- 小说。离乡背井后，在举目无亲的异乡，婚变的发生。

—.《黄娟集》（台北：前卫出版社，1993）

- 小说。用新移民的家庭主妇的眼光来看美国的生活现实。

—.《山腰的云》（台北：前卫出版社，1992）

- 小说。收集了 1988 年至 1991 年间发表的 11 篇短篇小说。

—.《故乡来的亲人》（台北：前卫出版社，1991）

- 小说。小说背景以 1979 年“台美断交”为发轫，描写一名台湾的甥辈抢搭移民潮奔向北美大陆，远离多难岛屿，投靠“留美潮”时代的舅家。

—.《冰山下》（台北：商务印书馆，1968）

- 小说。本书收录了作者所创的 13 篇短篇小说。

—.《这一代的婚约》（台北：水牛出版社，1968）

- 小说。本书收录了作者所创的 12 篇短篇小说。

93. 黄美序（1930- ）

男，生于浙江乐清，1971 年至 1976 年居美，现居台北。

—.《戏剧的味道》（台北：五南图书股份有限公司，2007）

- 随笔。作者多年看戏、读剧、教戏、跟中外戏剧工作者交流心得的“笔记”或“随笔”。

—.《杨世人的喜剧》（台北：书林出版有限公司，1988）

- 剧本。把一出西方中古戏剧改编成适合现代中国国情的脚本。

94. 黄梅子（1972- ）

原名黄洁。女，生于湖南长沙，2003 年至今居美，现居圣迭哥。

—.《嫉妒》（北京：东方出版社，2008）

- 小说。小说讲述了一个发生在“美女”经济时代的美女丑女羡慕嫉妒的故事。

—.《爱人容易嫁人难》（北京：东方出版社，2007）

- 散文。关于现代都市单身女性在事业、生活和爱情中的困惑。

—.《网络姻缘：跨国网络征婚口述实录》（北京：东方出版社，2006）

- 访谈录。20 篇中美跨国网络征婚口述实录。本书作者是一位在美国《华人》中文杂志工作的编辑，也是通过网络征婚嫁到美国的亲历者。

95. 黄瑞我（1930s- ）

女，生于印度尼西亚雅加达，1960 年至今居美，现居华盛顿。

—.《美国生活拾零》（北京：工商出版社，1998）

96. 黄维梁（1947- ）

男，生于广东澄海，1969 年至 1976 年居美，现居香港。

—.《苹果之香》（新加坡：莱佛士书社，1999）

- 散文。本书共收入散文作品 44 篇。

—.《至爱：黄维梁散文选》（北京：中国文联出版公司，1995）

- 散文。收录的大多数是 1988 年以后的作品。多篇文章带有普及文化的使命。

—.《我的副产品》（香港：明窗出版社，1988）

- 杂文。本书收入了作者最近 5 年来的作品。

—.《大学小品》（香港：香江出版公司，1985）

- 散文。共收录小品 80 多篇，源起是 1980 年为《明报》的《学苑漫笔》所写每周一篇的专栏。

—.《突然，一朵莲花》（香港：山边社，1983）

- 散文。是作者第一本散文集。这些散文像一朵莲花，饱蘸了对生活、对大自然的热爱。

97. 黄文湘（1925- ）

笔名玲玲。女，生于广东台山，1939 年至今居美。

—.《萤火河之恋》（香港：香港文学报社，1998）

- 小说。本书写了一个香港青年在美国的故事。

—.《情系金门桥》（香港：科华图书出版公司，1997）

- 小说。这本集子中 17 篇小说，描写了美国历史上不同时期华工、华侨和华人的生活，是形象化的简史。

—.《美游心影》（香港：三联书店，1987）

- 游记。描述了美国各地的风光名胜，兼且抒发自己所见所闻的感受。

98. 黄翔（1941- ）

男，生于湖南桂东，2004 年至今居美，现居匹兹堡。

—.《喧嚣与寂寞》（纽约：柯捷出版社，2003）

- 自传。本书是黄翔的一部纪实性自传。

—.《自由之血——天空下的一个人和一个人的天空》（纽约：柯捷出版

社，2003）

- 半自传体长篇小说。本书启迪我们如何做一个自由、自主、自立的人，它给我们带来了个体生命的尊严和个人价值的肯定。

—.《梦巢随笔》（台北：唐山出版社，2001）

- 散文。一部隐逸文化之作，让中国传统的隐逸文化直接切入当今世界。

—.《狂饮不醉的兽形》（纽约：天下华人出版社，1998）

- 诗文。诗歌上卷与文论下卷。

99. 黄运基（1931- ）

男，生于广东斗门，1948 年至今居美，现居旧金山。

—.《旧金山激情岁月》（珠海：珠海出版社，2004）

- 中短篇小说集，收入中短篇小说 13 篇。笔涉异族男女间的心灵撞击，留摄唐人街小人物的苦乐人生。

—.《唐人街》（广州：花城出版社，2004）

- 散文。共五辑：1. 岁月留痕；2. 唐人街并不神秘；3. 美国生活大拼盘；4. 开花结果在海外；5. 随范斯坦市长访华日记。

—.《狂潮》（沈阳：沈阳出版社，2003）

- 小说。华人在美国这个移民国家“安心托身”的历史。多条线索的交错中拓展开多种文化碰撞的空间，编织进感情的、心理的、社会的各种经纬，从而负载起华人异域生根的沉重历史。

—.《奔流》（沈阳：沈阳出版社，1998）

- 小说。以平民视角和华侨心态通过环环相扣的历史描述，追溯到 20 世纪 40 年代美国唐人街的风景，艺术再现了几代华人的生命历程和美华社会的历史形态。

100. 黄宗之（1954- ）

男，生于湖南衡阳，1995 年至今居美，现居洛杉矶。

—. 黄宗之，朱雪梅：《破茧》（北京：人民文学出版社，2009）

- 小说。描述发生在美国洛杉矶的两个华裔家庭里的孩子成长的故事。

—. 黄宗之，朱雪梅：《未遂的疯狂：一个克隆人的故事》（天津：百花文艺出版社，2004）

- 小说。一本关于克隆人的科幻小说。

—. 黄宗之，朱雪梅：《阳光西海岸》（天津：百花文艺出版社，2001）

- 小说。90 年代出国潮的海外学子寻找除了物质以外的精神生活与归属。

101.纪虹（?- ）

女，生于中国，1988 年至今居美。

—.《自由女神俱乐部》（北京：北京出版社，1994）

- 小说。讲述一群中国女子在国外漂泊的生活。

102.纪弦（1913- ）

原名路逾，曾用笔名路易斯、青空律。男，1913 年生于河北清苑，1976 年至今居美，现居加州圣马太奥城。

—.《纪弦回忆录》（台北：联合文学出版社, 2002）

- 回忆录。本书为名诗人纪弦先生的回忆录，共分 3 册出版。

—.《纪弦诗拔萃》（台北：九歌出版社，2002）

- 诗集。95 首精品，从中可见作者各阶段不同的诗路历程。

—.《宇宙诗钞》（台北：书林出版有限公司，2001）

- 诗集。精选 1996～2000 年所作 72 首，流露诗人对宇宙的宏大关怀。

—.《千金之旅：纪弦半岛文存》（台北：文史哲出版社，1996）

- 散文。本书共四辑，为作者居美 20 年最完整的心境呈现，也是一个诗人圆融成熟的心路剖白。

—.《第十诗集》（台北：九歌出版社，1996）

- 诗集。本书是诗人纪弦的第10本创作，收录他于美西时期（1993年至1995年）年的作品。

—.《半岛之歌：纪弦诗集》（台北：现代诗季刊社，1993）

- 诗集。是纪弦1985年至1992年定居美国旧金山半岛时期的作品结集，共收诗作112题。

—.《晚景》（台北：尔雅出版社，1985）

- 诗集。收入作者1974～1984年间所写的诗，共80首。

—.《纪弦自选集》（台北：黎明文化事业公司，1978）

- 诗集。本书收录120余首诗作。

—.《终南山下》（台北：商务印书馆，1973）

- 诗集。本书分为9辑，收录1964～1968年的散文作品51篇。

—.《小园小品》（台北：商务印书馆，1967）

- 散文。本书分为7辑，收录作者于1959～1963年所作文章34篇。

—.《纪弦诗选》（台中：光启出版社，1965）

- 诗集。1949～1963年间所写的诗作。

103. 吉铮（1937-1968）

女，生于中国，1955年至1968年居美，1968年于旧金山逝世。

—.《孤云》（台北：大林出版社，1977）

- 小说。出国的价值和意义何在？本书写出了游子在海外挥之不去的寂寞。

—.《会哭的树》（香港：作家生活出版社，1976）

- 小说。本书写了一个少妇寂寞的人生和对出国的失望。

—.《海那边》（香港：文艺书屋，1967）

- 小说。完全以留学生为中心的小说。

104.简宛（1939- ）

原名简初慧。女，生于台北，1969年至今居美，现居北卡罗来纳州。

—.《黄金岁月逍遥游》（天津：百花文艺出版社，2002）

- 散文。作者晚年之作，讲述多位名人的年龄故事与养生之道。

—.《简宛游欧洲》（天津：百花文艺出版社，2002）

- 游记。多次旅欧所写的游记。

—.《亲子沟通新招》（天津：天津教育出版社，2002）

- 散文。在孩子们的成长过程中，作者的所思所感。

—.《青春逗》（昆明：云南人民出版社，1999）

- 散文。本书内容大都是其在美国生活与学习的心路历程。

—.《简言宛语》（西安：陕西人民出版社，1998）

- 散文集。

—.《中国真的不远：新潮散文》（青岛：青岛出版社，1997）

- 散文集。本书收有散文38篇。

—.《握一季盈盈的春》（北京：中国文联出版公司，1994）

- 散文。本书分为4辑，收入了作者散文作品44篇。

—.《踩着碎梦》（北京：北京师范大学出版社，1993）

- 散文。本书分为4辑，共收入散文作品48篇。

—.《他们只有一个童年》（台北：远流出版事业公司，1989）

- 杂文。回味过往的童年生活。

—.《合欢》（台北：洪建全教育文化基金会，1988）

- 散文。注重日常生活细节。

105.江岚（1968- ）

女，生于广西桂林，1991年旅美，1998年移民加拿大，后返回美国，定居新泽西州至今。

—.《故事中的女人》（北京，燕山出版社，2007）

- 小说。主要抒写负笈海外留学，然后落地生根的新一代女性移民的情感历程。

—.《旅美生涯：讲述华裔》（西安：太白文艺出版社，2007）

- 报告文学。辑录6位海外华裔作家采访杰出华裔新移民的报告文章共26篇，真实再现美国华裔社会风貌的一个侧面。

106.江南（1977- ）

原名杨治。男，生于安徽合肥，1999年至2005年居美，现居北京。

—.《龙族》（武汉：长江出版社，2010）

- 小说。少年路明非收到芝加哥一所大学的邀请函，关于龙族的序幕慢慢揭开。

—.《刺客王朝·葵》（北京：国际文化出版公司，2009）

- 九州系列小说，讲述刺客的故事。

—.《九州岛缥缈录》（北京：新世界出版社，2009）

- 小说。关于九州北陆大漠上一个游牧民族的传说。

—.《上海堡垒》（沈阳：万卷出版公司，2009）

- 科幻爱情小说。

—.《涿鹿》（北京：新世界出版社，2009）

- 解构主义历史小说，以黄帝大战蚩尤的传说涿鹿之战为原型。

—.《蝴蝶风暴》（西安：陕西师范大学出版社，2007）

- 科幻小说。讲述未来世界的战争。

—.《光明皇帝》（北京：新星出版社，2007）

- 奇幻小说。讲人与神的战斗。

—.《此间的少年》（北京：华文出版社，2004）

- 小说。本书是以金庸小说人物为基础的同人小说。

—.《一千零一夜之死神》（北京：华文出版社，2004）

- 小说。写一个死神的爱情故事。

107.蒋希曾（1899-1971）

原名蒋松泉，又名蒋咏沂，曾用笔名鸦龙；男，1899 年生于江苏南通，1926 年至 1971 年居美，1971 年于好莱坞逝世。

—. 蒋希曾，高志华：《蒋希曾文选》（北京：中国文联出版社，2001）

- 本书收录蒋希曾的小说《中国红》、《出番记》，诗歌《中国人·洗衣人》，译著《为什么研究演说》及附录。

108.蒋彝（1903-1977）

笔名哑行者。男，1903 年生于江西九江，1955 年至 1975 年居美，1977 年于中国逝世。

—.《蒋彝诗集》（北京：友谊出版公司，1983）

- 诗集。本书共收作者所作诗词曲近 300 首。

—.《香港竹枝词：五十首》（香港：1973）

- 诗集。本书为作者任教于香港中文大学时所著诗词，描绘香港生活百态。

—.《重哑东游绝句百首》（香港：著者自刊，1950s）

- 诗集。本书收入作者绝句创作 100 首，记录了东游的所见所感。

—.《重哑绝句百首》（香港：著者自刊，1955）

- 诗集。收录作者出国后所作诗篇 100 首。

—.《伦敦战时小记》（伦敦：世界文化出版社，1940）

- 杂文。本书记录了二战爆发期间伦敦的生活情形和作者个人印象，为《伦敦杂碎》的对照姊妹篇。

109.蒋英豪（1947- ）

男，生于福建鼓浪屿，1975 年至 1980 年居美，现居香港。

—.《文人的香港》（香港：获益出版事业有限公司，1999）

- 散文。一个知识分子在香港生活半个世纪的生活史，用文人的眼光回顾香港过去的半个世纪，异国的生活也有助于对此地的过去、现在与未来有更清晰的观照。

110.荆棘（1942- ）

本名朱立立。女，生于湖北恩施，1964 年至今居美，现居德州。

—.《虫及其他》（台北：尔雅出版社，1996）

- 小说。本书共收入小说作品 11 篇。

—.《异乡的微笑》（台北：尔雅出版社，1986）

- 散文。讲述人到中年，身在异乡的感慨。

—.《荆棘里的南瓜》（台北：尔雅出版社，1983）

- 散文。

111.景小佩（1951- ）

女，生于台湾高雄，1978 年至今居美。

—.《流金光影莫斯科》（台北：联经出版事业公司，1995）

- 游记。作者将她的一趟俄罗斯之旅的所见所闻辑结成书。

—.《名人谈家教》（台北：跃升文化事业有限公司，1991）

- 访谈录。本书访谈了 31 位社会上的杰出人才，披露他们如何教育下一代，或是上一代如何教育他们的小故事。

—.《冷儿》（台北：皇冠杂志社，1984）

- 小说。本书收录作者 6 篇小说。

112.觉虹（1932- ）

原名李国雄。男，生于广东台山，20 世纪 80 年代至今居美，现居加州奥克兰。

—.《觉虹诗选》（香港：名家出版社，2009）

- 诗集。本书收入了诗人30多年来创作的诗作350多首。

—.《驿旅抒怀》（2007）

- 该书以作者在美退休后生活和社会活动为题材，记述生活中的实际情况，描述华侨华人老年生活。

—.《昙花百咏》（2005）

- 诗集。专门咏昙花，80多个不同地区的诗人唱和。

113.康正果（1944- ）

男，生于中国，1994年至今居美，现居康州北港。

—.《我的反动自述》（香港：明报出版社有限公司，2004；2005 年台湾版更名《出中国记》）

- 自传。讲述作者1949～2003年的生命历程。

—.《肉像与纸韵》（台湾：允晨文化，2006）

- 收录作者在中国台湾、北美和中国大陆报刊上发表的随笔评论40篇。

—.《生命的嫁接》（上海：三联书店，2002）

- 杂文，写移居美国后的体验。作者把他移居美国的经验描述为生命的嫁接，从母语中得到的文化和体验会在新世界继续下去。

—.《鹿梦》（台北：三民书局股份有限公司，1998）

- 移居生活的见闻及思考。

114.柯翠芬（1957- ）

笔名纳兰真。女，生于台湾台中，1985年至1990年居美，现居台湾。

—.《猫蚤居事件簿》（台中：晨星出版社，2000）

- 散文。全书分为3卷：窗外的风景、感官记忆、流浪猫的脚印子。

—.《水色溅溅》（台中：晨星出版社，1999）

- 小品。本书是作者 10 余年来诸多小品的集结。

—.《法国故事》（台中：晨星出版社，1991）

- 散文。本书可算作旅行文学，作者把写作重心放在旅途的遭遇和人文的省思上。

—.《两岸桃花》（台中：晨星出版社，1988）

- 散文。本书内容很杂，也涵括了一些旅美期间写就的作品。

—.《随吟记》（台中：晨星出版社，1985）

- 散文。写的是作者初到美国那一整年的生活经验和感想。

115.柯振中（1945- ）

曾用笔名小清江。男，生于香港，1972 年至今居美，现居洛杉矶。

—.《风的哲学：寻美》（香港：司诺机构有限公司，2007）

- 游记散文。本书共收入游记散文 85 篇。

—.《南中国海》（香港：司诺机构有限公司，2006）

- 诗集。本书分为 5 卷，收选 93 首结集。

—.《老残残记：知命故事》（香港：司诺机构有限公司，2005）

- 小说。本书辑收 20 世纪 60、70 年代的短篇小说，合 31 篇。

—.《睡牛醒猪：末恋》（香港：司诺机构有限公司，2004）

- 小说。本书收录 12 篇短篇小说。

—.《还墨赋：无花果树上的花果》（香港：司诺机构有限公司，2003）

- 杂文。本书分为 3 辑，收录文章 60 余篇。

—.《柳菊行：心灵的医院》（香港：司诺机构有限公司，2002）

- 小说。以 20 世纪 60 年代的香港生活为背景，以两对年轻人的爱情为线索，展示了他们“甘于寂寞”却又“难以忍受寂寞”的苦闷、孤独、彷徨的心态。

—.《洗颜》（香港：司诺机构有限公司，2001）

- 小说。10 篇短篇小说，描刻两性攻防战争关系和爱情心理情意结。

—.《龙伤》（香港：三联书店，1990）

- 小说。作者笔下的人物，均有共同的追求：为被情欲所扭曲的人性寻找复原之路。

—.《云山客程》（香港：高原出版社，1976）

—.《在原来的地方》（香港：新文学出版社，1972）

- 小说。本书共收入短篇小说 12 篇。

—.《行矣！浪流客》（香港：风雨文社，1971）

- 诗集。本书共收入诗作 34 首。

—.《爱在虚无缥缈间》（香港：风雨文社，1967）

- 小说。在你觉得虚无缥缈的时候，爱就在那个地方。

—.《月亮的性格》（香港：风雨文社，1967）

- 小说。上一代是上一代，我们这一代是我们这一代。

—.《一夜之间》（香港：证道出版社，1966）

116.孔捷生（1952- ）

男，生于广东广州，1989 年至今居美。

—.《龙舟与剑》（香港：大风出版社，2008）

- 小说。有写南粤西江流域的，有写海南岛五指山的，有写广州和写北京的——这都是作者曾经生活过的地方。

—.《西窗客梦》（南昌：江西人民出版社，1988）

—.《大林莽》（广州：花城出版社，1985）

- 小说。叙述海南生产建设兵团 5 名知青奉命进入莽莽林海勘察的历史悲剧。

—.《南方的岸》（北京：北京出版社，1983）

- 小说。描写几个知青经过动乱岁月的不幸后，重新认识自身的价值。

—.《普通女工》（上海：文艺出版社，1983）

- 小说。写知青在“文化大革命”前后曾有过的冷清、寂寞、无聊、缺乏希望的人生体验。

—.《追求：短篇小说集》（广州：广东人民出版社，1980）

- 小说。本书收入了作者 10 个短篇小说。

117.邝蓝岚（?- ）

女，生于中国，赴美年代不详，现居纽约。

—.《候鸟：我在美国读中学》（北京：国际文化出版公司，1996）

118.蓝菱（1946- ）

原名陈婉芬。女，生于菲律宾马尼拉，20 世纪 60 年代至今居美。

—.《万户灯火》（台北：林白出版社，1985）

- 杂文。本书收入了作者 39 篇杂想。

—.《野餐地上》（香港：三联书店，1984）

- 散文。本书收入作者移居美国后的散文 43 篇，记下了她旅居异国的人情风貌。

119.老鬼（1947- ）

原名马波。男，生于河北阜平，1990 年至 1995 年居美，现居波士顿、中国。

—.《母亲杨沫》（武汉：长江文艺出版社，2005）

- 传记。讲述母亲杨沫的一生。

—.《血与铁》（北京：中国社会科学出版社，1998）

- 自传体小说。记述了他本人从 1947 年出生到 1968 年去内蒙下乡前夕的学生生活。

—.《内蒙草原》（台北：风云时代出版公司，1989）

- 小说。记述了知青在内蒙草原的生活。主角荒山夜逃，少女以纯洁肉体换取前途，69 名知青在火中烧成黑炭。

—.《再见女神》（台北：风云时代出版公司，1989）

- 小说。在黑暗谋杀阳光、时间、真诚、人格的日子里，林鹄度过了8年劳改生活。

—.《血色黄昏》（北京：工人出版社，1987）

- 小说。记述了他本人从1968到1976年这8年的内蒙知青生活。

120.老南（1940-2004）

原名黄英晃，曾用笔名飞雁。男，生于广东台山，1978年至2004年居美，2004年于旧金山逝世。

—.《豪宅奇缘》（沈阳：沈阳出版社，1997）

- 小说。本书总共收录24篇小说，不少小说人物的原型都是他周围的亲朋好友或同事，具有美国华人社会的普遍性。

—.《梅菊姐》（成都：四川民族出版社，1994）

- 长篇叙事诗。叙述的是发生在广东台山的一个爱情故事，时间大约是清末民初。

121.乐蝉（1970- ）

女，生于四川成都，世纪之交以后至今居美。

—.《爱情倒时差》（北京：朝华出版社，2006）

- 小说。以全新的角度对爱情做了深度的文学阐释，甚至可以说是对传统的爱情观的一次全面颠覆。

—.《谁为我狂：美国博士牵手中国美眉》（南京：江苏文艺出版社，2004）

- 互联网小说。

122.雷辛（?- ）

女，生于北京，1888年至今居美，现居德州休斯敦。

—.《美国梦里》（北京：北京出版社，1995）

- 小说。讲述一群中国医生来到美国学习、工作、生活的故事。

123. 李渡予（1960- ）

原名李启源。男，生于台湾，20世纪80年代至2004年居美，现居台湾。

—.《飨宴》（台南：中华日报出版部，1992）

- 本书为李渡予等获第5届梁实秋文学奖的作品合集。

124. 李舫舫（1950- ）

原名毕汝谐，又名毕磊，笔名李方、方里、李舫舫。男，1950年生于北京，1985年至今居美，现居纽约。

—.《绿卡族》（北京：学林出版社，2000）

- 纪实文学。一对北京玩主到了美国纽约闯荡，生死相依，祸福同当。

—.《我俩：一九九三》（郑州：河南人民出版社，1998）

- 小说。

—.《我俩：北京玩主在纽约》（北京：群众出版社，1995）

- 小说。本书描述了在美华人社会的状况和他们的命运等。

125. 李国参（1941- ）

男，生于广东保安，1973年至今居美。

—.《海心庙爱情故事》（香港：科华图书出版公司，2006）

- 小说集。海心庙是香港一个小景点，但也是香港人熟悉的地标。

—.《乡土情怀》（香港：科华图书出版公司，2006）

- 散文集。每个人都有他诞生的故乡，都有个人的成长历程。

—.《都是回忆的滋味》（香港：科华图书出版公司，2004）

- 散文集。本书共分为 3 部分，收录了散文 74 篇。

—.《被遗忘的一个香港故事》（香港：科华图书出版公司，2001）

- 中短篇小说集。本书共收入小说作品 11 篇。

126.李惠英（1930- ）

女，生于湖南湘潭，1968 年至今居美，现居洛杉矶。

—.《李惠英通讯集》（香港：朝阳出版社，1979）

- 杂文。本书收入作者杂文作品 30 余篇。

—.《九个女性及其他》（香港：新地出版社，1959）

- 报告文学。本书收入了 9 篇报告文学，其对象均为全国妇女联合会的代表。

—.《难忘的旅程》（香港：联友出版社，1957）

- 杂文。作者记录她 1956 年带领 40 多位港澳妇女到大陆旅游的经历。

127.李劼（1955- ）

本名陆伟民。男，生于上海，1988 年至今居美，现居纽约。

—.《脚下的沙漠，天空的鹰：一个中国学者的美国解读》（成都：四川人民出版社，2005）

- 散文杂论。通过自然景观、音乐、文学和哲学等，解读美国的现代文明。

—.《汉末党锢之谜》（北京：新世界出版社，2003）

- 小说。从女性的视角出发，审视汉朝末年党锢造成的悲剧。

—.《商周春秋》（北京：作家出版社，2003）

- 新历史小说。从人性出发，解读历史。

—.《吴越春秋》（北京：知识出版社，2003）

- 新历史小说。

—.《风烛沧海》（呼和浩特：内蒙古人民出版社，1999）

- 散文。本书分为9辑，共收入散文作品76篇。

—.《丽娃河》（呼和浩特：内蒙古人民出版社，1999）

- 小说。写知识背后隐藏着的欲望，欲望从中开放出来的爱情。

128.黎锦扬（1917- ）

男，生于湖南，1943年赴美，1947年毕业于耶鲁大学。

—.《旗袍姑娘》（美国瀛舟出版社；台北县永和市：台北瀛舟出版社，2002）

129.李蓝（?- ）

原名杨楚萍。女，生于安徽，赴美年代不详，现居纽约。

—.《红唇》（北京：中国文联出版公司，1991）

—.《一个美国移民的故事》（北京：中国卓越出版公司，1990）

- 本书讲述了一个中国妇女在美国的生活实录。

—.《我们看花去》（北京：中国友谊出版公司，1987）

—.《岁月与山河》（北京：中国友谊出版公司，1983）

- 回忆录。

—.《没有故乡的人》（台北：水牛出版社，1977）

- 小说。本书共收录小说作品9篇。

—.《在中国的夜》（台北：晨钟出版社，1972）

- 散文集。结集了1968至1971年之间的散文创作。

—.《黑乡》（台北：幼狮出版社，1970）

- 长篇小说。

130. 李黎（1948- ）

本名鲍利黎，笔名黎阳、薛荔。女，生于江苏南京，1970年至今居美，现居加州斯坦福。

—.《乐园不下雨》（台北：印刻出版公司，2007）
- 小说。在美国的“小留学生”的成长故事，异国的青春哀歌。

—. 李黎，陈钢，淳子：《玻璃电台：上海老歌留声》（上海：学林出版社，2007）
- 散文。与“歌仙”陈歌辛的儿子、《梁祝》作曲者陈钢，以及电台文艺节目主持人淳子合写，从不同角度欣赏介绍上海怀旧老歌及“海派文化”。

—.《浮花飞絮张爱玲》（台北：印刻出版公司，2006）
- 散文。从旧金山、洛杉矶到上海，追寻张爱玲生命足迹的记录，包括巧遇胡兰成侄女、90高龄青芸老人的访谈。

—.《威尼斯画记》（台北：印刻出版公司，2005）
- 散文。在水都威尼斯旅行，绘画的日记，包括写生与摄影作品。

—.《海枯石》（台北：印刻出版公司，2004）
- 散文。旅行与文化评介的散文选集。

—.《一见钟情：李黎散文集》（北京：新华出版社，2004）
- 文学、电影的散文、随笔选集。刘心武写序。

—.《翡冷翠的情人》（上海：上海文艺出版社，2003）
- 散文。旅行、文学、电影的散文、随笔选集。

—.《寻找红气球》（台北：联合文学出版社，2000）
- 散文。文学与文化的深度旅行散文。

—.《玫瑰蕾的名字》（台北：联合文学出版社，2000）
- 散文。有关文学与电影的散文、随笔。

—.《旧情绵绵》（郑州：河南人民出版社，1999）
- 散文。抒情散文与随笔选。

—.《三城之恋》（北京：作家出版社，1999）

- 小说。收入《城下》、《双城》、《倾城》3部描述海外华人家庭与爱情的中篇小说。

—.《心灵的地图》（西安：陕西人民出版社，1999）

- 散文。抒情散文与随笔选。

—.《初雪》（台北：联合文学出版社，1998）

- 小说。作者20年来短篇小说的精选。

—.《感怀书简》（北京：东方出版社，1997）

- 散文。对逝去生命的悼念和对新生命的礼赞。

—.《晴天笔记》（台北：联合文学出版社，1996）

- 散文。从怀孕到孩子两岁大的心情记录，对生命的感受与礼赞。

—.《世界的回声》（台北：九歌出版社，1996）

- 散文随笔。世情、人情、心情。

—.《浮世书简》（台北：联合文学，1994）

- 小说。18封情书带出来的感人爱情故事，配上精美摄影图片。

—.《袋鼠男人》（台北：联合文学，1992）

- 小说。男科学家怀孕生子的“科而不幻”的故事。后来被拍成电影。

—.《天地一游人》（台北：尔雅出版社，1992）

- 散文。作者近年深度文化旅游散文。

—.《浮世》（台北：洪范书店，1991）

- 小说。探讨生命与爱情的各类故事。

—.《悲怀书简》（台北：尔雅出版社，1990）

- 散文。追思悼念亡儿、思索生命意义的疗伤之作。

—.《别后》（台北：允晨文化，1989）

- 散文。异国生活与归乡情怀的多篇散文与随笔，以及对沈从文、茅盾、巴金等老作家的访谈。

—.《倾城》（台北：联经出版公司，1989）

- 小说。洛杉矶地震后一个三代华人家庭的故事。

—.《天堂鸟花》（台北：洪范书店，1988）

- 小说。台湾及海外华人生活故事。

—.《最后夜车》（台北：洪范书店，1986）

- 小说。台湾及海外华人生活故事，包括得奖作品“最后夜车”，一个前“红卫兵”的罪愆与救赎的故事。

—.《大江流日夜》（香港：三联书店，1985）

- 散文。异国生活与归乡情怀的多篇抒情散文。

—.《西江月》（北京：中国青年出版社，1980）

- 小说。台湾及海外华人生活故事。茅盾封面题字，丁玲写序。

131.李立明（1926- ）

曾用笔名李海眉、白蓝等。男，生于广东台山，1987 年至今居美，现居旧金山。

—.《风雪下的野草》（香港：科华图书出版公司，2005）

- 小说。本书收录了作者 4 篇小说及一篇自述《我怎样写〈风雪下的野草〉》。

—.《心泉流迹》（香港：新亚图书公司，1970）

- 散文。本书共收入散文作品 24 篇。

—.《女皇》（香港：松柏出版社，1963）

- 小说。此书包含《三代》、《爱的折磨》、《寻妻者》等 12 个短篇。

—.《寄天国里的母亲》（香港：松柏出版社，1960）

- 散文。这本包括 38 封信，是作者写给他在天国里母亲的信，报告他一切的生活实况，一位华侨子弟刻苦奋斗史。

132.李欧梵（1939- ）

男，生于河南太康，1972 年至 2004 年居美，现居香港。

—.《我的观影自传》（上海：三联书店，2008）

- 自传。作者从自传的角度切入，写了一本别开生面的电影著作。

—.《浪漫与偏见》（上海：上海书店出版社，2005）

- 散文。本书系著名学者李欧梵先生最新散文集。

—.《我的哈佛岁月》（南京：江苏教育出版社，2005）

- 回忆录。这是一本知识性的回忆录，从个人的经验来勾画出哈佛生活的面貌和情趣。

—.《清水湾畔的臆语》（桂林：广西师范大学出版社，2005）

- 散文。内容从非典时期的人文反思到对香港文化的种种思考，从当代文化名人的评论和回忆到音乐、电影和书籍的欣赏品评，均有涉猎。

—.《我的音乐往事》（南京：江苏教育出版社，2005）

- 散文。作者多年来醉心音乐的感悟。

—.《西潮的彼岸》（南京：江苏教育出版社，2005）

- 散文。讲述作者踏足各个国家的体验。

—.《都市漫游者：文化观察》（桂林：广西师范大学出版社，2003）

- 杂文。对都市文化应该培养一种“文化敏感”——这种“敏感”应该是一种理性和感性、思维和形象的混合体，单靠抽象理论或印象观察都嫌不足。

—.李欧梵，李玉莹：《过平常日子》（北京：经济日报出版社，2003）

- 散文。这是一本李欧梵与李玉莹在中年相恋相爱进而共结连理的文字记录，本书仿《浮生六记》体例分为6卷，全书洋溢着知足常乐的生活情趣，亦是一本爱情的见证。

—.《寻回香港文化》（桂林：广西师范大学出版社，2003）

- 杂文。讲述香港的城市特色、文化生机。

—.《李欧梵自选集》（上海：上海教育出版社，2002）

- 散文杂论。全书分“浪漫一代”、“话语的边缘”、“上海摩登”、“晚清文化、文学与现代性”、“欧游心影”5个部分，涵盖了文学批评、文化评论、区域研究、现代性探索以及比较文学5个方面。

—.《东方猎手》（上海：上海文艺出版社，2002）

- 小说。讲述新世纪的间谍战。

—.《狐狸洞呓语》（沈阳：辽宁教育出版社，2001）

- 杂文。本书共收入作品 72 篇。饱含对人文的博大关怀，对众多文化现象的批判，独到的学术见解与鲜明的个人风格得到巧妙的融合。

—.《音乐的遐思》（北京：文化艺术出版社，2001）

- 散文。这是一本别致的音乐散文集。

—.《世纪末的反思》（杭州：浙江人民出版社，2000）

- 杂文。

—.《范柳原忏情录》（沈阳：辽宁教育出版社，1999；台北：麦田出版股份有限公司，1998）。

- 小说。本书是张爱玲的小说《倾城之恋》的续集，讲述了范柳原与白流苏成婚数年之后，范柳原又去拈花惹草，并独自回了伦敦。

133.李硕儒（1939- ）

男，生于河北丰润，赴美年代不详，现居旧金山。

—.《寂寞绿卡》（重庆：重庆出版社，2008）

- 散文。以传统的文化视角观彼岸风情，有很多切身心得。

—.《浮尘岁月》（北京：中国青年出版社，2007）

- 自传。半生坎坷，却难掩潇洒豪情；一路风雨，亦难阻妙笔生花。

—.《彼岸回眸》（北京：中国青年出版社，2002）

- 散文。本书由“述心”、“感世”、“怀人”3 部分组成。

—.《浮生三影》（北京：中国青年出版社，1997）

- 散文。人物写真、心灵倾诉、文化世事随笔，共收文章 82 篇。

134.李素（1939-1986）

原名李素英。女，生于广东梅县，1980 年至 1986 年居美，1986 年逝世于美国。

—.《窗外之窗》（香港：山边社，1984）

- 散文。从1972年至1982十年间在香港发表过的180多篇短文中精选出来。

—.《读诗狂想录》（香港：高原出版社，1979）

- 杂文。本书共收入文章21篇，均为作者读完诗歌作品之后的杂想。

—.《心籁集》（香港：高原出版社，1962）

- 散文。本书分为4辑，共收入作者散文作品30篇。

—.《街头》（香港：五月出版社，1959）

- 诗集。本书收录了作者诗作28篇。

—.《生之颂赞》（香港：大中华印刷厂，1958）

- 诗集。本书收录作者诗作28篇。

—.《远了，伊甸》（香港：高原出版社，1957）

- 诗集。本书收录作者诗作18篇。

—.《被剖》（香港：人生出版社，1955）

- 散文。本书收录散文作品11篇，读书札记9篇。

135.力扬（1970s- ）

女，生于北京，2002年至今居美，现居纽约。

—. 力扬，纪寰：《在美国就这么活着》（北京：中国戏剧出版社，2004）

- 纪实文学。本书作者是美国华文报纸《侨报》的副总编辑，精心记录了美华国人在异国他乡艰苦创业的众生相。

136.黎怡（?- ）

女，生于香港，赴美年代不详，现居纽约。

—.《浪子帝国》（香港：获益出版事业有限公司，2004）

- 本书分为“帝国”、“远方有战争”及“浪子”3辑，收录作者各式文章10篇。

—.《坐看云起时》（香港：获益出版事业有限公司，1996）

- 本书分为 3 辑，收入散文作品 16 篇、传记 12 篇、小说 4 篇。

—.《世纪末的春天》（香港：天地图书有限公司，1995）

- 本书收入散文 28 篇、传记 7 篇以及小说 8 篇。

137.李渝（1944- ）

女，生于重庆，20 世界 60 年代至今居美，现居纽约。

—.《贤明时代》（台北：麦田出版，2005）

- 小说。历史不只是还原过去，也是创造过去；不只是重组记忆、知识，也是体现一种审美意识。

—.《夏日踟躇》（台北：麦田出版，2002）

- 短篇小说集。

—.《应答的乡岸：小说二集》（台北：洪范书店，1999）

- 小说。本书收短篇小说 12 篇，包括荣获中国时报文学奖小说首奖的《江行初雪》等。

138.李兆阳（1962- ）

男，生于福建长汀，20 世纪 90 年代初至今居美，现居旧金山。

—.《围绕一棵树的一年四季》（纽约：柯捷出版社，2007）

- 诗集。本书共收入诗人作品 57 首。

139.梁厚甫（1908-1999）

笔名有梁宽、宋敏希、冯宏道、吴嘉璈等。男，生于广东佛山，1959 年至 1999 年居美，1999 年于美国逝世。

—.《梁厚甫文选》（广州：广东新世纪出版社，1999）

- 散文。收入有“瞻顾美国与中共关系”、“移民苦”、“中国人是否懒惰”百余篇文章。

—.《岛居小语》（香港：天地图书有限公司，1987）

- 杂文。本书共收入杂文作品 105 篇。

—.《偶想留痕》（香港：天地图书有限公司，1986）

- 杂文。本书共收入杂文作品 92 篇。

—.《侨寓零缣》（香港：天地图书有限公司，1985）

- 杂文。本书收入了杂文作品 75 篇。

—.《海客随笔》（香港：天地图书有限公司，1983）

- 散文。书中所收全是千字小文，范围主要以美国社会为主，上至美国政体、民族心理，下至女子减肥、餐室小账，举凡美国社会中事，事无巨细，都在议论之中。

—.《旅美随笔》（香港：天地图书有限公司，1982）

- 散文。本书共收入散文作品 133 篇。

—.《旅美漫笔》（香港：湘涛出版社，1972）

- 杂文。本书共收入杂文作品 51 篇。

140. 梁应麟（?- ）

男，生于广东台山，赴美年代不详，现居旧金山。

—.《过埠情缘》（广州：广州出版社，2000）

—.《飘泊生涯》（广州：穗郊侨讯社，1996）

141. 廖凤明（?- ）

女，生于香港，1965 年至今居美，现居纽约。

—.《活出每一天的真》（香港：聚贤馆文化有限公司，1995）

- 散文。珍惜生活的每一刻、每一秒，付出真挚与热诚，就能活出每一天的真。

—.《窗外有蓝天》（香港：次文化有限公司，1994）

- 散文。人与外面世界的关系，与他人沟通的技巧。

—.《看透世间情》（香港：次文化有限公司，1994）

- 杂文。本书分为 3 部分："看透世间情"，"丽亮的心灵"，"风雨伴你走"。

—.《都是有缘人》（香港：聚贤馆文化有限公司，1994）

- 散文。人生在世，来去匆匆，所有万象随因缘而生灭。

—.《还我真性情》（香港：聚贤馆文化有限公司，1993）

- 散文。一页页笺言，透出丝丝的真性情，深藏儒释道的神韵。

—.《清溪净红尘》（香港：聚贤馆文化有限公司，1993）

- 散文。像当头棒喝，唤醒埋没已久的良知；像湍湍清溪，洗净凡世间的红尘。

—.《完满的句点》（香港：聚贤馆文化有限公司，1993）

- 散文。书中很多生动真实的事例，揭示生离死别的真相。

—.《一点天地心》（香港：聚贤馆文化有限公司，1993）

- 散文。在迷失的年代，令生命重燃起希望之光。

—.《我思、我路》（香港：聚贤馆文化有限公司，1992）

- 散文。整个生命的定位和意义，若过不了自己的那一关，更遑论天下大事。

—.《镜中影》（香港：天地图书有限公司，1991）

- 散文。这些散文完成于 1990 年春至 1991 年秋，都是随兴执笔不成文的心灵点滴。

142.林达（1952- ）

是一对美籍华人作家夫妇合用的笔名，另有"丁林"、"Dinglin2"等笔（网）名，夫为丁鸿富，妻为李晓琳，他们都出生在上海，1991 年至今居美，现居美国。

—.《西班牙旅行笔记》（北京：三联书店，2007）

- 游记。记述了作者在西班牙旅行的经历。

—.《如彗星划过夜空：近距离看美国之四》（北京：三联书店，2006）

- 书信。以书信描述美国早期思想家和政治家面对各种不同的思想观点，遵从游戏规则，于交锋和妥协中显示的政治智能。

—.《扫起落叶好过冬》（北京：三联书店，2006）

- 本书分成5辑：第一辑是美国的历史故事。

—.《辛普森案的启示：美国的自由及其代价》（台北：时报文化出版企业股份有限公司，2004）

- 杂文。1995年10月3日，经过长达一年的世纪大审判，O.J.辛普森被控杀妻一案，因证据不足，陪审团认定辛普森无罪。

—.《一路走来一路读》（长沙：湖南文艺出版社，2004）

- 散文。对美国及欧洲几十个著名的城市与乡村、人物与事件作了贯穿历史的透视，以轻松的阅读来深刻理解欧美的历史和社会。

—.《带一本书去巴黎》（北京：三联书店，2002）

- 杂文。作者于浓厚的法国历史文化氛围中，用大量的历史细节和场景，丰富了对艺术、文化，对历史、社会，以及对“革命”的理解。

—.《在边缘看世界》（昆明：云南人民出版社，2001）

- 散文。由美国的历史或现实事件出发，从独特的视角看美国社会文化。

—.《我也有一个梦想：近距离看美国之三》（北京：三联书店，1999）

- 散文。本书通过精彩动人的故事，展示了美国种族问题相关联的社会意识和法律演进史。

—.《总统是靠不住的/地球村观察：近距离看美国之二》（北京：三联书店，1998）

- 书信。作者以信笺的形式，用一连串的故事，层层铺排出美国政治法律制度的基本原理和操作细节。

—.《历史深处的忧虑：近距离看美国之一》（北京：三联书店，1997）

- 书信。作者以信件的形式，平实而有魅力的语言讲述着美国现实生活中的故事。

143.林泠（1938- ）

本名胡云裳，笔名李莘、若澜、云子。女，生于四川江津，1958年至今居美。

—.《在植物与幽灵之间》（台北：洪范书店，2003）

- 诗集。林泠20世纪50年代中即以抒情诗知名文坛，此书为诗人近年新作之集结。

—.《林泠诗集》（台北：洪范书店，1998；北京：三联书店，2005）

- 诗集。收诗和散文诗共51首，时跨20～30年。

144.林蒲（1912-1996）

原名林振述，笔名艾山。男，生于福建永春，1948年至1996居美，1996年逝世。

—.《艾山诗选》（澳门：澳门国际名家，1994）

- 诗集。

—.《美国大烟山纪行》（香港：人生出版社，1965）

- 游记。本书为作者与家人游览美国大烟山时的所见所感。

—.《埋沙集》（台北：文星书店，1960）

- 诗集。本书收入诗作28篇。

—.《暗草集》（香港：人生出版社，1956）

- 诗集。本书共收入诗作50篇。

—.《苦旱》（上海：文化生活出版社，1949）

145.林太乙（1926-2003）

笔名无双。女，生于北京，1936年至2003年居美，2003年逝于美国弗吉尼亚州。

—.《女王与我》（武汉：湖北人民出版社，2006）

- 散文。一部自传体散文，包含其丰富生涯各阶段的过程。

—.《金盘街》（北京：中国青年出版社，2002；台北：九歌出版社，1997）

- 小说。描绘喧闹、挤迫的香港，尤其是金盘街上穷苦潦倒的居民。

—.《肖邦，你好》（北京：中国青年出版社，2001）

- 小说。讲述一个单身广告人与富有企业家的爱情故事。

—.《好度有度》（台北：九歌出版社，1998）

- 小说。以幽默的笔调，讲述马氏夫妇从中国台湾迁居美国儿孙处后见到的“怪事”。

—.《明月几时有》（台北：联经出版社，1997）

- 小说。讲述一位名作家和一个妩媚演员的爱情故事。

—.《林家次女》（北京：西苑出版社，1997）

- 自传。在这本书里作者描述她快乐的童年和微妙的成长过程。

—.《春雷春雨》（台北：联经出版公司，1991）

- 小说。讲述抗战胜利后，一位教育家和他的家人面对理想和现实的冲突。

—.《丁香遍野》（台北：远景出版社，1976；台北：文星书店，1966）

- 小说。本书以二战结束后的上海为背景，写一个家庭在那些动乱的岁月中的挣扎。

146. 林文月（1933- ）

女，生于上海，1993 年至今居美。

—.《蒙娜丽莎嘴角的微笑》（台北：有鹿文化事业，2009）

- 散文。从欣赏一幅画的角度写起，进而道出文艺欣赏的从容视野，甚至是一种看世界的方法。

—.《三月曝书》（上海：上海人民出版社，2009）

- 散文作品集。内容包括书香岁月、往事情趣、异国游历、美食佳肴。

—.《写我的书》（台北：联合文学出版社，2006）

- 散文。写人与书的交谈，又指涉人与人的心灵应对。

—.《回首》（台北：洪范书店，2004）

- 散文随笔。举凡阅读、交谈、听歌、旅行，或访旧怀人。

—.《人物速写》（台北：联合文学出版社，2004）

- 散文。从1997年至2003年散文多篇，追记自己与他人在生命行旅的际会因缘。

—.《林文月精选集》（台北：九歌出版社，2002）

- 散文。

—.《生活可以如此美好》（香港：天地图书有限公司，2002）

- 作者自选集，60余篇散文谈读书、谈生活、谈老师、谈家人、谈香港、谈饮食。

—.《饮膳札记》（台北：洪范书店，1999）

- 本书为作者借饮膳记忆，委婉追怀平生亲友知己之行止，以19种佳肴食谱编织成一幅温馨感人的回忆录。

—.《拟古》（台北：洪范书店有限公司，1993）

- 散文系列作品14篇。

—.《作品》（台北：九歌出版社，1993）

- 分2卷：上卷收散文创作20篇；下卷收日本现代短篇小说译作，及其相关之随笔7篇。

—.《交谈》（台北：九歌出版社，1988）

- 这本散文集取名为“交谈”，是因为集内有一篇记叙某次在异乡与朋友交谈的文章。

—.《午后书房》（台北：洪范书店，1986）

- 此书收作者小品游记文章24篇，以人物、事件、风景为对象，从台北延伸到海外。

—.《遥远》（台北：洪范书店，1981）

- 本书收作品20篇，包括抒情散文及游记小品。

—.《读中文系的人》（台北：洪范书店，1978）

- 本书收入了作者的早年散文。更能看见作者作为一个有教养的人的微妙处。

—.《京都一年》（台北：纯文学出版社，1971）

- 本书为作者20多年前游学日本，居住于京都10个月之间的散文作品。

—.《施工估价》（台南：兴业图书，1970）

147.林语堂（1895-1976）

- 男，生于福建，上海圣约翰大学毕业，哈佛大学硕士。1936～1966年多居于纽约，后居台湾和香港。

—. 《无所不谈合集》（台北：开明，1974）
—. 《我的话》上、下集（上海：时代图书公司，1934，1936）
—. 《大荒集》（上海：开明书店，1934）
—. 《翦拂集》（上海：北新书局，1928）

148.刘大任（1939- ）

男，生于湘赣边界，1978年至今居美，现居纽约。

—.《晚风细雨》（台北：联合文学，2009）

- 小说。本书收入刘大任中篇小说联作《晚风习习》、《细雨霏霏》。

—.《忧乐》（台北：印刻文学生活杂志出版有限公司，2008）

- 散文及评论。人生、社会、世界：一个旅美知识分子的深层挖掘。以跨越时代与地域的修养阅历，烛照心境底层的幽谷深渊。本书为“纽约眼”系列第6册。

—.《晚晴》（台北：印刻出版有限公司，2007）

- 散文及评论。“纽约眼”系列第五册，收50余篇文章，从政治社会到鸟兽虫鱼，从哲学宗教到鸡毛蒜皮，无所不能谈。

—.《果岭春秋》（台北：时报文化出版企业股份有限公司，2007）

- 运动文学。收齐了刘大任近10年来所写的全部高尔夫球文章，共50余篇。

—.《园林内外》（台北：时报文化出版企业股份有限公司，2006）

- 杂文。收录50篇刘大任20年间以花草园林为题的作品，从一株非洲堇写到一片家人共同栽植的纽约州园林，从寄情花木的文人墨客心境到以自然为师的哲学境界。

—.《月印万川》（台北：印刻出版有限公司，2005）

- 散文及评论。收录自2004年5月至2005年4月间发表的42篇作品，为“纽约眼”系列结集第4部。

—.《冬之物语》（台北：印刻出版有限公司，2004）

- 散文及评论。“纽约眼”系列第三集。

—.《空望》（台北：印刻出版有限公司，2003）

- 散文及评论。收录刘大任2002年在《壹周刊》的“纽约眼”专栏文字，共43篇，基本上为《纽约眼》续集。

—.《果岭上下》（台北：皇冠文化出版有限公司，2002）

- 运动文学。中文世界第一本高尔夫文学力作。

—.《纽约眼》（台北：印刻出版有限公司，2002）

- 散文及评论。本书为刘大任自2001年6月至2002年7月，在《壹周刊》专栏“纽约眼”的文章结集。共收录43篇，分为5辑。

—.《纽约客随笔》（沈阳：辽宁教育出版社，2001）

- 散文。本书是作者在中国大陆正式出版的第一本书。

—.《我的中国》（台北：皇冠文化出版有限公司，2000）

- 杂文。本书分为“我的中国”、“走过蜕变的中国”、“人类阴影下”及“旧作拾遗”4辑，共收录文章37篇。

—.《杜鹃啼血》（台北：皇冠文化出版有限公司，2000）

- 小说。短篇小说集，情节充满戏剧性，呈现环境的无情和人生的无奈。

—.《落日照大旗》（台北：皇冠文化出版有限公司，1999）

- 小说。这本小说集回忆了某些60年代感觉的人事印象。

—.《赤道归来》（台北：皇冠文化出版有限公司，1997）

- 散文及评论。讲述在东非度过的贴近自然的生活，洗尽人事铅华、政治污染。

—.《神话的破灭》（台北：皇冠文化出版有限公司，1997）

- 散文及评论。每个人的生长过程中，都免不了有个神话时代；然而或多或少、或深或浅，也都免不了经历神话的破灭。

—.《来去寻金边鱼》（台北：洪范书店，1996）

- 小说。本书以“启蒙短篇小说”的类型，探讨青年的成长经验。

—.《无梦时代》（台北：皇冠文学出版有限公司，1996）

- 散文及评论。53篇短文，是生活领域里的寻梦经验，是无梦时代里的简单愿望。

—.《刘大任袖珍小说选》（台北：皇冠文学出版有限公司，1996）

- 小说。

—.《强悍而美丽：刘大任运动文学集》（台北：麦田出版有限公司，1995）

- 运动文学。分为篮球、网球、乒乓球、钓鱼、狩猎、足球及其他4个小辑。

—.《刘大任集》（台北：前卫出版社，1993）

- 小说。本书收入刘大任小说15篇。

—.《走过蜕变的中国》（台北：麦田出版社，1993）

- 杂文。1992年，刘大任应《中国时报》副刊的邀约，到中国大陆做了将近10000公里的长途旅行，这是他成年之后第四次去中国大陆，距离1974年第一次去已经差不多隔了20年。

—.《萨伐旅》（台北：麦田出版社，1992）

- 杂文。“萨伐旅”是英文Safari的中译，字典上的意思是“狩猎旅行”。“萨伐旅”不仅是紧张刺激的冒险，不仅是崇高的体育运动，还是一种仪式——为所有的参加者成就某种形式的洗礼。

—.《晚风习习》（台北：洪范书店有限公司，1991）

- 小说。两个中篇——《散形》、《晚风习习》——不只是注记了生命中年以降的心灵历程，更是欲振乏力、欲拒还迎的种种家国牵系。

—.《秋阳似酒》（台北：洪范书店有限公司，1986）

- 合集。本书收入了作者 15 篇小说与 8 篇散文诗。

—.《走出神话国》（台北：圆神出版社，1986）

- 散文及评论。这里收集的 30 几篇评论文字，最早写于 1978 年底，最晚写于 1986 年初，前后共 8 年的时间。

—.《浮游群落》（台北：远景出版社，1985）

- 小说。20 世纪 60 年代，台湾知识分子离经叛道、矛盾冲突的时代缩影。

—.《红土印象》（台北：志文出版社，1970）

- 小说。收入小说 15 篇。

149.刘荒田（1948- ）

原名刘毓华。男，生于广东台山，1980 年至今居美，现居旧金山。

—.《刘荒田美国小品》（石家庄：河北教育出版社，2009）

- 小品文。美国生活 28 年的人生经验，融汇东西的视角、华洋贯通的情思。

—.《旧金山浮世绘》（重庆：重庆出版集团，2008）

- 散文。本书共收入作者关于美国生活的散文作品 40 余篇。

—.《刘荒田美国笔记》（石家庄：河北教育出版社，2008）

- 散文。40 多篇新作力作，内容贯穿大千世界，堪称“装着华洋杂处的众生万相”。

—.《听雨密西西比》（济南：山东画报出版社，2005）

- 散文。所记多是世俗琐事，尤擅写小人物。中国人眼里的美国社会，各色人等的生存状况。

—.《中年对海》（郑州：河南文艺出版社，2004）

- 散文。这本散文集收集的是人生江河的景观。

—.《星条旗下的日常生活 》（广州：花城出版社，2003）

- 散文。美国人、居美中国人的日常生活，美式幽默加中式趣味的叙述。

—.《美国世故》（郑州：河南文艺出版社，2002）

- 散文。本书收入了作者在1999年和2000年所写的随笔。

—.《“仿真洋鬼子”的胡思乱想》（广州：花城出版社，2002）

- 散文。收入近年来关于时人时事的杂感。

—.《“假洋鬼子”的悲欢歌哭》（贵阳：贵州人民出版社，2001）

- 散文。本书是《美国红尘》系列中的散文卷。

—.《“假洋鬼子”的东张西望》（贵阳：贵州人民出版社，2001）

- 小品。本书是《美国红尘》系列中的小品文卷。

—.《“假洋鬼子”的想入非非》（贵阳：贵州人民出版社，2001）

- 散文。以“假洋鬼子”自谓的刘荒田带着一份豁达、轻松与自信，自觉比较两种文化的异同。

—.《旧金山小品》（上海：上海人民出版社，1999）

- 散文。美国的风土人情、唐人街的沧桑沉浮、“老金山”的爱恨、新移民的悲喜。

—.《纽约的魅力》（昆明：云南人民出版社，1999）

- 散文。本书共收入散文作品31篇。

—.《纽约闻笛》（郑州：河南人民出版社，1999）

- 散文。本书收录了作者51篇散文作品。

—.《旧金山浮生》（郑州：河南人民出版社，1998）

- 散文。无论是中国大陆新移民的悲欢歌哭，还是美国主流社会的光怪陆离，都是完全真实的“原汁原味”。

—.《唐人街的婚宴》（沈阳：沈阳出版社，1997）

- 散文。通过美国唐人街上的婚礼以及朋友聚会，表现了中华风情礼俗在异国土地上的演绎。

—.《唐人街的桃花》（珠海：珠海出版社，1996）

- 杂文。本书分为5辑，共收入杂文作品71篇。

—.《北美洲的天空》（成都：四川文艺出版社，1990）

- 诗集。本书共收入作者诗作42首。

150.刘齐（1951- ）

男，生于辽宁沈阳，1989 年至 1995 年居美，现居北京。

—.《一年签一次婚约》（长沙：岳麓书社，2005）

- 散文集。本书收录了《大家》、《垃圾箱》、《同性恋的庆典》、《美国只有两种人》等多篇散文。

—.《形而上下》（上海：文汇出版社，2004）

- 杂文。

—.《上个世纪我所尊敬的人》（北京：作家出版社，2003）

- 散文。用幽默的笔调谈自己上个世纪所尊敬的人。

—.《给洋妞算命》（北京：群言出版社，1999）

- 散文。反映美国生活的散文集，作者怀着一片天真看待自己在异国的种种遭际。

—.《小葱大酱》（北京：群言出版社，1999）

- 散文。吃小葱大酱长大的东北人，长期在北京和美国生活，把东北农民的俏皮、沈阳工人的诙谐、北京市民的洒脱和美国知识分子的调侃熔为一炉，造就了刘齐式的幽默眼光。

—.《球迷日记》（北京：群言出版社，1999）

- 散文。本书是一部球迷日记作品集，从各方面讲述了球迷的故事。

—.《旅美作家刘齐插图本幽默散文丛书》（北京：群言出版社，1998-1999）

- 散文。系列反映美国生活的散文集。

151.刘晴（?- ）

女，赴美年代不详，现居纽约。

—.《纽约观星记》（台北：民生报社，1984）

—.《银幕千秋——七位红星的真实故事》（台北：七十年代出版公司，1972）

152.刘绍铭（1934- ）

笔名二残。男，生于香港，1961年至1968年居美，现居香港。

—.《浑家•拙荆•夫人》（上海：上海书店出版社，2009）

- 本集收的文章，出自作者多年来为香港天地图书编辑的各家散文与小说系列而写的导言，共计23篇。

—.《吃马铃薯的日子》（南京：江苏教育出版社，2006）

- 散文。本书收录了《童年杂忆》、《吃马铃薯的日子》两篇文章。

—.《文字不是东西》（南京：江苏教育出版社，2006）

- 杂文。文章大都以文人和其自身经历为引抒怀发论，或调侃文坛逸事，或点评文字“颜色”，或小述翻译体验。

—.《文字还能感人的时代》（南京：江苏教育出版社，2006）

- 杂文。

—.《一炉烟火》（南京：江苏教育出版社，2006）

- 散文。

—.《烟雨平生》（上海：上海书店出版社，2005）

- 杂文。自选集，时间跨度30多载。

—.《情到浓时》（上海：三联书店，2000）

- 散文。

—.《二残游记》（沈阳：辽宁教育出版社，1999）

- 小说。这是一本具有讽刺意味的小说，书中的主人公飘洋过海来到了遥远的美国，却又始终与这里格格不入。

—.《文字岂是东西》（沈阳：辽宁教育出版社 1999）

- 散文。

—.《怎生一个闲字了得》（昆明：云南人民出版社，1999）

- 散文。本书共收散文作品48篇。

153.柳无忌（1907- ）

原名柳锡礽，曾用笔名啸霞、萧亚等，主要笔名无忌、柳无忌。男，生于江苏吴江，1945年至今定居美国，现居加州。

—.《柳无忌散文选》（北京：中国友谊出版公司，1984）

- 散文。本书共收入散文作品23篇。

—.《菩提珠》（北京：北新书局，1931）

154. 刘茜（?- ）

原名刘红健，女，生于辽宁大连，1996年至今居美，现居加利福尼亚。

—.《筑梦洛杉矶》（深圳：海天出版社，2009）

- 自传体小说，讲述一个中国女孩在美国追逐梦想的故事。

155.刘耀中（1934- ）

男，生于广东中山，1949年至今居美，现居洛杉矶。

—.《超越死亡》（北京：东方出版社，1996）

- 本书收入评论文章35篇。

—.《诗人与哲人》（北京：东方出版社，1993）

- 文化艺术评论集。书中还收入了著者在美国发表的影评、书评等短文。

—.《新时代的视野》（北京：中国文联出版社，1993）

- 杂文。书中收入的40篇文章，涉猎广泛，表达了著者对西方文化的独特见解和对中华文化发展前景的热望。

156.刘墉（1949- ）

号梦然。男，生于台北，1990年至今居美，现居纽约。

—.《爱要一生的惊艳》（北京：接力出版社，2008）

- 散文。

—.《吹牛要打草稿：刘墉浪漫期幽默散文选集》（北京：中国盲文出版社，2008）

- 散文。本书是刘墉浪漫期幽默散文选集。书中收录幽默散文数十篇。

—.《拈花惹草：刘墉浪漫期田园散文选集》（北京：中国盲文出版社，2008）

- 散文。

—.《世说心语：刘墉处世秘籍》（北京：接力出版社，2008）

- 杂文。在一派轻松幽默的话语中娓娓道出人生的智慧、处世哲学以及掌控瞬息万变生活的体验和经验。

—.《爱的美丽与疼痛》（北京：接力出版社，2007）

- 散文。全书由20几篇小散文组成，文风睿智、幽默，又一往情深。

—.《爱又何必矜持》（桂林：漓江出版社，2007）

- 散文。

—.《对错都是为了爱》（桂林：漓江出版社，2007）

- 散文。由许多爱情小故事组成，故事里没有圣人，只有婚姻中的饮食男女。

—.《人生疫苗》（北京：中国盲文出版社，2007）

- 散文。通过一个个温和或辛辣的小故事，向读者呈现了多面的人性与人生。

—.《生命中的野姜花》（北京：中国盲文出版社，2007）

- 散文，小说。精选刘墉先生真情小说和浪漫散文共计34篇。

—.《生死爱恨一念间》（桂林：漓江出版社，2007）

- 散文。

—.《雪的千种风情》（北京：中国盲文出版社，2007）

- 散文，小说。散文和浪漫小说共计36篇。

—.《抓住心灵的震颤》（桂林：漓江出版社，2007）

- 散文。

—.《创造超越的人生》（武汉：长江文艺出版社，2006）

- 散文。本书是一本刘墉思想的自传。

—.《成长•成功》（武汉：长江文艺出版社，2006）

- 散文。刘墉和女儿交谈的方式采撷日常生活中的小故事，指导家长如何与自己的孩子相处，如何引导他们成长成功。

—.《聆听心灵的声音》（武汉：长江文艺出版社，2006）

- 杂文。

—.《刘墉随笔》（吉林：吉林文史出版社，2006）

- 散文。

—.《我不是教你诈. 1，现代社会处世篇》（天津：天津教育出版社，2006）

- 杂文。

—.《我不是教你诈. 2，工商社会处世篇》（天津：天津教育出版社，2006）

- 杂文。通过世间百相的揭示，告诉你不吃亏的学问。

—.《相约漂天下》（武汉：长江文艺出版社，2005）

- 散文。

—.《以诈止诈》（北京：接力出版社，2006）

杂文。“处世学”作品。

—.《做个积极寻梦的人》（武汉：长江文艺出版社，2006）

- 散文。

—.《爱的密码》（北京：接力出版社，2005）

- 散文。本书以爱为主题。

—.《爱，因为抓不住》（北京：接力出版社，2005）

- 散文。

—.《成长不设防》（武汉：长江文艺出版社，2005）

- 散文。

—.《成功成长一线牵》（武汉：长江文艺出版社，2005）

- 散文。

—.《花痴日记，冬之篇》（重庆：重庆出版社，2005）

- 散文。

—.《跨一步，就成功》（武汉：长江文艺出版社，2005）

- 杂文。成功是可以复制的，每一个人的成功，关键是能否跨出找寻快捷方式的那一步。

—.《每人头上一片天》（武汉：长江文艺出版社，2005）

- 散文。

—.《没有不能沟通的事》（武汉：长江文艺出版社，2005）

- 杂文。

—.《摇摇沉淀的爱》（武汉：长江文艺出版社，2005）

- 散文。

—.《在灵魂居住的地方》（北京：中国盲文出版社，2005）

- 散文。

—.《爱不厌诈》（北京：接力出版社，2004）

- 杂文。

—.《爱原来可以如此豁达》（北京：接力出版社，2004）

- 散文。

—.《点滴在心的处世艺术》（北京：接力出版社，2004）

- 杂文。

—.《掬起每一滴感动》（武汉：长江文艺出版社，2004）

- 散文。

—.《蜜色阳光》（武汉：长江文艺出版社，2004）

- 散文。

—.《冷眼看人生》（北京：接力出版社，2004；北京：中国工人出版社，1994）

- 杂文。

—.《刘墉经典文集》（海口：南海出版公司，2004）

- 杂文。

—.《叛逆血液》（武汉：长江文艺出版社，2004）

- 散文。

—.《下一站，成功》（武汉：长江文艺出版社，2004）

- 散文。

—.《萤窗小语.1》（重庆：重庆出版社，2004）

- 散文。

—.《萤窗小语.2》（重庆：重庆出版社，2004）

- 散文。

—.《教你幽默到心田》（北京：九州岛出版社，2003）

- 杂文。

—.《靠自己去成功》（武汉：长江文艺出版社，2003）

- 杂文。

—.《刘墉经典：爱•责任•生活》（福州：海峡文艺出版社，2003）

- 散文。

—.《母亲的伤痕：刘墉神秘小说精品集》（北京：九州岛出版社，2003）

- 小说。

—.《那条时光流转的小巷》（北京：九州岛出版社，2003）

- 散文。

—.《你不可不知的人性：全本•珍藏》（北京：接力出版社，2003）

- 杂文。

—.《爱，就注定了一生的漂泊》（桂林：漓江出版社，2002）

- 散文。

—.《不要累死你的爱》（北京：九州岛出版社，2002）

- 散文。

—.《捕梦网：生命的启示》（桂林：漓江出版社，2002）

- 寓言。

—.《刘姥姥回家：刘墉浪漫短篇小说选集》（北京：接力出版社，2002）

—.《刘墉精品书坊》（北京：接力出版社，2002）

- 散文。

—.《现代症候群：刘墉浪漫期杂文选集》（北京：接力出版社，2002）

- 杂文。

—.《心灵的四季》（桂林：漓江出版社，2002）

- 散文。

—.《夜之族：刘墉浪漫期抒情散文选集》（北京：接力出版社，2002）

- 散文。

—.《做个飞翔的美梦》（北京：接力出版社，2002）

- 小说。

—.《成长是一种美丽的疼痛》（北京：接力出版社，2001）

- 杂文。

—.《当我最浪漫的时候》（桂林：漓江出版社，2001）

- 散文。

—.《面对人生的美丽与哀愁》（北京：接力出版社，2000）

- 散文。

—.《因为年轻所以流浪》（北京：接力出版社，2000）

- 散文。

—.《人生的真相》（北京：接力出版社，1999；北京：中国工人出版社，1994）。

- 杂文。

—.《做个快乐读书人》（北京：接力出版社，1999）

- 散文。

—.《创造双赢的沟通》（北京：接力出版社，1998）

- 杂文。

—.《点一盏心灯》（北京：中国友谊出版公司，1998；延吉：延边人民出版社，1997）。

- 散文。

—.《心灵回归线》（呼和浩特：内蒙古文化出版社，1998）

—.《寻找一个有苦难的天堂》（桂林：漓江出版社，1997）

- 散文。

—.《把握我们有限的今生》（上海：汉语大词典出版社，1996）

- 散文。

—.《生生世世未了缘》（上海：汉语大词典出版社，1996）

- 散文。

—.《迎向开阔的人生》（上海：汉语大词典出版社，1996）

- 散文。

—.《在生命中追寻的爱 》（上海：汉语大词典出版社，1996）

- 散文。

—.《萤窗随笔》（台北：星光书报社，1995）

—.《冲破人生的冰河》（北京：中国工人出版社，1994）

- 杂文。

157.刘再复（1941- ）

男，生于福建南安，1989 年至今居美。

—.《漂泊传：刘再复海外散文选》（香港：明报月刊出版社，2009）

- 散文。本书精选了刘再复先生 20 年间 10 余部海外散文集中的作品近百篇。

—.《沧桑百感》（香港：天地图书有限公司，2004）

- 散文。

—.《面壁沉思录》（香港：天地图书有限公司，2004）

- 散文。

—.《我对命运这样说》（香港：三联书店，2003）

- 散文。

—. 刘再复，刘剑梅：《共悟人间：父女两地书》（台北：九歌出版社，2003）

- 散文。

—.《刘再复精选集》（台北：九歌出版社，2002）

- 散文。

—.《阅读美国》（香港：明报出版社有限公司，2002）

- 游记。在美国期间对当地的观察手记和游记。

—.《独语天涯》（上海：上海文艺出版社，2001）

- 散文。本书是作者近年来在海外写的哲理、思想散文结集。

—.《漫步高原》（香港：天地图书有限公司，2000）

- 散文。

—.《读沧海：刘再复散文》（合肥：安徽文艺出版社，1999）

- 散文。

—.《远游岁月》（香港：天地图书有限公司，1994）

- 散文。

—.《洁白的灯心草：刘再复散文诗选》（香港：天地图书有限公司，1985）

- 散文诗集。

158.刘子毅（1932- ）

男，生于广州，1990年至今居美，现居旧金山。

—.《爱的庄园》（香港：银河出版社，2006）

- 本书是一本家庭散文集，收录了刘子毅夫妇和他们的儿女近年来写就的近80篇散文。

—.《八年一觉美国梦：旅美文化华人生活写真》（重庆：重庆出版社，1999）

- 杂文。旅美文化华人生活写真。

159.鲁鸣（?- ）

原名陈鲁鸣。男，生于上海，1988年至今居美，现居纽约。

—.《软能力》（北京：北京出版社，2009）

- 杂文。从中美文化比较的切口，说明全球化背景下华人需要在能力上软硬兼备。

—.《原始状态》（纽约：惠特曼出版社，2006）

- 诗集。挑选了作者自1993～2005年发表的现代诗。

—.《背道而驰》（北京：中国社会出版社，2005）

- 小说。描写两个中国男人在纽约截然不同的爱情故事。

—.《缺少拥抱的中国人：美国笔记》（北京：华文出版社，2003）

- 散文，小说。主要是散文，共为 8 部分。

160.鹿桥（1919-2002）

本名吴讷孙。男，生于北京，1945 年至 2002 年居美，2002 年于波士顿逝世。

—.《未央歌》（台北：商务印书馆，2007）

- 小说。

—.《市廛居》（台北：时报文化出版企业股份有限公司，1998）

- 杂文。

—.《忏情书》（台北：远景出版事业公司，1987）

—.《人子》（台北：远景出版事业公司，1974）

- 小说。《人子》是继《未央歌》之后的作品，中间隔了 30 年。

161.卢新华（1954- ）

男，生于江苏如皋，1986 年至 2004 年居美，现居上海、洛杉矶。

—.《紫禁女》（武汉：长江文艺出版社，2004）

- 小说。讲述了一个石女和三个男人（初恋男友、美国假丈夫和知心情人）的情感经历。

—.《细节》（北京：作家出版社，1998）

- 小说。写一个同在上海新闻界闯、后来也到美国、最后死于洛杉矶的朋友。

—.《森林之梦》（杭州：浙江文艺出版社，1986）

- 小说。

—.《魔》（天津：百花文艺出版社，1979）

- 小说。这是一篇控诉"四人帮"毒害人民的中篇小说。

162.伦文标（1949- ）

男，生于香港，1974 年至 1978 年居美，现居香港。

—.《万卷书万里路》（台北：业强出版社，1995）

- 游记。本书集合 3 位旅行家：周永杰、陈天权和伦文标，说他们旅行的趣事和经验。

—.《浪迹天涯》（香港：明窗出版社，1991）

- 散文。自助环游世界的中国人的故事。

—.《奇闻趣事非洲之旅》（香港：海滨图书公司，1989）

- 游记。非洲的风土人情、奇闻趣事。

—.《江湖任我闯》（香港：天地图书有限公司，1989）

- 游记。浪漫式的流浪是苦是乐，只有曾经孤独上路的人最清楚。

—.《游客不游》（香港：明窗出版社，1989）

—.《标叔叔游历记》（香港：山边社，1987）

- 游记。本书是作者游历世界过程中，身处美国、澳洲部分国家的所见所感。

—.《标叔叔列国游》（香港：山边社，1987）

- 游记。本书是作者游历世界过程中，身处欧洲、亚洲部分国家的所见所感。

—.《克难旅程》（香港：天地图书有限公司，1987）

- 游记。“绝对自由”者不受任何有形或无形的限制和拘束。

—.《拖鞋走天涯》（香港：博益出版集团有限公司，1986）

- 游记。踏破一对布鞋，在中东与非洲觅回来的东西却一生享用不尽。

—.《标叔叔游世界》（香港：山边社，1986）

- 游记。本书是作者游历世界过程中，身处非洲部分国家的所见所感。

—.《车辚辚：单车横越美国八十天》（香港：天地图书有限公司，1983）

- 杂文。本书记录伦氏环绕美国一周的经历。

163.罗光平（?- ）

笔名凌雁。男，生于江西广昌，赴美年代不详，现居美。

—.《滕王阁遗梦》（南昌：江西人民出版社，2010）

- 历史小说。以唐朝历史事件为故事主轴，演绎错综复杂的传奇故事。

—.《第二个太阳》（广州：花城出版社，2008）

- 传奇故事。

—.《龙图腾》（银川：宁夏人民出版社，2006）

- 本书以5000年前，轩辕黄帝征服东方、划地九州岛、肇造中国、实现中华民族大融合为背景，全新打造出中华上古英雄史诗。

—.《东方大地》（北京：中国社会科学出版社，2004）

- 本书是一部长篇历史小说。以轩辕黄帝统一中原的历史为主轴，塑造了作为中华民族始祖的一代君王的光辉形象。

164.罗露西（1960s- ）

女，生于北京，2004年至今定居美国，现居纽约。

—.《独舞英伦》（南京：江苏文艺出版社，2007）

- 散文。本书描写了作者在英伦的日子。

—.《下午茶：露西的浪漫》（合肥：安徽教育出版社，2005）

- 散文。本书以散文的形式，用一种平静的笔触，揭示了英国社会丰富多彩的生活。

165.罗思凯（?- ）

女，生于湖南衡山，赴美年代不详，现居加州。

—.《永远有新鲜》（天津：百花文艺出版社，2004）

- 散文。本书分为5辑，共收入文章125篇。

—.《七彩阳光》（台北：跃升文化事业有限公司，1999）

- 杂文。本书收录的所有作品为作者在《星岛日报》副刊“阳光底下”专栏的作品合集。

166. 吕红（1960s- ）

女，生于武汉，1997年赴美，现居旧金山。

—.《午夜兰桂坊》（武汉：长江文艺出版社，2006）

- 小说集。有关华人在美国的寻梦经历，尤其是情感和内心价值观历经的冲击。

—.《美国情人》（北京：中国华侨出版社，2006）

- 小说。讲述海外华人异邦创业的艰辛。

—.《女人的白宫》（广州：花城出版社。2005）

- 散文。许多美国华人景物，繁花如梦，似幻犹真。

—.《红颜沧桑》（武汉：武汉工业大学出版社，1994）

- 小说。本书写一个女人在那个年代无奈而惨痛的经历。

167. 吕嘉行（?- ）

男，赴美年代不详，现居爱荷华州。

—.《吕嘉行诗抄》（台北：新地出版社，1987）

168. 吕挽（?- ）

原名徐明。女，生于江苏南通，2002年之前居美，现居北京。

—.《在得到和失去之间》（南昌：21世纪出版社，2008）

- 小说。《我们无处安放的青春》姊妹篇，讲述了一个离婚女子从海外回到祖国，与一个年轻人展开的爱情故事。

—.《我们无处安放的青春》（南昌：21世纪出版社，2008）

- 小说。讲述了一个女孩从19岁到29岁的情感经历。

169.马国亮（1908-2001）

男，生于广东广州，20世纪80年代至2001年居美，2001年于旧金山逝世。

—.《生活哲学》（上海：上海辞书出版社，2002）

- 合集。这里搜集的是马国亮先生的一些不同体裁、风格的，以前未经结集的作品。

—.《良友忆旧：一家画报与一个时代》（北京：三联书店，2002）

- 回忆录。这是一本关于《良友》刊物的回忆，是用人物和故事串起来的历史。

—.《女人的故事》（香港：获益出版社，1996）

- 小说。本书是马国亮的小说集，收有短篇小说10篇和中篇小说《露露》。

—.《浮想纵横》（香港：获益出版社，1996）

- 杂文。本书收集了作者在不同时期写的文章。

—.《马国亮集：生活之味精》（上海：汉语大词典出版社，1993）

- 散文。马国亮说"烟、茶、糖、酒、咖啡"是生活之味精。

—.《美国短长》（香港：文汇出版社，1989）

- 散文。描写美国和美国人的一些传统文化、习俗和人们的生活方式。

—.《命运交响曲》（桂林：漓江出版社，1986）

- 小说。这是以抗战期间的桂林为背景，写一群青年从上海、香港以及东南亚逃亡到桂林，患难与共的故事。

—.《艺苑风情》（上海：文艺出版社，1984）

- 散文。本书分为4辑，共收入散文作品35篇。

—.《灵感的故事》（桂林：大地图书公司，1952）

—.《春天春天》（桂林：大地图书公司，1942）

- 散文。

—.《人的声音》（桂林：大地图书公司，1942）

—.《昨夜之歌》（上海：良友图书公司，1933）

—.《给女人们》上海：良友图书公司，1930）

- 散文。10 篇有关妇女和家庭的杂文。

—.《回忆》（上海：良友图书公司，1930）

—.《露露》（上海：良友图书公司，1930）

—.《偷闲小品》（上海：良友图书公司，1930）

—.《再给女人们》（上海：良友图书公司，1930）

- 散文。有关妇女的格言、警句集。

170. 马锦活（1925- ）

男，生于广东台山，1989 年至今居美。

—.《马锦活诗集》（台山：台山市中华诗词楹联学会，2009）

- 诗词。

171. 马克任（1923 - ）

男，生于山西祁县，1976 年至今居美，现居纽约。

—.《穿上母亲买给我的睡衣》（台北：皇冠出版社，2001）

- 散文集，关于亲情、友情、乡情。

—.《从台湾看世界》（台北：皇冠出版社，1969）

172. 马兰（?- ）

女，生于四川，1993 年至今居美。

—.《坐在哪里》（西宁：青海人民出版社，2004）

—.《花非花：马兰短篇小说自选集》（伊利诺伊州：轻舟出版社，2003）

173.马朗（1933- ）

原名马博良，笔名马朗、巴亮、孟朗、闻龙、爱秀等。男，生于广东中山，1963 年至今居美。

—.《江山梦雨》（香港：麦穗出版有限公司，2007）

- 诗集，主要收入 20 世纪 80 年代以来的诗作。

—.《焚琴的浪子》（香港：素叶出版社，1982）

- 诗集。本书是诗人写于 50 年代后期、结集于 80 年代的作品。

—.《美洲三十弦——马博良诗集》（台北：创世纪诗社，1976）

- 诗集。从 1963 年到 1975 年，作者浪迹天涯，往返美洲，由北至南，颇历沧桑，这里的 30 首诗是当时的一种记录。

174.马瑞雪（1944-2002）

女，生于粤北，1967 年至 2002 年居美，2002 年于费城逝世。

—.《马思聪蒙难记》（上海：上海文艺出版社，1990）

- 纪实小说。披露了作者与其父母和弟弟在“文化大革命”期间被迫出走的内情。

—.《马瑞雪自选集》（台北：黎明文化事业公司，1987）

- 合集。本书总共收录各式文章 25 篇。

—.《写在水上的诗》（台北：耕者出版社，1985）

- 杂文。本书分为 3 辑，共收入文章 36 篇。

—.《旭日》（台北：中央日报出版部，1983）

- 小说。以“文化大革命”的故事为背景。

—.《古老的顺城河》（台北：时报文化，1978）

- 小说。本书共收入小说 7 篇。

—.《抒思集》（台北：中华日报社，1978）

- 杂文。本书分为 3 辑，共收入文章 46 篇。

—.《三度空间》（台北：纯文学出版社，1977）

- 散文。

—.《送给故乡的歌》（台北：纯文学出版社，1976）

- 诗集。共收入长诗 4 首：《幻灭》、《黑鳗》、《冰山下的恋歌》、《送给故乡的歌》。

—.《黎明之前》（香港：龙门出版社，1968；香港：星岛日报出版，1968）

- 小说。全书由 63 个故事组成，描写了作者在中国大陆所过的生活。

175.马中欣（1942- ）

男，生于甘肃兰州，1982 年至今居美，现居洛杉矶、台湾、上海。

—.《三毛之谜》（台北：旗林出版社，2009）

- 杂文。三毛是意外轻生而去，本书深入探讨三毛的个性、爱情与生死。

—.《世界秘境先锋旅行》（广州：广东旅游出版社，2003）

- 游记。马中欣旅行世界 20 年的精彩文稿与百张经典照片。

—.《探险式环球旅行》（西安：西北工业大学出版社，2002）

- 游记。华人自助式探险旅行秘籍，亲身旅行的故事与经验谈。

—.《三毛真相》（北京：西苑出版社，1998；台北：华文网出版社，2000）

- 杂文。作者通过采访得出一些三毛的负面新闻。

—.《冰裸南极》（上海：东方出版中心，1997）

- 游记。本书共收录了作者浪迹亚、欧、非、北美、南美以及南、北极各地的旅行散文 16 篇。

—.《马中欣的旅行与冒险》（台北：稻田出版社，1990）

- 游记。环球旅行过程的经验谈，亲身的旅行故事。

—.《马中欣黑海历险》（台北：方智出版社，1989）

- 游记。环球旅行过程的经验谈——亲身的旅行故事——黑海历险。

—.《天涯历险》（台北：骏马出版社，1987；北京：现代出版社，1995）

- 游记。华人自助旅行秘笈，环球旅行过程的经验谈。

—.《马中欣浪迹天涯》（台北：林白出版社，1985）

- 游记。描写了作者亲身世界各国探险经历，开创全球华人自助旅行之先河，鼓励全球华人深入世界旅行。

176.梅菁（1960s- ）

女，赴美年代不详，现居纽约。

—.《柠檬树之恋》（高雄：红杏出版社，1998）

—.《九月的风》（北京：新华出版社，1996）

177.孟浪（1961- ）

原名孟俊良。男，生于上海，1995年抵美，现居波士顿和香港。

—.《南京路上，两匹奔马》（北京：光明日报出版社，2006）

- 诗集，收入作者1985年至2005年在中国和美国创作的作品。

—.《一个孩子在天上》（香港：紫罗兰书局，2004）

- 诗集，收入作者在美国期间（1997-2005）创作的作品。

—.《连朝霞也是陈腐的》（台北：唐山出版社，1999）

- 诗集，收入作者80年代中至90年代后期作品。

—.《本世纪的一个生者》（桂林：漓江出版社，1988）

- 诗集，收入作者1983年至1987年的作品。

178.孟丝（1935- ）

原名刘秉霞、薛兴霞。女，生于南京，20世纪60年代至今居美，现居新泽西。

—.《漫游沧桑》（北京：燕山出版社，2007）

- 游记。山川景物，历史长河中的悲欢离合、人世沧桑。

—.《情与缘》（纽约：柯捷出版社，2005）

- 收录了作者的12篇中篇小说

—.《枫林坡的日子》（台北：中央日报社，1986）

- 本书写出了转化期的留学生新的婚姻观和人生观。

—.《吴淞夜渡》（台北：三民书局，1970）

- 本书共收入了 7 篇短篇小说。

—.《白亭巷》（台北：仙人掌出版社，1969）

- 本书共收入小说作品 5 篇

—.《生日宴》（台北：文星书局，1967）

179. 孟悟（1969- ）

女，生于重庆，1996 年至今居美。

—.《乔治亚往事》（伊利诺伊州：轻舟出版社，2005）

- 小说。小说的背景是美国的乔治亚州，美国南方的风韵，一群人在乔治亚的往事。

180. 米琴（1950s- ）

女，生于中国，1981 年至今居美。

—.《芳草天涯》（沈阳：春风文艺出版社，1997）

- 小说。本书以插队生活为题材，旨在探讨人与人之间的关系。

181. 木令耆（1933- ）

原名刘年玲。女，生于上海，1947 年至今居美，现居波士顿。

—.《读书拾遗》（香港：明报出版社，2007）

- 从读书而拾获的各种思想经验，以及日后与友人交谈的感受等。

—.《爱的荒谬》（北京：华艺出版社，1997）

- 小说。本书共收入小说作品 11 篇。

—.《边缘人》（香港：三联书店，1987）

- 小说。此集收短篇小说 14 篇，题材大多取自海外华人的生活，揭示海外华人对母土、亲人及祖系文化的复杂感情。

—.《竹林引幻》（武汉：长江文艺出版社，1983）

- 小说。异化嵇康、阮籍的名字，作为主角名字。

182.木心（1927- ）

男，1927年生于浙江乌镇，1982年至2006年居美，现居浙江。

—.《伪所罗门书：不期然而然的个人成长史》（桂林：广西师范大学出版社，2008）

- 散文。本书共分为7辑，收入作者57散文作品。

—.《素履之往》（桂林：广西师范大学出版社，2007）

- 散文。

—.《我纷纷的情欲》（桂林：广西师范大学出版社，2007）

- 诗集。

—.《鱼丽之宴》（桂林：广西师范大学出版社，2007）

- 关于文学的采访录。

—.《哥伦比亚的倒影》（桂林：广西师范大学出版社，2006）

- 散文。

—.《即兴判断》（桂林：广西师范大学出版社，2006）

- 散文。是为生活而沉思，为人生而寻觅。

—.《琼美卡随想录》（桂林：广西师范大学出版社，2006）

- 散文。

—.《温莎墓园日记》（桂林：广西师范大学出版社，2006）

- 散文。

—.《西班牙三棵树》（桂林：广西师范大学出版社，2006）

- 诗集。在曼哈顿上城区白鲸酒吧啜“三棵树”，写长短句，“三棵树”是西班牙产的一种酒 Tres Cepas。

183.木愉（1957- ）

原名黄文泉。男，生于贵州安顺，1989年至今居美。

—.《夜色袭来》（成都：四川文艺出版社，2002）

- 小说。讲述了一个女留学生新婚即赴美留学的故事，她经历了经济和性的双重压迫，三年后终于迎来了丈夫。

—.《“天堂”里的尘世》（成都：西南财经大学出版社，1999）

- 散文。该集子收集了作者发表在各类报刊杂志上的几十篇文章，反映了美国人、美国社会和在美华人的风貌。

184.乃枫（?- ）

本名赵征。男，1986年至今居美，现居洛杉矶。

—.《半个江梅》（北京：文化艺术出版社，2006）

- 小说。两男两女（三个中国人和一个美国人）的故事。

—.《风雨天堂》（北京：文化艺术出版社，2005）

- 小说。两个女人的不同命运。

185.聂崇彬（1957- ）

女，生于上海，2002年至今居美，现居住美国加州硅谷。

—.《行走美国：讲述ABC和CBA的真实故事》（上海：上海画报出版社，2005）

- 小说。中国移民为了融入美国的社会，拼命奋斗；但个人、民族和国家，这不均等的三角关系，给ABC（美国出生华人）和CBA（中国出生华人）带来了文化的冲突、东西方观念的碰撞。

—.《梦寻曼哈顿》（上海：上海画报出版社，2002）

- 散文。勾画艺术家在美国不同形态的奋斗史，描述作者在曼哈顿第五大街上的卖画生涯，及对升斗小民谋生的世态写真。

186.聂华苓（1925- ）

女，生于湖北应山，1964年至今居美，现居爱荷华州。

—.《三生影像》（北京：三联书店，2008）

- 回忆录。讲述自己在国内求学写作、创办杂志，在美国主持作家工作坊的经历。

—.《枫落小楼冷》（南京：江苏文艺出版社，2008）

- 散文。聂华苓用语录体的文字记录下对安格尔逝去后的思念。

—.《桑青与桃红》（太原：北岳文艺出版社，2004）

- 小说。桑青一生经历了抗日战争，离开中国大陆到中国台湾，后来流逐美国。

—.《三生三世》（天津：百花文艺出版社，2004）

- 散文。表达作者思乡之情。

—.《最美丽的颜色：聂华苓自传》（南京：江苏文艺出版社，2000）

- 自传。本书主要是聂华苓自传，还有聂华苓的其他有关著作及报刊文章等。

—.《鹿园情事》（上海：上海文艺出版社，1997）

- 散文。通过对话形式，展现了作者夫妇27年来的相知相爱。

—.《千山外，水长流》（石家庄：河北教育出版社，1996；香港：生活•读书•新知三联书店，1985）。

- 小说。故事开始于二战，一位美国记者与一位中国姑娘相恋，几十年后他们的女儿踏上赴美寻亲的道路。

—.《人景与风景》（西安：陕西人民出版社，1996）

- 杂文。本书分两辑，收录作者自选文章32篇。

—.《珊珊，你在哪儿?》（北京：中国人民大学出版社,1994）

- 合集。本书分为3辑，收录了作者不同类型的作品12篇。

—.《人，在廿世纪》（纽约：八方文化企业公司，1990）

- 散文。共收集了24篇文章，内容描述作者与新朋友之间的交往。

—.《失去的金铃子》（台北：林白出版社，1987；台北：大林出版社，

1980）

- 小说。讲述一个女孩在变化的环境中得到的心理成长。

—.《黑色•黑色•最美丽的颜色》（台北：林白出版社，1986）

- 散文。本书是作者亲自精选的散文集，是作者在生活历程中的留痕、影迹。

—.《爱荷华札记：三十年后》（香港：生活•读书•新知三联书店，1981）

- 札记。作者一家在1978年的夏天回国探亲游览的经过。

—.《台湾轶事：短篇小说集》（北京：北京出版社，1980）

- 本书是作者在台湾（1949～1964）所写的小说，是从那个时期所出版的短篇小说集中选出来的。

—.《一朵小白花》（台北：大林出版社，1980）

- 小说。本书收入了作者赴美前所创作的小说11篇。

—.《梦谷集》（台北：大林书店，1973）

- 合集。本书共收入杂文作品11篇。

187. 宁子（1956- ）

原名周嫒嫒。女，生于南京，1989年至今居美，现居洛杉矶。

—.《灵魂的高度》（加利福尼亚：蔚蓝色出版社，2006）

- 散文。谈的是福音和信仰。

—.《寻觅梦中的微光》（加利福尼亚：蔚蓝色出版社，2006）

- 报告文学。描写海外中国学者由无神论者变为基督徒的心路历程。

—.《寻梦者》（台北：校园书房出版社，1997）

- 报告文学。本书记载了一些海外游子生命的故事，是20世纪的中国人在海外寻梦的真实历史。

—.《心之乡旅》（台北：校园书房出版社，1995）

- 散文。这是一本十分女性化且人性化的散文书。

188.农妇（1922- ）

原名孙淡宁。女，生于上海，1981年至今居美，现居马里兰。

—.《月亮与钟声》（香港：天地图书有限公司，2004）

- 散文。

—.《猴把戏》（香港：天地图书有限公司，2004）

- 散文。

—.《水泡泡》（香港：天地图书有限公司，1996）

- 散文。

—.《草鞋集》（香港：天地图书有限公司，1994）

- 散文。

—.《渔鼓歌》（香港：天地图书有限公司，1992）

- 诗集。本书共收入作者所创诗歌75首。

—.《揉和着书香的浪漫》（香港：天地图书有限公司，1990）

- 散文。农妇移居美国后，既融入当地生活，复缅怀已逝的时光，异国风情与心中块垒交织笔下。

—.《狂涛》（香港：天地图书有限公司，1989；台北：远流出版公司，1989）

- 小说。写的是狂风暴雨、波涛汹涌的大时代。

—.《西风寄语》（香港：天地图书有限公司，1987）

- 散文。是作者这些年的生活感受。

—.《农妇随笔集》（长沙：湖南文艺出版社，1985）

—.《扁担集》（香港：博益出版集团有限公司，1984）

- 散文。记录个人生活片段和感想。

—.《锄头集》（香港：天地图书有限公司，1979；台北：远景出版公司，1979）

- 散文。农妇对事物类似农村老庄稼人的看法，仍然类似握锄头的思维。

—.《犁耙集》（香港：天地图书有限公司，1979；台北：远景出版公司，

1979）

- 散文。

—.《水车集》（香港：天地图书有限公司，1979；台北：远景出版公司，1979）

- 散文。

189.欧外鸥（1911-1995）

原名李宗大。男，生于广东东莞，20世纪80年代至1995年居美，1995年于纽约逝世。

—.《欧外鸥之诗》（广州：花城出版社，1985）

- 诗集。

—.《欧外鸥诗集》（桂林：新大地出版社，1944）

190.欧阳子（1939- ）

原名洪智惠；女，生于日本广岛，1962年至今居美，现居得克萨斯州。

—.《魔女》（广州：花城出版社，2005）

- 小说。剖析爱情心理。

—.《欧阳子自选集》（台北：黎明文化事业公司，1982）

- 本书收入散文11篇、小说8篇以及文学评论6篇。

—.《那长头发的女孩》（台北：文星书店，1967）

- 小说。本书收集了13篇小说，均是作者在台大三年级以后的作品。

191.庞剑（?- ）

男，1993年至今居美，现居底特律。

—.《留学美国的日子》（天津：百花文艺出版社，2003）

- 纪实小说。这是一部反映当代中国留学生在美国求学生涯的纪实小说。

192.裴在美（1955- ）

女，生于台北，高中毕业后至今居美，现居西雅图。

—.《台北的美丽与忧伤》（上海：上海文艺出版社，2006）

- 小说。小说精选集。

—.《下落》（台北：洪范书店，2002）

- 小说。围绕某个女性身心发展的故事。

—.《无可原谅的告白》（台北：联合文学出版社，1994）

- 小说。本书纯以书信完成。

193.彭邦桢（1919- ）

男，生于湖北武汉，1975 年至今居美，现居纽约。

—. 宋颖豪选译：《彭邦桢诗选》（台北：诗艺文出版社，2003）

- 诗集。本书分为 8 部分，收入了作者自 1948 年至 2001 年期间的诗歌创作。

—.《彭邦桢短诗选》（香港：银河出版社，2002）

- 诗集。收录了包括写于 2001 年的《纽约，第五大道之声》在内的 26 首诗作。

—.《彭邦桢文集》（武汉：长江文艺出版社，1993）

- 合集。全集 4 册。第一、二册为诗集的汇编，第三、四册为历年来撰写的评述文章。

—.《清商三辑》（纽约：美国纽约春风出版社，1986；台北：台湾瑞德出版社，1986）

- 诗集。本书是作者自 1975 年初赴美国至 1985 年间的创作，共收入诗作 32 首。

—.《巴黎意象之书》（北京：中国友谊出版公司，1985）

- 诗集。1982 年 9 月作者由纽约去巴黎一游。归来作纪行之诗，陆续写成 10 首，收录于本书之中。

—.《彭邦桢自选集》（台北：黎明文化事业公司，1980）

- 诗集。本书选自作者 1949 年后的作品，其中选 56 首诗、5 篇诗论。

—.《花叫》（台北：华欣文化事业中心，1974）

- 诗集。诗集收录 1960 年到 1973 年的创作。

194.蓬丹（1959- ）

本名游蓬丹。女，生于台北，1980 年至今居美，现居洛杉矶。

—.《每次当我想起他》（加州：美国瀛舟出版社，2003）

- 小说集。分为“星坠”、“弧光”、“浪碎”三轶。

—.《诗书好年华》（加州：长青文化公司，2002）

- 报导文学。记述过去 10 余年在洛杉矶侨社从事文艺工作的历程，展现海外华人亲近母国文化以了解中文、喜爱中文为荣的情怀。

—.《花中岁月》（台北：健行文化出版社，1998）

- 散文。收作品 50 篇，记录生命行旅中，对天地人世的关怀与爱恋。

—.《沿着爱走一段》（台北：汉艺色研，1993）

- 散文。

—.《虹霓心愿》（台北：汉艺色研，1990）

- 散文。本书分为五 5 卷，共收入散文作品 33 篇。

—.《投影，在你的波心》（台北：林白出版社，1989）

- 散文，作者执着于唯真、唯善、唯情、唯美的记录。

—.《失乡》（台北：正中书局，1980）

- 散文、小说。

195.彭圣师（?- ）

男，生于台湾，赴美年代不详，现居夏威夷。

—.《随心集》（台北：世界华文作家，2005）

- 散文。

196.平路（1953- ）

本名路平。女，生于台湾高雄，1975 年至 1989 年居美，现居香港。

—.《读心之书》（长沙：湖南文艺出版社，2005）

- 散文。分为“城市”、“情爱”、“寂寞”、“岁月”等部分，写香港生活、儿时回忆、内心独白和对双亲的刻画。

—.《何日君再来》（台北：印刻出版有限公司，2002）

- 小说。书中平路以传奇人物——邓丽君为主角。

—.《我凝视》（台北：联合文学出版社，2002）

- 散文。

—.《爱情女人》（台北市：联合文学出版社，1998）

- 杂文。

—.《巫婆的七味汤》（台北：联合文学出版社，1998）

- 散文。

—.《百龄笺》（台北：联合文学出版社，1998）

- 小说。每个女人的心事，都是一座秘密的海洋。

—.《女人权力》（台北：联合文学出版社，1998）

- 杂文。

—.《行道天涯：孙中山与宋庆龄的革命与爱情故事》（台北：联合文学出版社，1998）

- 小说。

—.《禁书启示录》（台北：麦田出版股份有限公司，1997）

- 小说。本书分为 3 辑，共收入小说作品 12 篇。

—.《非沙文主义》（台北：唐山出版社，1992）

- 杂文。本书是作者的文化评论作品集，分为 7 辑，共收入文章 53 篇。

—. 张系国，平路：《捕谍人》（台北：洪范书店，1992）

- 小说。实验小说，对于 20 世纪 80 年代末以间谍身份被美国政府逮捕，后遂在狱中自杀的华裔传奇人物金无怠的生死，提出扣人心弦的推论、诠释。

—.《红尘五注》（台北：皇冠出版社，1989）

- 本书分为写实篇和实验篇两部分，共收入小说作品 27 篇。

—.《在世界里游戏》（台北：圆神出版社，1989）

- 杂文。

—.《五印封缄》（台北：圆神出版社，1988）

- 小说集。本书收录了包括平路 1986~1988 年间发表的 5 个短篇小说。

—.《到底是谁聒噪》（台北：合志文化公司，1988）

- 小说。本书共收入小说作品 18 篇。

—.《椿哥》（台北：联经出版公司，1986）

- 小说。这篇小说是半世纪前国共内战大动乱下千万个蜉游般人物悲剧的微卷缩影。

—.《玉米田之死》（台北：联经出版公司，1985）

- 小说集。

197. 钱存训（1909- ）

男，生于江苏泰县，1947 年至今居美，现居芝加哥。

—.《留美杂忆》（台北：传记文学出版社股份有限公司，2007）

- 本书为作者居美 60 年的学术回忆录。

198. 钱歌川（1903-1990）

原名钱慕祖，笔名味橄、秦戈船，主要笔名歌川、钱歌川，自号苦瓜散人，又号次逖。男，生于湖南湘潭，1973 年至 1990 年居美，1990 年于纽约病逝。

—.《钱歌川文集》（沈阳：辽宁大学出版社，1988）

- 合集。本丛书将钱歌川先生的 20 多部作品、300 万言汇集成 4 卷书目。

—.《苦瓜散人自传》（香港：香江出版社，1986）

- 自传。作者借由此书回忆自己的一生。

—.《楚云沧海集》（长沙：湖南人民出版社，1985）

- 散文。本书共收入作者散文作品 47 篇。

—.《三台游赏录》（北京：中国友谊出版公司，1984）

- 散文。

—.《钱歌川散文集：瀛壖消闻录》（北京：中国友谊出版公司，1984）

- 散文。本书共收入散文作品 36 篇。

—.《浪迹烟波录：钱歌川杂文集》（北京：中国友谊出版公司，1983）

- 杂文。本书收入杂文 36 篇，涉猎题材相当广泛。

—.《罕可集》（台北：文星书店，1965）

- 杂文。本书共收入杂文作品 45 篇。

—.《狂瞽集》（台北：文星书店，1964）

- 杂文。本书共收入杂文作品 60 篇。

—.《搔痒的乐趣》（台北：文星书店，1964）

- 合集。本书共收入各式文章 40 篇。

199. 钱宁（1960s- ）

男，生于南京，1989 年至 1995 年居美，现居中国。

—.《留学美国》（南京：江苏文艺出版社，1996）

- 勾勒出 70 年代末期以来中国留学浪潮的历史背景、人数规模和政策变迁，记录下一个个中国留学生不同的经历和真实感受。

200.乔志高（1912-2008）

原名高克毅，男，生于美国密歇根州，2008年于美国佛罗里达州逝世。

—.《恍如昨日》（台北：天地图书有限公司，2003）

- 本书为作者自选集。

—.《一言难尽：我的双语生涯》（台北：联合文学出版社，2000）

- 讲述作者处于两种语言、两种文化间的感悟。

—.《鼠咀集：世纪末在美国》（台北：联合文学出版社，1991）

- 散文，共分6辑，讲述80年代作者在美国的人生经历，通过美国语文写久居海外的华人的心声。

—.《湾区华夏》（香港：中文大学出版社，1988）

- 作者在1950年所作，描写旧金山唐人区的特稿小品。

—.《吐露集》（台北：时报文化出版事业有限公司，1981）

—.《纽约客谈》（台北：文星书店，1964）

- 通讯稿。本书收入了作者留学美国期间所作通讯稿30余篇。

201.秦松（1932-2007）

原名秦维锹，男，生于安徽，1969年至2007年居美，2007年于纽约逝世。

—.《很不风景的人》（香港：三联书店，1985）

- 散文。本书分为3辑，首辑是现代诗味颇浓的小品，中辑写人，末辑是作者对文艺的看法。

—.《无花之树》（北京：中国友谊出版公司，1984）

- 诗集。本书共收入作者诗作61首。

202.秋尘（?- ）

原名陈俊，女，生于江苏南京，20世纪90年代至今居美，现居旧金山。

—.《时差》（北京：中国文联出版社，2004）

- 本书描写了唐氏一家人的生活以及得失和感悟。

203.阙维杭（1960s- ）

笔名沙蒙，远航，男，20世纪60年代生于浙江杭州，20世纪90年代至今居美，现居加州。

—.《在自由的旗号下》（广州：花城出版社，2005）

- 杂文。本书记述当今的美国，透视、聚焦美国社会文化、政治、风俗等各个层面。

—.《美国到底有多美》（北京：中国青年出版社，2004）

- 散文。以亲身感受出发，从新闻角度讲述美国社会和文化。

—.《美国神话》（广州：花城出版社，2002）

- 散文。探讨美国金门大桥的自杀症候群现象及其深层原因。

—.《美国写真》（杭州：浙江教育出版社，2002）

- 文章以随笔和纪实性报道为主，呈现了美国的社会文化、教育等现状及东西方文化的差异。

—.《世纪之吻》（加州：Enlighten Noah 出版社，2002）

- 散文集。作者以新闻工作者的视角探讨美国社会、风俗、政治和环境等不同层面的现象。

—.《美利坚传真》（北京：中国发展出版社，2000）

- 散文集，包括“五颜六色美国人”、“五花八门美国事”、“五彩缤纷美国梦”三部分，记述美国社会的人与事。

204.融融（1950- ）

女，生于上海，1989年至今居美，现居西雅图。

—.《吃一道美国风情菜》（北京：世界知识出版社，2005）

- 散文。通过描述华人作者与美国人在饮食上的差别，把两国文化的碰撞与交融演绎得淋漓尽致。
- 散文。以东方人视角介绍美国食物，从而呈现中美文化的对立和包容。

—. 江月，融融：《我和洋老板的故事》（北京：世界知识出版社，2005）

- 杂文。作者们以切身经历介绍他们对外国老板的认识，从而揭示西方社会的经济文化面貌。

—.《夫妻笔记》（北京：世界知识出版社，2005）

- 小说。描述一对中国夫妻在美国申请绿卡前的情感冲突。

—.《吃到天涯》（北京：世界知识出版社，2004）

- 杂文。这是一本世界各地的中国人关于吃在世界各地的书。

—.《素素的美国恋情》（北京：中国青年出版社，2002）

- 小说女主角素素只身从中国来到美国读书，本书讲述了其生存经历和几乎童话般的爱情故事。

205.塞遥（1971- ）

原名林官宙，男，生于福建，1993 年至今居美，现居纽约。

—.《禁区》（北京：中国文联出版社出版，2008）

- 诗集。收编了自 1999 年底到 2008 年初期间的 100 多首诗歌。

206.沙石（1957- ）

原名吕钜义，男，生于河北邯郸，1985 年至今居美，现居旧金山。

—.《玻璃房子》（石家庄：河北教育出版社，2009）

- 小说。本书收录了包括《玻璃房子》在内的 18 篇中短篇小说。

207.邵丹（1973- ）

女，生于甘肃，1996 年至今居美，现居加州。

—.《美国时间》（武汉：湖北人民出版社，2007）

- 散文集，记录作者在美国生活的所感所想，共有 76 篇作品。

—.《燕燕于飞》（北京：中央编译出版社，2001）

- 散文。收集了早期性灵短篇。

—.《扭转乾坤——硅谷梦工坊》（圣克拉拉：瀛舟出版社，2002）

- 纪实文学。采访硅谷新一代创业华裔。

208.少君（1960- ）

原名钱建军，男，生于北京，1988 年至今居美，现居美国凤凰城。

—.《约会周庄》（成都：成都时代出版社，2006）

- 散文。勾画周庄的历史、景致及人文。

—.《怀念母亲》（成都：成都时代出版社，2006）

- 散文。

—.《食色锦里》（成都：成都时代出版社，2006）

- 杂文。主要从观、品、饮、思四个方面介绍成都的美食和特色风味，英汉对照。

—.《台北素描》（成都：成都时代出版社，2006）

- 散文。以一个普通游客的身份向读者展示了一个全面的台北。

—.《印象成都》（成都：成都时代出版社，2006）

- 随笔。

—.《阅读成都》（成都：成都时代出版社，2005）

- 图文并茂的旅游散文集。

—.《凤凰城闲话》（南京：江苏文艺出版社，2005）

- 散文。收入散文 24 篇，具有“新移民心态”。

—.《洛夫：诗一魔一禅》（北京：中国文化出版公司，2004）

—.《人生自由》（南京：江苏文艺出版社，2003）

- 小说，描写人生百态，试图揭示现代中国人的人性和生命真谛。

—.《漂泊的奥义》（北京：中国戏剧出版社，2003）

—.《少年偷渡犯》（北京：中国青年出版社，2002）

- 纪实作品。呈现中国少年偷渡美国的悲剧生活。

—.《网络情感》（北京：中国群众出版社，2001）

—.《少君文集》（北京：中国文联出版社，2001）

—.《西域东城》（台北：星定石文化出版社，2001）

—.《爱在他乡的季节》（北京：中国文联出版社，2001）

- 散文。

—.《大陆人》（北京：中国文联出版社，2001）

- 小说。描写了中国年轻一代走出国门所呈现的各种行为和心态，揭示出留学生们普遍的人生境况。

—.《网络情感》（北京：群众出版社，2001）

- 散文，小说。书中收录了数十篇小说和散文作品。

—.《未名湖》（北京：中国文联出版社，2001）

- 诗集。都是少君当年就读北京大学时的少作。

—.《新移民》（台北：世茂出版社，2000）

—.《一只脚在天堂》（广州：南方日报出版社，2000）

- 中国当代纪实文学，内容涉及大厨、大陆人、下岗、初恋、开餐馆的老板和维也纳交响曲等方方面面。

—.《人生笔记》（美国：凤凰出版公司，2000）

- 作者对各种文化现象的评析。

—.《一只脚在天堂：在美中国人的人生自由》（广州：南方日报出版社，2000）

- 散文。共收入作者散文 26 篇。

—.《奋斗与平等》（美国：洛城作家出版社，1999）

—.《愿上帝保佑》（美国：洛城作家出版社，1999）

小说集。

—.《大陆留美学生档案》（台北：世华作家出版社，1999）

- 散文纪实作品。

—.《现代启示录》（香港：百姓文化出版公司，1991）

- 散文纪实作品。

209.邵薇（1965- ）

女，生于四川万县，1995年至今居美，现居纽约。

—.《文化鸟：在纽约寻找我》（北京：光明日报出版社，2000）

- 自传，讲述作者在纽约四年的打工、学习经历和爱情感悟。

—.《九歌 女性》（香港：天马图书有限公司，1994）

- 诗集。

210.沈宁（1947- ）

男，生于南京，1983年至今居美。

—.《刀口上的家族：中国现代家族传奇史诗》（北京：新星出版社，2008）

- 传记。讲述陶氏家族的传奇故事，侧面呈现中国的现代历史。

—.《一个家族记忆中的政要名流》（北京：中国青年出版社，2008）

- 传记。讲述陶氏家族及其与政要名流的交往经历。

—.《泪血尘烟》（成都：时代出版社，2006）

- 小说。围绕田家新媳妇姚凤屏的遭遇展开。

—.《百世门风：历史变革中的沈•陶家族》（北京：中国青年出版社，2006）

- 本书以作者祖母的族谱为线索，讲述沈钧儒、陶希圣两大家族的百年历史。

—.《点击美国中小学教育》（武汉：湖北人民出版社，2001）

- 杂文。本书从不同的方面详细地介绍了美国的中小学教育。

—.《“战争地带”：目击美国中小学》（北京：中国华侨出版社，2000）

- 杂文。以美国中小学的教育实践透视美国社会和文化。

—.《美国十五年：我如何闯入美国主流社会》（北京：中国经济出版社，2000）

- 杂文。探索美国的主流社会和生活方式，比较中美文化的差异。

—.《美军教官笔记》（北京：中国电影出版社，2001）

- 纪实文学。本书真实地记录了美军军官的军营生活。

—.《商业眼：美国商界亲历》（北京：光明日报出版社，2000）

- 杂文。讲述作者在美国商界的经历。

211.沈悦（1991- ）

女，生于美国纽约，1991年至2003年居美，现居北京。

—.《一匹无名狼的旅程》（天津：新蕾出版社，2005）

- 少儿读物。13岁的作者讲述的关于人与自然和谐共处的故事；作品围绕一匹没有名字的小狼展开，它在大海、沙漠和森林中经历磨难，后成长为族群领袖。

212.施玮（1963- ）

女，生于上海，1996年至今居美，现住洛杉矶。

—.《歌中雅歌》（广东：珠海出版社，2009）

- 诗集。收录作者各时期的代表作、近10年的诗作和创作谈。

—.《红墙白玉兰》（北京：中国广播电视出版社，2008）

- 小说，分为“红墙”和“白玉兰”上下两篇，通过对人性心理的描写记叙一段情爱恩怨。

—.《放逐伊甸》（北京：中国电影出版社，2007）

- 小说，以《圣经》中人类被逐出伊甸园的故事为参照，描写了北京一群中青年知识分子的生活和内心纠结。

—.《创世纪》（北京：汉语诗歌资料馆，2007）

- 诗剧，描绘《圣经·旧约》中创世七日的故事。

—.《十五年》（北京：汉语诗歌资料馆，2007）

- 诗集。施玮 1992～2007 年短诗选集。

—.《被呼召的灵魂》（北京：汉语诗歌资料馆，2007）

- 作者的长诗及创作经历自选集。

—.《天地的馨香》（西宁：青海人民出版社，2005）

- 诗集，收录有关耶稣基督的诗、散文诗、诗体小说和散文。

—.《生命的长吟》（西宁：青海人民出版社，2005）

- 作者的长诗选集。

—.《银笛》（香港：香港银河出版社，2005）

- 作者的短诗集。

—.《柔若无骨》（呼和浩特：内蒙古人民出版社，1997）

- 小说。围绕中国最后一个状元家族中的三代女人展开，描述了女人在战争年代、“文化大革命”时期以及改革开放时期不同的困惑与情感挣扎。是《柔情无限》的第一版。此书以《柔情无限》再版（北京：中国电影出版社，2003）。

—.《大地上雪浴的女人》（成都：四川大学出版社，1993）

- 诗集。施玮正式出版的第一本诗集。

213.石小克（1957- ）

男，生于四川，1986 年至今居美。

—.《仁者无敌》（北京：中国纺织出版社，2008）

- 小说。断魂山探险故事。

—. 石小克，赵凌芳：《食人鱼事件》（北京：人民文学出版社，2007）

- 小说，以见建国初期为背景，围绕国民党特务的“美人蕉”计划展开。

—.《基因之战》（北京：昆仑出版社，2002）

- 小说，美国加州遭受一种奇怪而不知名的病毒突袭，故事由此展开。

—.《美国公民》（北京：中国戏剧出版社，2001）

- 小说，记叙了中国移民在美国的境遇。

214.施雨（1965- ）

原名林雯，女，生于福州，1989年至今居美，现居达拉斯。

—.《施雨诗选》（纽约：惠特曼出版社，2006）

- 诗集。收录作者近5年发表的诗作。

—.《成长在美国》（天津：新蕾出版社，2005）

- 散文。主要介绍美国公立学校的素质教育，即一种包括了心灵教育、知识积累、智能开发、质量培养等综合的训练。

—.《纽约情人》（天津：百花文艺出版社，2004）

- 小说。记述女医生何小寒留学美国后，在纽约寻找自己的感情归宿，她喜欢温文尔雅的凯文，却发现他是个同性恋者。

—.《双人舞——杨平 / 施雨同题诗》（纽约：柯捷出版社，2004）

- 诗集，收录与台湾诗人杨平写的同题诗38首。

—.《无眠的岸》（纽约：柯捷出版社，2004）

- 诗集。收集作者赴美后的早期诗作。

—.《美国儿子中国娘》（北京：新世界出版社，2003）

- 亲子幽默散文。主要讲述海外留学生子女（即常说的ABC）的成长经历。

—.《美国的一种成长》（天津：百花文艺出版社，2003）

- 散文。集中写美国的人文景观，探讨其成长方式。

—. 王伯庆，施雨：《我家有个小鬼子：中国孩子在美国》（成都：四川人民出版社，2000）

- 散文随笔。以作者孩子在美国的成长经历呈现东西方不同的教育观念。

215.树明（1956- ）

笔名树名、峰竞、也予，男，生于黑龙江双城，1993年至2001年旅居美国、加拿大，现居黑龙江。

—.《槐园》（北京：大众文艺出版社，2000）

- 以主人公故乡的槐园中学为背景展开的感情纠葛，呈现了爱心、事业、金钱、性欲和权力的较量。

—.《旋涡：一个中国人在美国竞选市长的故事》（南京：江苏文艺出版社，2003）

- 小说。一个中餐馆老板酒后发出狂言，因而误打误撞参加市长竞选，由此展开一场激烈拼杀。

—.《邪舞》（南京：江苏文艺出版社，2002）

- 小说。主人公女博士后追求一种开放的生活，迷恋拉丁舞，却由此经历了一幕幕悲剧。

—.《燃烧吧，愤怒与正义》（浙江：博库公司，2002）

- 小说。中国留学生抗议美国轰炸中国大使馆的故事。

—.《暗痛：两个中国男人在美国》（南京：江苏文艺出版社，2001）

- 小说。成功的女人，潦倒的男人，这是留美生涯中的一个真实的角落。

—.《好莱坞的中国女人》（南京：江苏文艺出版社，2001）

- 小说。作品描写3个通过不同方式留美的中国女演员，在进军好莱坞中的种种离奇经历。

—.《寂寞彼岸》（南京：江苏文艺出版社，2001）

- 小说。围绕4个身份不凡的男人在他乡的情爱故事展开。

—.《绿卡的女奴》（南京：江苏文艺出版社，2000）

- 小说。高干女儿徐春影，为转移握有实权的丈夫所敛的财富，在随团访美时只身出走。

216.舒琴（1940- ）

原名王尚勤，笔名舒琴、心影、女，生于中国，1964年至今居美，现居波士顿。

—.《李敖为谁哭泣》（台北：帝国文化出版社，2005）

- 作者以李敖情人的身份推出的散文集，包含李敖的情书。

—.《四十年来云和月》（纽约：柯捷出版社，2005）

- 内容与《李敖为谁哭泣》相仿，少了李敖的情书，多了作者有关人生行旅的文章。

—.《海外的中国人》（北京：中国友谊出版社，1995）

- 散文。收集作者到美国后20年以来所发表过的40篇短文。

—.《王尚义和他所处的时代》（台北：水牛图书出版事业有限公司，1995）

- 回忆录。

217.水晶（1935- ）

本名杨沂，男，生于江苏南通，1968年至今居美，现居洛杉矶。

—.《黄绒虎与西门町》（台北：大地出版社，2000）

- 小说散文合集。

—.《说凉》（台北：三民书局，1995）

- 散文。空间涵盖美国、中国台湾、中国大陆等地。

—.《五四与荷拉司》（香港：三联书店，1987）

- 散文集，收录作者近作20篇。

—.《钟》（台北：三民书局，1973）

- 小说。本书共收入小说作品3部。

—.《青色的蚱蜢》（台北：文星书店，1967）

- 小说集。收录作者在1961～1966年间创作的短篇小说10篇。

218.思果（1918-2004）

本名蔡濯堂，又名蔡思果，笔名思果、方济各、方纪各、挫堂，男，生于江苏镇江，1971 年至 2004 年居美，2004 年于北卡罗来纳州夏洛蒂逝世。

—.《尘网内外》（昆明：云南人民出版社，1999）

- 散文。

—.《如此人间》（沈阳：辽宁教育出版社，1999）

- 杂文。

—.《香港之秋》（台北：大地出版社，1997）

- 散文。本书是作者回港两年多所写散文的结集。

219.思理（1948- ）

原名沈丽华，女，生于台湾基隆，1973 年至今居美。

—.《思理极短篇》（台北：尔雅出版社，1993）

- 小说。收集 41 篇微型小说。

220.宋琳（1965- ）

笔名依娃，女，生于陕西富平，1993 年至今居美，现居麻省。

—.《过日子的感觉》（纽约：柯捷出版社，2009）

- 散文。以作者日常生活为主，写所见所思所感，也有对儿女家庭的描述记录。

—.《锅盔，煎饼，石子馍》（纽约：柯捷出版社，2008）

- 散文。以作者童年乡村生活回忆为主，描写了 20 世纪六七十年代关中农民的苦难生活和父母亲人的境遇。

221.宋晓亮（1946- ）

女，生于山东文登，1986 年至今居美，现居印第安纳州。

—.《梦想与噩梦的撕扯》（北京：中国友谊出版公司，1999）

- 小说。女主人公孟皓月与 4 个男人的情感厮杀。

—.《切割痛苦》（北京：华夏出版社，1997）

- 小说，讲述一个出身卑微、顽强不息的母亲对留学美国的儿子的爱，呈现了东西方截然不同的情爱体验。

—.《涌进新大陆》（济南：山东友谊出版社，1994）

- 小说。描写了中国的新移民在美国的生与死。

222.苏晓康（1949- ）

男，生于浙江杭州，1989 年至今居美，现居新泽西州。

—.《离魂历劫自序》（台北：时报文化出版企业股份有限公司，1997）

- 杂文。内容为作者之妻傅莉车祸重伤至渐次复还的过程。

—.《自由备忘录：苏晓康报告文学精选》（香港：三联书店，1989）

- 报告文学。本书收 6 篇苏晓康自选的报告文学代表作及 4 篇冰心等人的有关评论。

223.苏炜（1953- ）

男，笔名阿苍，生于广州，1982 年至今居美，现居康州纽黑文。

—.《米调》（广州：花城出版社，2007）

- 小说。讲述主人公数十年极具戏剧性而荒诞的人生故事，穿插大量人类学、考古学和地理学等领域的知识。

—.《迷谷》（北京：作家出版社，2006）

- 小说。侧面讨论了人与自然、情欲与社会、偶然与必然等话题。

—.《独自面对》（上海：三联书店，2003）

- 文化、思想随笔。谈及作者两次在欧洲大陆的漫游经历。

—.《西洋镜语》（杭州：浙江文艺出版社，1988）

- 杂文。本书是作者留美期间作为远行人、异乡客的所感所想，共收入文章 17 篇。

—.《远行人》（北京：十月文艺出版社，1988）

- 合集。本书共收入小说 5 篇、散文 4 篇。

224.穗青（1953- ）

原名余家骅，男，生于广州，1980 年至今居美，现居旧金山。

—.《金山有约》（香港：科华图书出版公司，2003）

- 小说。以旧金山为背景，再现了 20 世纪七十至九十年代初华人社会的现实生活。

—.《佳丽移民记》（北京：华夏出版社，2000）

- 小说。讲述三位来自中国大陆、中国香港和中国台湾的佳丽在美国的人生遭遇，呈现华人移民女性淘金美梦背后的辛酸。

225.孙康宜（1944- ）

女，1944 年生于北京，1968 年至今居美，现居康涅狄格州。

—.《我看美国精神》（北京：中国人民大学出版社，2007）

- 杂文，是作者在近 40 年移民生涯中，透过美国社会的多变表象而对美国精神进行的思索。

—.《把苦难收入行囊》（上海：三联书店，2002）

- 回忆录。这本书所记录的大多是半个世纪以来，作者自己家人和某些亲戚、师长、朋友们所经历的真实故事。

—.《耶鲁潜学集》（西安：陕西师范大学出版社，1998）

- 散文。本书收录的，主要为作者在耶鲁执教十余年间，在学问及生活的心得及体察。

226.唐德刚（1920-2009）

男，生于安徽合肥，1948年至2009年居美，2009年逝世于旧金山。

—.《五十年代的尘埃》（北京：中国工人出版社，2008）

- 精选了作者20世纪五十年代在纽约发表的部分文章。

—.《战争与爱情》（上海：华东师范大学出版社，1999）

- 小说。以中美关系“正常化”为时代背景，讲述一个在美求学、事业有成的大学教授的人生经历。

—.《书缘与人缘》（台北：传记文学出版社，1991）

- 散文。

227.唐述后（1940 - ）

女，生于台湾，赴美年代不详，现居乔治亚城。

—.《奇幻人间》

228.唐文标（1936-1985）

男，生于广东开平，1957年至1972年居美，1985年于台湾逝世。

—.《唐文标散文集》（台北：时代文化出版事业有限公司，1984）

- 散文。本书分为3部分，共收入散文作品30余篇。

—.《快乐就是文化》（台北：远行出版社，1977）

- 杂文。

—.《天国不是我们的》（台北：联经出版社，1976）

- 杂文。共收入杂文12篇。

—.《唐文标碎杂》（香港：远景出版有限公司，1976）

- 杂文。

—.《平原极目》（台北：环宇出版社，1973）

- 杂文。收入作者作品20篇。

229.唐颖（1955- ）

女，生于浙江镇海，2003 年至 2008 年居美，现居上海。

—.《初夜》（上海：上海文艺出版社，2007）

- 小说。通过女主人公曲折的情感历程展示了这一代女性的生命成长。

—.《红颜：我的上海》（上海：上海文艺出版社，2006）

- 小说。

—.《瞬间之旅：我的东南亚》（上海：上海文艺出版社，2006）

- 小说。主要收入唐颖的以东南亚为背景的小说 4 篇。

—.《阿飞街女生》（昆明：云南人民出版社，2003）

- 小说，围绕从阿飞街走出的女孩展开，记叙了他们往来于美国和上海间的成长历程。

—.《无爱的上海》（台北：九歌出版社，2002）

- 小说。

—.《纯色的色拉》（上海：上海文艺出版社，2001）

- 小说。描述了当代都市青年复杂的情爱、恩怨纠葛。

—.《多情一代男》（北京：作家出版社，2001）

- 小说。描写了女大学生与帅气公子若即若离的微妙感情。

—.《无性伴侣》（北京：作家出版社，2001）

- 小说。以一座物欲横流的城市为背景，描写了一班无拘无束有爱有恨的性感女郎的生活。

—.《丽人公寓》（上海：上海书店出版社，1998）

- 小说。本书共收录唐颖 4 篇以上海为背景的中篇小说。

—.《美国来的妻子》（上海：远东出版社，1995）

- 小说。主人公远程从美国回到上海，为的是和丈夫离婚，故事由此展开。

230.陶怡（1950s- ）

本名屠颖颖，女，20世纪50年代生于上海，1989年至今居美，现居达拉斯。

—.《咪咪心事：一个美国出生的中国小姑娘的悄悄话》（上海：少年儿童出版社，2004）

- 小说。以新型移民家庭为背景，描写了生长在美国的中国女孩咪咪所面对的双重文化压力。

231.田晓菲（1971- ）

笔名宇文秋水，女，生于天津，1989年至今居美，现居波士顿。

—.《赭城》（南京：江苏人民出版社，2006）

- 游记。作者把对西班牙南部历史名城“赭城”的游历变成了一次进入历史与文化的深层文本旅行。

—.《生活的单行道》（天津：百花文艺出版社，1993）

- 散文。收入《十三岁的际遇》、《童年琐记》、《生活的单行道》等40余篇。

—.《爱之歌：田晓菲10-16岁诗作选》（北京：中国国际广播出版社，1988）

- 诗集。收入了作者10岁至16岁期间创作的佳作。

—.《一个少女成才的足迹：田晓菲日记选》（北京：中国少年儿童出版社，1987）

- 日记。

—.《快乐的小星》（北京：文化艺术出版社，1985）

- 诗集。本书分为4部分，共收入诗歌作品120余篇。

—.《绿叶上的小诗》（天津：新蕾出版社，1982）

- 诗集。本书是作者在不足10岁的时候出版的第一本诗集。

232.王丹（1969- ）

男，生于北京，1998年至2009年居美，现居台湾。

—.《我清醒的时候是你的深夜》（香港：明报出版社，2010）

- 收入5章内容，包括“祖孙情”、“怀逝情”、“说心情”、“英国居”和“记哈佛”5部分。

—.《理想主义的年代——我的政治轨迹》（台北：允晨文化，2010）

- 收录文章是作者对近年犬儒主义和经济决定论等中国新的主流价值的回应。

—.《在夜雨中素描》（台北：九歌出版社，2008）

- 诗集。由作者近几年在报刊上发表的新作集结而成。

—.《王丹看美国的人文与自由》（台北：九歌出版社，2007）

- 散文。

—.《我听见雨声》（台北：大田出版有限公司，2005）

- 散文集。文章取自作者博客内容。

—.《我异乡人的身份逐渐清晰》（台北：大块文化出版股份有限公司，2003）

- 杂文。

—.《我与深夜一起清醒》（台北：大块文化出版股份有限公司，2003）

- 诗集。本诗集收录王丹的诗作40余首。

—.《在梵谷的星空下沉思》（台北：大田出版社，2003）

- 散文。

—.《不确定的时代》（香港：明窗出版社，2002）

- 《明周》丛书系列。包含作者对时代和人生的思索。

—.《穿行在潮湿的记忆中》（香港：明窗出版社，2001）

- 杂文。记叙作者在哈佛校园对自身成长的回忆。

—.《我在哈佛的日子》（香港：明报出版社，2000）

- 散文。由作者在《明周》发表的专栏作品集结而成。

—.《我在寒冷中独行：王丹狱中诗》（台北：九歌出版社，2000）

- 诗集。收录作者在狱中的50首诗。

—.《丹程路》（香港：壹出版，1999）

- 本书写于作者以“保外就医”之名被放逐美国后的一年，以日记形式，记述 1998 年抵美后的新生活。

—.《听风随笔》（香港：田园书屋，1999）

- 诗集。以文学的笔触表达了作者风雨历程的切身体会。

—.《王丹狱中家书》（加拿大：明镜出版社，1999）

- 书信。本书为王丹第二次入狱（1996 年 11 月 21 日至 1998 年 4 月 13 日）期间写给家人的信。

—.《我的青春岁月》（香港：明报出版社，1999）

- 杂文。辑录《明报周刊》及《明报月刊》作者的专栏文章。

—.《王丹狱中回忆录》（台北：新新闻文化事业股份有限公司，1997）

- 回忆录。

233. 王德威（1954- ）

男，生于台湾，1976 年至 1982 年、1986 年至今居美，现居马萨诸塞州。

—.《王德威精选集》（台北：九歌出版社，2007）

- 散文。本书收录王德威对文学与城市的观察，依台北、香港、上海、北京不同城市区分为 4 辑，细腻描绘城市与文学的关联与脉动。

234. 王鼎钧（1925- ）

男，生于山东临沂，1978 年至今居美，现居纽约。

—.《文学江湖》（台北：尔雅出版社，2009）

- 作者的第 4 本回忆录，记叙 1949 年到 1978 年的近 30 年时光。

—.《一方阳光》（南京：江苏文艺出版社，2009）

- 散文。包括“碎琉璃”、“情人眼”、“沧海珠”和“捕蝶手”4辑。

—.《黑暗圣经》（台北：尔雅出版社，2008）

- 描绘时态丑相，旨在提醒好人免于受骗。

—.《开放的人生》（北京：国际文化出版公司，2007）

- 散文集。阐述了做人的基本修养。

—.《人生试金石》（北京：国际文化出版公司，2007）

- 散文集。讲述父母和师长忽略的或不便说破的人生道理。

—.《葡萄熟了》（台北：大地出版社，2006）

- 收录作者近年发表的散文百余篇，包括“未晚随笔”、“生命长河”、“光阴分享”、“案头人物”和“艺文感应”5辑。

—.《开山夺路》（台北：尔雅出版社，2005）

- 以国共内战为背景，记叙了战争年代的个人遭遇。

—.《怒目少年》（台北：尔雅出版社，2005）

- 记叙了作者流亡的学生时代。

—.《情人眼》（济南：山东画报出版社，2005）

- 散文。

—.《风雨阴晴：王鼎钧散文精品选》（济南：山东文艺出版社，2004年）

- 散文。这本《风雨阴晴》所收王鼎钧散文，时间跨度半个多世界，有的作品还是第一次收入文集。

—.《山里山外》（台北：尔雅出版社，2003）

- 以抗战时期为背景，展现大时代下流亡学生的感怀、理念和抱负。

—.《意识流》（台北：尔雅出版社，2003）

- 感性的抒情散文。全书没有一个标点符号，从恋爱故事引出人生哲理。

—.《碎琉璃》（台北：尔雅出版社，2002）

- 以怀旧的笔调，将对个人的观察置于时代的大观点下，小中见大。

—.《我们现代人》（台北：尔雅出版社，2002）

- 讨论了现代人在经过学校和家庭的锻造后，迈入社会面临的问题。

—.《壮志凌云》（台北：麦田出版社，2002）

- 2001 年 4 月 1 日，一架美军电子侦察机与中国战斗机相撞，此书围绕由此引发的外交僵局展开。

—.《沧海几颗珠》（台北：尔雅出版社，2000）

- 随笔。包含作者对文学的看法及对社会现实的新观察。

—.《讲理》（台北：大地出版社，2000）

- 记述作者从生活中得出的情与理。

—.《昨天的云》（北京：中国工人出版社，2000）

- 回忆录。记述了作者少年时期在家乡的生活就经历。

—.《千手捕蝶》（台北：尔雅出版社，1999）

- 散文集。

—.《心灵与宗教信仰》（台北：尔雅出版社，1998）

- 本书专门讨论宗教经验和心灵修养，将《心灵分享》中 4 篇与宗教信仰无关的文章加以替换而成。

—.《心灵分享》（台北：尔雅出版社，1998）

- 记述作者的信仰历程，评议儒、释、耶、道四家学问。

—.《有诗》（台北：尔雅出版社，1999）

- 诗集。

—.《随缘破密》（台北：尔雅出版社，1997）

- 作者援古论今，对人生的黑暗面进行剖析。

—.《大气游虹》（北京：中国友谊出版公司，1994）

- 散文。海外华人半个多世纪怀乡的心态。

—.《灵感》（台北：尔雅出版社，1993）

—.《单身温度》（台北：尔雅出版社，1988）

- 本书共有 12 个短篇小说。

—.《左心房漩涡》（台北：尔雅出版社，1988）

- 记叙作者 40 年来漂泊他乡的人生际遇。

—.《看不透的城市》（台北：尔雅出版社，1984）

- 描写美国纽约市的人生百态，展现海外华人在两种文化的夹缝下心态的改变。

—.《海水天涯中国人》（台北：尔雅出版社，1982）
—.《王鼎钧自选集》（台北：黎明文化事业公司，1975）
- 合集。本书收录了作者30年来的作品精粹，选入散文17篇、小说7篇、文艺评论8篇。

—.《长短调》（台北：文星书店，1965）
- 杂文。本书共收入杂文作品64篇。

—.《人生观察》（台北：文星书店，1965）
- 杂文。本书收入杂文作品81篇。

235. 王福东（1956- ）

男，生于台湾，1983年至1991年居美，现居台南。

—.《煮字集：作为一个台湾画家》（台北：雄狮图画股份有限公司，1991）
- 杂文。作者在旅美期间对台湾艺坛种种现象的剖析。

—.《苏活冥想曲》（台北：雄狮图画股份有限公司，1987）
- 本书是王福东的诗、画、报导艺术结集。

236. 王宏辰（1955- ）

男，生于北京，1992年至今居美，现居麻州牛顿镇。

—.《你到美国干什么来？》（北京：中国长安出版社，2004）
- 散文。80篇文章，内容包括文艺评论、文化反思、域外识人议事、忆往追思等。

237. 王俭美（1957- ）

男，生于浙江温州，1992年至今居美，现居洛杉矶。

—.《洛杉矶女孩和她的创业老爸》（上海：上海文艺出版社，2002）
- 散文。表现两代人看美国的“双重视野”、“夹心人心理”，以及穿梭于美中两地的角色大置换。

—.《我和遥遥在美国》（北京：中国作家出版社，1998）

- 散文。反映了旅美华人的现实生活。

238. 王克难（1937- ）

笔名素之，女，生于江苏常州，1958年至今居美，现居洛杉矶。

—.《诺言树》（台北：健行文化出版事业有限公司，1999）

- 共分5辑，前四辑为散文，最后一辑是小说。记叙作者在美国生活的见闻，展现旅美留学生受双重文化冲击下的亲情关系。

—.《雾里的女人》（石家庄：河北教育出版社，1995）

- 散文。描写中国知识分子在美国的生活故事。

—.《生日礼物》（台北：健行文化出版事业有限公司，1993）

- 散文集。

—.《离乡的孩子》（台北：中华书局，1979）

- 小说。围绕一个离乡背井、赴美生活的少年展开。

239. 王露秋（1970- ）

女，生于黑龙江，1991年至今居美，现居洛杉矶。

—.《我的飞天》（加利福尼亚：新大陆诗刊，1997）

- 诗集。收作者诗作49首。

240. 王蕤（1970s- ）

女，生于北京，1992年至2000年居美，现居北京、上海、香港、旧金山。

—.《跑步进入中产阶级》（北京：十月文艺出版社，2006）

- 小说。以时尚、潮流以及大都市生活为背景，刻画了一群前卫而时尚的人物，展现东西方文化的碰撞。

—.《闯入美国主流：巧打英语牌 》（北京：十月文艺出版社，2004）

- 杂文。

—.《俗不可耐》（上海：上海文化出版社，2001）

- 小说。刻画了一群20多岁的新生代人物，对现有价值观提出挑战。

—.《哈佛情人》（北京：文化艺术出版社，2000）

- 小说。讲述女主人公在哈佛大学与一位年轻教授相识、相爱而最终分手的故事。

—.《从北京到加州：一个中国女孩的东西方历程》（北京：中国社会出版社，1999）

- 散文。记述了作者在美国的留学和闯荡生涯。

241. 王瑞芸（1958- ）

女，生于江苏无锡，1988年至今居美，2006年至2008年居四川，现居加州。

—.《戈登医生》（南宁：广西人民出版社，2004）

- 小说。呈现了在海外奋斗数十年后的华人的内心世界，对其精神层面进行剖析。

—.《美国浮世绘》（上海：三联书店，2002）

- 小说。刻画了美国、美国人和美国生活，探索在种族、国家和文化之外的基本人生。

242. 王微（1974- ）

男，生于福州，1993年至2002年居美，现居上海。

—.《等待夏天》（沈阳：万卷出版公司，2009）

- 留学生题材的小说。讲述的是一群中国孩子，不复当初纽约北京人的艰难沉重，以自己的方式漂游在美国。

243.王小平（1956- ）

女，生于北京，1990年至今居美。

—.《红色童话》（上海：上海文艺出版社，2006）

- 小说。以“文化大革命”时期为背景，讲述了3个中国孩子在美国的成长经历。

—.《刮痧》（北京：现代出版社，2001）

- 小说。“刮痧”是中医的传统疗法，但在美国人眼中却是暴力行为，本书借此探讨了中西文化的巨大差异和强烈冲突。

—.《白色圣诞》（北京：作家出版社，1998）

- 小说。三位移民女主人公怀着对异国情调的向往移民到美国，各自有着不同的遭遇。

—.《金戒指》（北京：十月文艺出版社，1989）

- 中篇小说集。

244.王性初（1939- ）

男，生于福建福州，1989年至今居美，现居旧金山。

—.《心的版图》（北京：中国作家出版社，2006）

- 诗集。内容多为作者近年所写的关乎心的诗。

—.《孤之旅》（香港：中国文化出版有限公司，2005）

- 诗集。本书是作者的心路历程。

—.《蝶殇》（旧金山：北极光出版社，2002）

- 散文集。书写了作者的童年和故乡、中年的漂泊、生活琐事及文化差异。

—.《王性初短诗选》（香港：银河出版社，2002）

- 诗集。本书为作者的中英对照诗集。

—.《月亮的青春期》（台北：文史哲出版社，1998）

- 诗集。作者赴美前10年诗作的结集。

—.《独木舟》（北京：中国文联出版公司，1988）

- 本书是作者步入诗坛的头一个10年的总结。

245.汪洋（1972- ）

女，生于贵州遵义，2006年至今定居美国，现居洛杉矶。

—.《永不放弃自己》（北京：北京出版社，2008）

- 自传。

—.《在疼痛中奔跑》（北京：十月文艺出版社，2006）

- 小说围绕20世纪70年代出生的年轻女性展开，讲述了三个情同手足的朋友身体和心灵的成长，以及与命运的抗争。

—.《暗香》（北京：作家出版社，2004）

- 小说。大学校园里成人学生的爱情故事。

246.王渝（1939- ）

笔名夏云，女，生于台湾，20世纪60年代至今居美，现居纽约。

—. 王渝，许达然，张错，非马：《四人集》（北京：中国友谊出版公司，1985）

- 诗集。本书收录王渝诗作22首、许达然诗作22首、张错诗作24首，以及非马诗作19首。

247.王雨谷（1950s-2006）

笔名陈力，男，20世纪50年代生于湖北谷城，1987年至2006年居美，2006年于纽约逝世。

—.《酿蜜的时代》（昆明：云南人民出版社，1981）

- 诗集。

—.《彩霞湖上》（昆明：云南人民出版社，1975）

248. 王正军（?- ）

笔名衷心，女，生于中国，1984年至今居美，现居新英格兰。

—.《哈佛之恋》（北京：中国华侨出版社，2004）

- 小说。以哈佛大学和中国科学院中关村为背景，阐述了中美之间，两代学人间的跨国爱情故事。

249. 王智（1950s- ）

女，20世纪50年代生于上海，1986年至今居美，现居马里兰。

—.《扫描美利坚》（重庆：重庆出版社，2008）

- 散文。本书以全新视角审视美国世情，其旅途散见体现了美国的别致风情。

250. 吴崇兰（1923- ）

笔名蓝天、素心兰、棕蓝、小兰、女，生于江苏宜兴，20世纪50年代至今居美，现居马里兰。

—.《美国结》（北京：中国友谊出版公司，1999）

—.《柔情世界》（北京：中国友谊出版公司，1997）

—.《移民泪》（北京：中国文联出版公司，1994）

- 小说。本书包括10多个中篇小说，有移民的故事，有美国人的故事。

—.《逝水悠悠》（北京：中国文联出版公司，1992）

—.《不信青春唤不回》（台北：正中书局，1992）

- 散文。本书分为3辑，共收入散文作品59篇。

—.《渡人》（台北：正中出版社，1977）

- 小说。本书讲述了一个渡船人家两个女儿的爱情故事。

—.《二哥吴南如》（台北：中外图书出版社，1977）

- 本书是作者为其二哥吴南如写的传记类文学。

—.《斜角的故事》（台北：皇冠杂志社，1974）

- 小说。

251.伍可娉（?- ）

笔名小草，女，生于广东台山，1982年至今居美，现居旧金山。

—.《金山伯的女人》（Matawan，NJ：Joray Publications LLC，2007）

- 首部反映台山侨胞移民美国的长篇小说，讲述一部与亲人分离的血泪史。

252.吴玲瑶（1950s- ）

女，20世纪50年代生于台湾金门，1977年至今居美，现居加州硅谷。

—.《生活麻辣烫》（台湾：米乐文化出版社，2006）

- 讲述自嘲的智慧，提倡包容的胸襟和幽默感。

—.《幽默伊甸》（台湾：联经出版公司，2005）

- 从日常生活角度讲述智慧和幽默的巨大效力。

—.《生活放轻松》（北京：金城出版社，2005）

- 散文。记作者的旅游见闻和回国感受，讲述快乐人生哲学。

—.《婚前 婚后》（北京：金城出版社，2005）

- 散文。以幽默笔触探讨爱情和婚姻。

—.《用幽默来拉皮》（台北：月升文化事业有限公司，2004）

- 散文。传授中年人幽默和快乐的智慧。

—.《幽默百分百》（台北：跃升文化事业有限公司，2003）

—.《美国孩子中国娘》（台北：跃升文化事业有限公司，2001）

- 以幽默笔触，从日常生活角度呈现美华两代人间的观念异同。

—.《Easy生活放轻松》（台北：健行文化出版事业有限公司，2001）

- 以“生活”、“工作”、“闲情”和“两性”为切入点开导生活。

—.《说男道女》（杭州：浙江文艺出版社，2000）

- 散文。本书收录94篇散文。

—.《幽默男女》（成都：四川人民出版社，2000）

- 散文。共收录了92篇作品。

—.《请幽默来证婚》（台北：方智出版社，2000）

- 作者探讨了如何以幽默化解婚姻中的危机。

—.《斗智斗趣酷小子》（台北：方智出版社，1999）

- 呈现孩子的世界，探讨两代人间如何沟通。

—.《笑谈红尘爱》（昆明：云南人民出版社，1999）

- 散文。本书共收入散文作品89篇。

—.《好莱坞比佛利传奇》（贵阳：贵州人民出版社，1998）

- 美国社会与文化丛书系列之一。

—.《幽默人生》（西安：陕西人民出版社，1998）

—.《幽默酷小子》（台北：方智出版社，1998）

- 此书旨在启发、帮助大人了解孩子。

—.《爱你爱得很幽默》（台北：方智出版社，1996）

—.《做个快乐的女人》（台北：跃升文化事业有限公司，1996）

- 探讨如何做个快乐女人

—.《幽默心情》（台北：跃升文化事业有限公司，1996）

—.《家庭幽默大师》（台北：跃升文化事业有限公司，1996）

- 散文。玲瑶被称为“现代主妇的代言人”。

—.《孩子的幽默》（台湾：建兴出版社，1995）

—.《做个幽默的女人》（台北：跃升文化事业有限公司，1995）

- 讲述如何聪明地将巧妇、妻子和母亲的角色熔于一炉。

—.《妈咪爱说笑》（台北：文经社，1994）

- 散文。以幽默的笔触刻画众生，从一个母亲的视角观察男女、夫妻和青年。

—.《幽默女人心》（台北：跃升文化事业有限公司，1993）

—.《女人Love幽默》（台北：文经阁出版社，1992）

- 以三代亲自的中西文化差异为背景，讲述女人的幽默。

—.《谁说女人不幽默》（台湾：一苇，1991）

—.《女人的乐趣》（台北：跃升文化事业有限公司，1990）

—.《女人的幽默》（台北：跃升文化事业有限公司，1990）

- 收录小品文百余篇，包括“吴玲瑶：女人的幽默”和“陈汉平：爱与幽默”两部分。

—.《化外集》（台北：希代书版有限公司，1987）

- 散文。本书分为4卷，共收入作者散文作品53篇。

—.《女人难为》（台北：希代出版社，1986）

—.《洛城随笔》（台北：星光出版社，1986）

253.吴鲁芹（1918-1983）

字鸿藻，男，生于上海，1962年至1983年居美，1983年于旧金山逝世。

—.《英美十六家》（上海：上海书店出版社，2009）

- 收录作者对英美16位作家的介绍或访问。

—.《低调浅弹：瞎三话四集》（台北：九歌出版社，2006）

- 散文。

—.《师友·文章》（台北：传记文学出版社，1985）

- 散文集。是作者为纪念恩师陈通伯先生、章沧清先生和好友夏济安所写的文字。

—.《暮云集》（台北：洪范书局，1984）

- 散文集。收录作者1982年元月至1983年7月间写下的散文。

—.《文人相重》（台北：洪范书局，1983）

- 散文集。描述作家与编辑的友情。

—.《台北一月和》（台北：联合报社，1983）

- 散文集。记叙作者在返台一月内的琐事，涵盖他对人生的认识。

—.《余年集》（台北：洪范书局，1982）

- 作者公职退休后后的第一本散文集。

—.《瞎三话四集》（台北：九歌出版社，1979）

- 杂文。分为“无法分类的梦呓与杂感”、“谈书·论文”、“谈旧事”和“谈戏”4辑，体现了作者的人生智慧。

—.《鸡尾酒会及其他》（台北：传记文学出版社，1975）

- 散文集。共收作品14篇，表现了作者对生活琐事的入微观察。

—.《文人与无行》（台北：大林出版社，1973）

- 杂文。共收入杂文作品16篇。

—.《美国去来》（台北：中兴文学出版社，1953）

- 散文。以一个外国人的视角，介绍了作者视野所及的美国社会的诸多方面。

254. 吴琦幸（1953- ）

男，生于中国，1989年至1996年居美，现居上海。

—.《神秘的死亡谷》（上海：上海书店出版社，2007）

- 旅游指南。

—.《淘金路上》（上海：上海古籍出版社，2003）

- 记叙作者重走150年前美国西部华人淘金之路的感慨。

—.《在地球的那一边：我在美国当记者》（上海：上海人民出版社，2003）

- 记载了作者在美国的10年记者生涯中，对美国社会、文化的观察与思考。

—.《海外奇冤：一个中国女性在拉斯维加斯》（上海：学林出版社，1998）

- 报导文学。

—.《洛杉矶报导：轰动美国华人社会的5大要案》（上海：华东师范大学出版社，1998）

- 记叙作者所做采访中，最令其感动震惊的5个社会案件。

—.《海外孽缘：洛杉矶纪然冰命案始末》（海口：南海出版公司，1996）

- 记叙了洛杉矶一桩震惊华人世界的婚外情、双尸案。

255.吴瑞卿（1952- ）

女，生于香港，1983年至今居美，现居美国西岸湾区。

—.《食乐有文化》（香港：商务印书馆，2006）

- 散文。透过饮食文字展现历史、人物、情感、地域风情，旁征博引古今饮食书籍精粹，分享古今老饕的心得。

—.《此心安处是吾家》（西安：太白文艺出版社，2000）

- 散文。

—.《没有天使的天使岛》（石家庄：河北教育出版社，1995）

- 天使岛（Angel Island）位于旧金山海湾，20世纪初的排华时期，所有华裔移民必须在这里接受屈辱性审查和拘押后才得以进入美国。

—.《但愿人长久》（香港：香江出版公司，1994）

- 散文。本书共收散文作品114篇，是一个海外游子的心路历程。

—.《讲古讲食》（香港：博益出版集团有限公司，1984）

- 杂文。细说中国名菜、传统食品的起源，也谈中国历代相传的饮食智慧。

256.伍郁仕（1931- ）

男，生于广东台山，1993年至今居美，现居旧金山。

—.《异国心声》（香港：华夏出版社，2007）

- 合集。本书为作者的书法诗联作品集。

257.夏济安（?-1965）

男，生于上海浦东，1959年至1965年居美，1965年逝世于美国奥克兰。

—.《夏济安日记》（台北：时报文化出版公司，1989）

- 收录作者1946年1月到9月的日记，记叙了爱情、亲情和友情，代表了一代学人的心路历程。

—.《夏济安选集》（台北：志文出版社，1971）

- 合集。本书包括文学评论、小说与诗、集外和附录4部分，收录作品约20篇。

258.夏小舟（1956- ）

女，生于于湖南南县，20世纪90年代至今居美，现居华盛顿。

—.《我在美国的流浪生涯》（广州：花城出版社，2004）

- 散文。描写男女情爱世界的方方面面。

—.《爱要说出来》（郑州：河南人民出版社，2000）

- 有关男女间故事的散文叙事书。写出了作者在中、日、美三国生活中接触到的情感故事。

—.《在海一方 》（郑州：河南人民出版社，1999）

- 散文集。收录作者94篇文章。

—.《遥远的歌》（台北：三民书局股份有限公司，1998）

- 小说。以男女的情爱人生为主题。

259.夏志清（1921- ）

男，生于上海浦东，1948年至今居美，现居纽约。

—.《岁除的哀伤》（南京：江苏文艺出版社，2006）

- 散文集。内容包括作者对自己治学和情感经历的回忆，以及对师长和文坛大家的散记等。

—.《谈文艺忆师友：夏志清自选集》（香港：天地图书出版有限公司，2006）

- 散文集。包括4部分："谈我自己"、"师友才情"、"文学戏剧"和"英美大师"。

—.《夏志清序跋》（苏州：古吴轩出版社，2004）

- 杂文集，收录作者自作的 10 篇自序、两篇导演以及 3 篇跋。

—.《鸡窗集》（台北：九歌出版社，1985）

- 作者的首部散文集。

—.《爱情，社会，小说》（台北：纯文学出版社，1970）

260.瞎子（1971- ）

男，生于江西，2000 至今居美，现居达拉斯。

—.《咒语》（广州：花城出版社，2006）

- 小说。本书收录了作者自 1999 年以来写的一些诡幻小说。

—.《无法悲伤》（合肥：安徽文艺出版社，2005）

- 小说。围绕在大洋彼岸重逢的三个人展开，他们为了生存不得不选取不同的道路。

261.晓鲁（?- ）

本名陈劲松，男，生于江苏仪征，1988 年至今居美，现居加州。

—.《青山少年时》（洛杉矶：洛城作家出版社，1997）

- 散文。对青少年时代故乡山、水、人的回忆。

—.《咖啡与茶》（洛杉矶：美国常青书局，2003）

- 散文。中西方文化习俗的观察和比较。

262.萧逸（1936- ）

男，生于北京，1976 年至今居美，现居洛杉矶。

—.《萧逸作品全集》（西安：太白文艺出版社，1999）

263.谢冰莹（1906- ）

原名谢鸣岗，又名彬，笔名南芒、英子、秋萍、兰如、无畏、紫英、冰莹女士等，字风宝，女，生于湖南新化，1974 年至今居美，现居旧金山。

—.《冰莹忆往》（台北：三民书店，1991）

- 回忆录。

—.《谢冰莹作品选》（长沙：湖南人民出版社，1985）

- 合集。本书按体裁分为 4 辑，共收入作品 86 篇。

—.《红豆》（台南：信宏出版社，1983）

- 小说。以台湾为背景，描写一个读大学的男生和一个中学女生的爱情悲喜剧。

—.《谢冰莹自选集》（台北：黎明文化事业公司，1982）

- 小说集。收录 10 篇作品。

—.《我的回忆》（台北：三民书局，1974）

- 作者回顾前半生经历的文字记录。

—.《女兵十年》（北京：北新书局，1947）

- 小说。以中国动荡的社会演变为背景，记叙了一个女兵的 10 年人生经历。

—.《生日》（北京：北新书局，1946）

—.《新从军日记》（上海：天马书店，1942）

- 散文。从女兵的视角，展现中国大革命时期的战争生活和民众的革命热情。

—.《重上征途》（北京：中社出版社，1941）

—.《在日本狱中》（上海：远东图书公司，1940）

- 日记体散文。

—.《在火在线》（北京：大众出版社，1938）

—. 谢冰莹，黄维特：《第五战区巡礼》（桂林：生路书店，1938）

- 散文。本书记录了作者在抗战期间的所见所闻。

—.《湖南的风》（北京：北新书局，1937）

- 散文。描述了 20 世纪三十年代初中国现实社会的一个侧面。

—.《军中随笔》（上海：抗战出版部，1937）

—.《一个女兵的自传》（上海：良友图书印刷公司，1936）

- 以 20 世纪初的旧中国为背景，记叙了一个思想和行动上都反封建的知识女性的生活经历。

—.《青年王国材》（上海：开华书局，1933）

264.谢家孝（1931- ）

笔名庶克，男，生于四川宜宾，1978 年至今居美，现居洛杉矶。

—.《家在美国》（台北：希代书版有限公司，1988）

- 小说。本书收录中短篇小说共 4 篇，人物取材多半是从台湾地区到美国的留学生或其他移民者。

—.《跪在火烫的石板上》（台北：时报文化出版事业有限公司，1984）

- 小说。本书共收入小说作品 19 篇。

—.《人在天涯》（台北：时报文化出版事业有限公司，1983）

- 杂文。讲述作者移民异国后生活上遇到的挑战和感受。

—.《西德风情画》（台北：水芙蓉出版社，1975）

- 杂文。记叙作者在西柏林时的所闻所见所感。

—.《海神塑像下的祭情》（台北：文星书店，1967）

- 小说。小说的人物角色大多数都是欧洲人。

265.谢舒（?- ）

女，生于江苏，1986 年至今居美，现居纽约。

—.《华尔街石漂》（郑州：河南人民出版社，1998）

- 小说。讲述一个中国女人独自闯入华尔街后谨慎的生活经历。

266.心笛（1932- ）

原名浦丽琳，女，生于北京，1950 年至今居美，现居洛杉矶。

—.《提筐人》（台北：汉艺色研文化事业有限公司，2004）

- 诗集。本书分为五辑，收入作者自 1950 年至 2002 年间的诗歌创作。

—.《折梦》（香港：黄河文化出版社，1991）

- 诗集。

—.《贝壳》（台北：时报文化事业公司，1981）

- 诗集。本书为作者的第 2 本诗集，由钟鼎文、唐德刚作序。

—.《心笛集》（台北：复兴书局，1976）

- 诗集。本书共收入诗作 41 篇。

267.欣力（1963- ）

原名郑欣力，女，生于北京，1990 年至 2000 年居美，现居北京。

—.《纽约丽人》（北京：作家出版社，2001）

- 小说。讲述 3 位纽约丽人颠倒错位的爱情悲剧，揭示了美国社会存在的问题和所谓成功女性精神世界的凄苦。

—.《联合国里的故事》（北京：作家出版社，1999）

- 小说。

268.兴禄延陵氏（1937- ）

另一笔名：海外逸士，男，生于上海，1987 年至今居美。

—.《海外逸士文集》（德州：溪流出版社， 2007）

- 诗歌散文集。收集了各类散文杂文及诗词古文作品，还有短篇小说。

—.《荒唐女侠》（纽约：柯捷出版社，2003）

- 小说。围绕私家侦探荒唐女侠唐和黑社会组织黑豹党展开。

—.《新西游记》（纽约：柯捷出版社，2002）

- 科幻小说。讲述未来世界，孙悟空师徒三人奉玉帝之命下凡考察人间而发生的一系列故事。

269.秀陶（1934- ）

原名郑秀陶，男，生于湖北鄂城，20 世纪 80 年代至今居美。

—.《一杯热茶的工夫》（台北：黑眼睛文化事业有限公司，2006）

- 诗集。本书收入作者诗作 60 首。

—.《死与美》（加利福尼亚：新大陆诗刊，2000）

- 诗集。本集收作者散文诗 32 首。

270.许达然（1940- ）

原名许文雄，男，生于台南，1965 年至 1982 年居美，现居台中。

—.《素描许达然》（台北：新新闻文化事业公司，2001）

- 散文。表达作者对青春和家乡的眷恋，对社会的感悟和反思。

—.《相思树》（北京：北京师范大学出版社，1993）

- 散文。本书分为 4 部分，共收散文 76 篇，大多是作者过去 10 年写的。

—.《四季内外：许达然散文选》（广州：花城出版社，1992）

—.《同情的理解：许达然散文集》（台北：新地文学出版社，1991）

- 散文。

—.《海外寄来的花束》（天津：百花文艺出版社，1989）

- 散文。本书是作者旅居美国寄来的近年散文创作的结集，共收入作品 50 篇。

—.《艺术家前》（北京：中国文联出版公司，1989）

- 散文。本书共收入散文作品五十八篇。

—.《远近集》（北京：中国友谊出版公司，1988）

- 散文。本书为作者在台湾所出版的 3 本散文集的合集。

—.《防风林》（广州：花城出版社，1988；香港：三联书店，1986）

- 散文。本书是其自选集，共收文章 61 篇，绝大部分是新作。

—.《芝加哥的毕加索》（南宁：广西人民出版社，1987）

- 散文。本书辑选作者历年散文作品 54 篇。

—.《含泪的微笑》（台北：远景出版事业公司，1987（1978）

- 散文。本书分为四部分，共收入散文作品 29 篇。

—. 王渝，许达然，张错，非马：《四人集》（北京：中国友谊出版公司，1985）

- 诗集。本书收录王渝诗作 22 首、许达然诗作 22 首、张错诗作 24 首，以及非马诗作 19 首。

—.《人行道》（台北：新地出版社，1985）

- 散文。

—.《水边》（台北：洪范书店，1984）

- 散文。本书分为 5 部分，共收入散文作品 46 篇。

—.《吐》（台北：林白出版社，1984）

- 散文。本书分为 3 部分，共收入散文作品 29 篇。

—.《土》（台北：远景出版社，1979）

- 散文集，收录作品 25 篇，表达对故土的怀念。

—.《远方》（台北：远方出版社，1978）

- 散文。本书共收入散文作品 28 篇。

271.许芥昱（1922- ）

男，生于四川成都，1944 年至 1982 年居美，1982 年于旧金山逝世。

—.《秋丝草》（台北：时报文化出版事业有限公司，1982）

- 小说。

272.雪城小玲（1961- ）

原名戴玉梅，笔名小玲、雪城小玲，女，生于上海，1990～1997 年及 2001～2007 年居美国纽约，现居多伦多。

—. 陈思进，雪城小玲：《绝情华尔街》（北京：北京大学出版社，2009）

- 描写一群中国留学生在华尔街前后15年的故事。

—. 陈思进，雪城小玲：《独闯华尔街》（北京：现代教育出版社，2008）

- 介绍了代表当代金融业精髓的华尔街的丰富知识，个人融入华尔街的喜怒哀乐。

—. 陈思进，雪城小玲：《闯荡北美》（合肥：安徽文艺出版社，2004）

- 讲述了作者在美国和加拿大奋斗10多年的艰难历程。

273.雪迪（1957- ）

原名李冰，男，生于北京，1990年至今居美，现居罗得岛州。

—.《徒步旅行者》（台北：倾向出版社，2006）

- 诗集。收录自1986年来所写的近百首诗。

—.《颤栗》（北京：工人出版社，1989）

—.《梦呓》（桂林：漓江出版社，1988）

274.薛海翔（1951- ）

男，生于上海，1987年至今居美，现居美国丹佛。

—. 薛海翔，张浩音：《栀子花 白兰花》（上海：上海文艺出版社，2003）

- 小说。爱情故事。

—.《情感签证》（上海：上海文艺出版社，1998）

- 小说。

—.《早安，美利坚》（上海：上海文艺出版社，1995）

- 小说。讲述几个留美学生的艰苦经历和人生拼搏，反映美国的社会现状和东西文化的碰撞。

—.《一个女大学生的日记 》（南昌：江西人民出版社，1987）

- 小说。以日记形式展示了女大学生的生活和思想。

275.严歌苓（1957- ）

女，生于上海，1988年至今居美，现居旧金山。

—.《第九个寡妇》（北京：作家出版社，2006）

- 小说。20世纪40年代到80年代流传在中原农村的一个真实的传奇故事。

—.《少女小渔》（北京：当代世界出版社，2003）。

- 小说。探析人性，讲述青年人不愿受社会所控制的本性。

—.《谁家有女初长成》（北京：中央编译出版社，2002）。

- 小说。讲的是一个被拐卖乡村少女的故事。

—.《天浴》（西安：陕西师范大学出版社，2008）

- 小说。描述“文化大革命”期间，下乡到西藏地区的女知青与当地牧马人的情感悲剧。

—.《小姨多鹤》（北京：作家出版社，2008）

- 小说。二战日本战败，大批移民来中国东北的普通日本国民被军国抛弃。16岁的少女多鹤即为其一。小说讲述了她被一个中国农民家庭救起后的故事。

—.《雌性的草地》（西安：陕西师范大学出版，2008）

- 小说。“文化大革命”中，时局动乱，一群年轻的姑娘被下放到西北荒凉草原上的军马场，小说讲述了她们在草地上的经历。

—.《无出路咖啡馆》（天津：百花文艺出版社，2001）。

- 小说。通过一个中国女子在美国的遭遇，批判了白种人的优越感和虚伪的“救世”态度，呈现了移民阶层的生活状态。

—.《金陵十三钗》（北京：中国工人出版社，2007）

- 小说。通过描写特殊文化、道德背景下的13个风尘女子，作者剖析人类内心并对人性加以拷问，讲述了一个关于仇恨的故事。

—.《马在吼》（北京：昆仑出版社，2007）

- 小说。以茫茫草原上马的嘶吼和女人的喊叫为背景，讲述了一个女人驯服烈马、挑战极限的故事。

—.《美国故事》（北京：昆仑出版社，2007）

- 小说。一组写华人试图融入美国社会打拼、挣扎的短篇小说。

—.《密语者》（北京：台海出版社，2006）

- 小说讲述主人公徐晚江复杂的婚姻情感，围绕他的希望、追寻与幻灭展开。

—.《严歌苓自选集》（济南：山东文艺出版社，2006）

- 小说。收入中短篇小说 11 篇。

—.《吴川是个黄女孩》（成都：时代出版社，2006）

- 小说。呈现出当今社会的种种矛盾，如姐妹之间，爱恨之间，母女之间，以及内地文化与香港文化、中国文化与美国文化之间的矛盾等。

—.《一个女人的史诗》（长沙：湖南文艺出版社，2006）

- 小说。讲述大时代中小人物的感情故事，塑造了可以爱一个人至死的女性田芳菲。

—.《白蛇》（广州：花城出版社 2005）

- 小说。描写了 20 世纪七十年代的两个女人在社会大环境下内心的变化，以及面对社会压力时呈现的生活态度。

—.《穗子物语》（桂林：广西师范大学出版社，2005）

- 小说。讲述了少女穗子在“文化大革命”中的成长经历。

—.《花儿与少年》（北京：昆仑出版社，2004）

- 小说主人公离婚，再嫁，移民大洋彼岸追求幸福。但她又放不下前夫和孩子，于是 10 年间，她铤而走险地同时经营两个家庭。

—.《无非男女》（石家庄：花山文艺出版社，2003）

- 小说。

—.《波西米亚楼》（北京：当代世界出版社，2001）

- 散文。散文作品集，包括：《芝加哥的警与匪》、《从魔幻说起——在 Williams College 演讲之中文版》、《谭恩美的中国情结》等。

—.《也是亚当，也是夏娃：严歌苓最新中短篇小说集》（北京：华文出版社，2000）

- 小说。本书收入了作者的中短篇小说 12 篇。

—.《风筝歌》（台北：时报文化出版事业有限公司，1999）

- 小说。故事发生在唐人街，缘起于一只带歌的风筝飞上天空。

—.《白蛇 橙血》（沈阳：春风文艺出版社，1998）

- 小说。

—.《洞房 少女小渔：中短篇小说集》（沈阳：春风文艺出版社，1998）

- 小说。本卷所收的 20 篇小说，均为作者旅美之后的短篇创作。

—.《扶桑》（沈阳：春风文艺出版社，1998）

- 小说。讲述一段异国恋情。扶桑是 19 世纪 60 年代的中国女子，她在美国邂逅克里斯，彼此萌生了爱情。

—.《人寰》（沈阳：春风文艺出版社，1998）

- 小说。以一个女孩的眼光，透视了父亲与贺叔叔的奇特的朋友关系。

—.《人寰 草鞋权贵》（沈阳：春风文艺出版社，1998）

- 小说。

—.《失眠人的艳遇》（成都：四川文艺出版社，1996）

- 小说。

—.《倒淌河》（台北：三民书局，1996）

- 小说。围绕一个汉族男子和藏族小女孩展开，呈现了彼此隔着文化鸿沟的情感对话。

—.《海那边》（台北：九歌出版社，1995）

- 小说。从留学、移民阶层写到市井小民的漂泊、浮沉，讲述中国人的生活实况。

—.《一个女兵的悄悄话》（北京：解放军文艺出版社，1987）

- 小说。通过一个文艺女兵在生命垂危时的内心独白，展示了一个少女在动乱年月里的人生际遇。

—.《绿血》（北京：解放军文艺出版社，1986）

276.严力（1954- ）

男，生于北京，1985年至今居美，现居纽约、上海。

—.《带母语回家》（南京：南京大学出版社，2007）

- 小说。一个留美男孩的女友突遭车祸，主人公不胜哀伤，便回到家乡上海，小说围绕由此引出的系列故事展开。

—.《历史的扑克牌》（济南：山东文艺出版社，2007）

- 杂文。个人作品集。

—.《遭遇9·11》（上海：上海文艺出版社，2002）

- 小说。以美国“9·11”事件为背景的长篇小说。

—.《母语的遭遇》（上海：上海文艺出版社，2002）

- 杂文。探讨美国人的生活观及人生观。

—.《纽约故事》（西宁：青海人民出版社，1994）

—.《纽约不是天堂》（北京：华艺出版社，1993）

- 小说。本书收入小说作品47篇。

277.颜元叔（1933- ）

男，生于江苏南京，1958年至1988年居美，现居台北。

—.《台北狂想曲》（台北：九歌出版社，1987）

- 杂文。作者在《时报周刊》“水头村语”专栏的作品集。

—.《五十回首：水头村的童年》（台北：九歌出版社，1986）

- 作者回忆往昔的散文集。

—.《愤慨的梅花》（台北：正中书局，1984）

- 杂文。

—.《知无不言：颜元叔杂文精选》（香港：博益出版集团有限公司，1984）

- 杂文。

—.《善用一点情：写给青年人》（台北：九歌出版社，1981）

- 杂文。这是“写给青年人”的一系列作品。

—.《夏树是鸟的庄园》（台北：九歌出版社，1980）

- 小说。本书收 10 个短篇小说。

—.《平庸的梦》（台北：皇冠出版社，1980）

- 散文。

—.《时神漠漠》（台北：皇冠出版社，1980）

- 散文。20 余篇精选的散文集。

—.《鸟呼风》（台北：时报文化出版社，1979）

- 散文。本书共收入散文作品 31 篇。

—.《人间烟火》（台北：皇冠出版社，1979）

- 杂文。

—.《草木深》（台北：皇冠杂志社，1978）

- 散文。

—.《离台百日》（台北：洪范书店，1977）

- 日记体杂文。收录了 1976 年 8 月至 11 月赴美期间的所见所感。

—.《笑与啸》（台北：皇冠出版社，1977）

- 散文。本书共收入文章 48 篇。

—.《颜元叔自选集》（台北：黎明文化事业公司，1976）

- 合集。本书分为 4 辑，共收入文学论理、文学批评、散文以及小说 31 篇。

—.《颜元叔散文精选集》（台北：源成文化图书供应社，1976）

- 散文。本书分为 4 辑，共收入散文作品 32 篇。

—.《玉生烟：颜元叔散文集之二》（台北：皇冠杂志社，1976）

- 本书共收入散文作品 35 篇，小说作品 2 篇。

278.杨炳章（1945-）

男，生于山东寿光，1981 年至 1996 年居美，现居北京。

—.《不平则鸣：我在哈佛 15 年》（北京：经济日报出版社，2000）

- 作者在美留学及生活 15 年的回忆录体散文集。

—.《从北大到哈佛》（北京：作家出版社，1998）

- 回忆录体散文集。从 1964 年自军事院校退学到北大旁听起，在北大经历“文化大革命”，1978 年考入北大哲学所研究生，再于 1981 年前往哈佛留学。

279.杨皓（1963- ）

男，生于湖北，1991 年至今居美，现居纽约。

—.《冒险的过程——在纽约与 34 位艺术家对话》（北京：北京大学出版社，2006）

- 访谈录。

—.《过河拆桥》（北京：作家出版社，2004）

- 诗集。收入作者近作 69 首，书写了踏上移民不归路的华人在异乡的孤独经验。

280.杨恒钧（1965- ）

男，生于湖北随州，1997 年至 2006 年居美，现居广州。

—.《致命追杀》（香港：开益出版社，2005）

- 小说。故事试图呈现 13 亿中国人和一个人的关系。

—.《致命弱点》（香港：开益出版社，2004）

- 小说。围绕人性的“致命弱点”展开，讲述间谍间的斗智斗勇和他们试图破坏北京奥运的故事。

—.《致命武器》（香港：开益出版社，2004）

- 小说。对中国现实社会做了鲜明的描写和深刻的揭露。

281.杨际光（1926- ）

笔名贝娜苔、罗缪，男，生于江苏无锡，1974 年至 2001 年居美，2001 年于美国病逝。

—.《杨际光晚年文集》（吉隆坡：燧人氏事业公司，2003）

- 本书收入作者晚年作品 20 篇。

—.《雨天集》（香港：华英出版社，1968）

- 诗集。该书收录诗作 80 余首，大部分在 50 年代发表。

282.杨建利（1963- ）

男，生于中国山东，20 世纪 80 年代至今居美，现居波士顿。

—.《寂静：音乐的自由——杨建利狱中诗集》（香港：联合作家出版社，2009）

- 诗集。收录作者在狱中写的 109 首诗歌，呈现诗人入狱到出狱后的心路历程。

283.杨牧（1940- ）

原名王靖献，笔名叶珊、杨牧，男，生于台湾花莲，1964 年至今居美，现居华盛顿、香港。

—.《奇莱前书》（台北：洪范书店，2003）

- 自传。

—.《涉事》（台北：洪范书店，2001）

- 诗集。此书追踪诗人 1997 年以后 4 年间精神的和心灵的探索。

—.《西部变奏曲》（北京：中国文联出版公司，1997）

—.《昔我往矣》（台北：洪范书店，1997）

- 散文。为杨牧文学自传《奇莱书》之第 3 部，代表一特定系列之收束、完成。

—.《时光命题》（台北：洪范书店，1997）

- 诗集。收 1992 年至 1996 年间所作新诗 30 余首。

—.《亭午之鹰》（台北：洪范书店，1996）

- 散文。笔端多涉自然与人文世界之交感、互通。

—.《下一次假如你去旧金山》（台北：洪范书店，1996）

- 散文。着重讲述自然与人情之交感。

—.《星图》（台北：洪范书店，1995）

- 散文。作者1993年秋至1994年春间新作，试探生育与死亡的本质。

—.《天狼星下：中国·第一百万零一个盲流的历程》（成都：四川人民出版社，1994）

- 自传体长篇纪实小说。

—.《疑神》（台北：洪范书店，1993）

- 散文。探索宗教、神话、真理等课题，探讨诗的智慧与美。

—.《方向归零》（台北：洪范书店，1991）

- 散文。作于1989年与1990年秋之间。

—.《完整的寓言》（台北：洪范书店，1991）

- 诗集。积极探索人心、知识、社会，以及个人和群体互涉的神秘经验。

—.《一首诗的完成》（台北：洪范书店，1989）

- 书信体散文。讲述作者对诗作理念的思考。

—.《飞过火山》（台北：洪范书店，1987）

- 杂文。

—.《山风海雨》（台北：洪范书店，1987）

- 诗集。创作于1984年至1986年之间，记录了诗人的童年时光。

—.《雄风》（上海：上海文艺出版社，1987）

- 诗集。本书共收入作者诗作29首。

—.《有人》（台北：洪范书店，1986）

- 诗集。

—.《交流道》（台北：洪范书店，1985）

- 杂文。

—.《边魂》（北京：人民文学出版社，1983）

- 诗集。本书分为4辑，共收入诗作84首。

—.《复活的海》（北京：人民文学出版社，1983）

- 诗集。本书分为4辑，选取了诗作50首。

—.《夕阳和我》（长沙：湖南人民出版社，1983）

- 诗集。本书辑选了诗人的11首诗作。

—.《野玫瑰》（成都：四川人民出版社，1983）

—.《年轮》（台北：洪范书店，1982）

- 寓言。融合散文与诗艺的各种技巧及思索于一炉。

—.《搜索者》（台北：洪范书店，1982）

- 散文。

—.《绿色的星》（乌鲁木齐：新疆人民出版社，1980）

- 诗集。本书选取了大量诗人早期的诗歌创作。

—.《瓶中稿》（台北：志文出版社，1980）

- 诗集。诗的写作地点包括中国台湾、日本、美国和欧洲。

—.《吴凤》（台北：洪范书店，1979）

- 关于史诗和民族典型的一个四幕诗剧。

—.《北斗行》（台北：洪范书店，1978）

- 诗集。收杨牧1974年底以后两年半内所作新诗近50首。

—.《杨牧诗集》（台北：洪范书店，1978）

- 诗集。此书汇集杨牧1974年至1985年间全部抒情诗作品。

—.《柏克莱精神》（台北：洪范书店，1977）

- 散文。本书为作者第一本散文集，收作品20篇。

—.《杨牧自选集》（台北：黎明文化事业公司，1975）

- 散文。收作品44篇，聂华苓序。

284.杨秋生（1955- ）

男，生于台湾台中，1984年至今居美，现居加州硅谷。

—.《永不磨灭的爱》（台北：三民书局，1998）

- 散文。赞美生命的美好，抒发对其热爱。

—.《生死恋》（高雄：丽文文化事业公司，1995）

- 爱情小说。

—.《致女作家的十封信》（台北：希代出版社，1990）

- 小说。

285.杨小滨（1963- ）

男，生于上海，1989年至2007年居美，现居台湾。

—.《景色与情节》（北京：世界知识出版社，2008）

- 诗集。

—.《穿越阳光地带：杨小滨诗集》（台北：现代诗季刊社，1994）

286.姚嘉为（?-）

女，生于台中，留美多年，现居吉隆坡。

—.《湖畔秋深了》（台北：智库股份有限公司，2004）

- 共含4部分："思旧赋"写亲情与乡情；"想念的城市"透过城市景观写人生变迁；"心灵恋歌"写心情故事；"生活桃花源"描写生命中的感动。

—.《深情不留白》（台北：九歌出版社，1997）

- 描写人生百态文章。

—.《放风筝的手》（台北：旺文社股份有限公司，1995）

- 讲述教育儿女的心得：作者认为教养儿女像是放风筝，有收有放，前者是出于爱的管教，后者是爱衍生的信任。

287.姚园（?- ）

女，20世纪70年代生于重庆，赴美年代不详，现居西雅图。

—.《藤上风：诗题旅美艺术大师李洪涛油画》（美国：天涯文艺出版社，

2006）

- 诗集。本书是作者对旅美油画大师李洪涛先生画作的诗评结集。

—.《魂断美国》（美国：天涯文艺出版社，2005年。

—.《我的记忆，从此多了一个你》（重庆：重庆出版社，2003）

288.叶冠男（1963- ）

女，生于中国，1990年至今居美，现居底特律。

—.《美国随想》（北京：中国发展出版社，2000）

- 散文。本书收录了《美酒、咖啡与女郎》、《美国式幽默》等多篇随笔。

—.《留美手记》（上海：上海文艺出版社，1996）

- 这里选收的36篇作品，都是作者的亲身经历、所见所闻，具有鲜明的纪实特色。

289.叶凯蒂（1952- ）

女，生于北京，1975年至今居美，现居加州。

—.《蓝土地，远行者》（台北：远流出版公司，1996）

- 小说。女主角漂流海外，饱受“文化大革命”梦魇和情感创伤，试图参加短期进修并克服过去带给她的阴影。

290.叶特生（1951- ）

男，生于香港，1990年至今居美，现居旧金山。

—.《破茧而出：叶特生先生真实见证》（香港：宣道出版社，1999）

- 自传。

—.《多情种种》（香港：乐府文化社，1994）

- 散文。本书共收入散文作品180篇。

—.《人生路》（香港：乐府文化社，1992）

- 本书收入作者文章共230篇。

—.《岁月留情》（香港：基道书楼有限公司，1992）

—.《信是有情》（香港：基道书楼有限公司，1992）

- 书信。

—.《养生道》（香港：乐府文化社，1992）

- 本书共收入文章155篇。

—.《我想进天国》（香港：博益出版集团有限公司，1991）

- 小说。第一本短篇小说集。

—.《生命的活水》（香港：博益出版集团有限公司，1989）

- 散文。

—.《浮过生命海》（香港：博益出版集团有限公司，1988）

- 散文。这是一本在爱心和温暖包围下写成的书。

—.《生命的再思》（香港：宣道出版社，1988）

- 自传。

—.《小子踏八仙》（香港：天地图书有限公司，1985）

- 散文。本书收入散文作品107篇。

—.《早晨·叶特生》（香港：博益出版集团有限公司，1984）

- 杂文。

291.叶维廉（1937- ）

男，生于广东中山，1963年至1970年、1983年至今居美，现居加州。

—.《叶维廉诗选》（北京：人民文学出版社，2008）

- 诗集。本书收入叶维廉早期、中期、近期的优选诗作84首（章）。

—.《叶维廉文集》（合肥：安徽教育出版社，2003）

—.《叶维廉自选集》（台北：黎明文化事业公司，1978）

- 散文。本书分为4辑，共收入散文作品38篇。

292.叶舟（1960s- ）

原名叶新跃，男，20世纪60年代生于上海，1989年至今年居美，现居旧金山。

—.《你不可不防的设局》（北京：中国华侨出版社，2004）

- 杂文。

—.《美国爱情》（南京：江苏文艺出版社，2001）

- 小说。讲述一个新移民可能遇到的、因环境与心境的改变而导致爱情变故的故事。

293.伊犁（1948- ）

原名潘秀娟，女，生于浙江温州，1973年至今居美。

—.《美金的代价》（西安：太白文艺出版社，2000）

- 合集。本书分为4卷，收入散文33篇、小小说29篇、短篇小说30篇，以及中篇小说2篇。

—.《杀婴》（台北：远流出版事业股份有限公司，1995）

- 小说。本书共收入小说10篇。

—.《十万美金》（香港：三联书店，1987）

- 小说。本书收伊犁小说16篇。

—.《泥土》（香港：南粤出版社，1979）

- 小说。第一个短篇小说结集。收入15篇作品，有反映留学生的种种遭遇，有描述老侨工的生活情状，有倾诉妇女的辛酸，也有暴露美国社会的现象等。

294.奕秦（1970s- ）

男，20世纪70年代生于中国，20世纪90年代至今居美，现居纽约。

—.《奇迹》（北京：燕山出版社，2007）

- 小说。

295.易水寒（1939- ）

本名易楚奇，男，生于湖南湘乡，1988年至今居美。

—.《大汉天威：刘邦的草根哲学》（西安：陕西师范大学出版社，2007）

—.《纽约闲话》（上海：百家出版社，2002）

- 杂文。收集了作者近几年在海外报刊上发表的部分杂文、随笔、小品、散文和游记。

—.《梦断赌城》（郑州：河南人民出版社，1998）

- 小说。一位纯情的中国女子，偶然闯进了大西洋赌城，演出了一幕惨烈的人生。

—.《梦断江湖路》（沈阳：春风文艺出版社，1993）

296.尹集钧（1930- ）

男，生于重庆，1979年至今居美，现居旧金山。

—.《1937，南京大救援：西方人士和国际安全区》（上海：文汇出版社，1997）

- 小说。

297.余国英（1937- ）

女，生于湖南长沙，1961年至今居美，现居佛罗里达州。

—.《飞越安全窝》（北京：台海出版社，2004）

- 一位年青的中国女医师在加州滑雪，被人挟持治病，结果勇救了一群被藏在深山的偷渡客。

—.《柿子红了》（北京：台海出版社，2004）

- 一群中国乡亲在美国佛罗里达互助互扶求生存的生活故事。

—.《我爱棕榈，我爱棕榈》（北京：中国文联出版社，2000）

- 一位台湾女郎到美国佛罗里达，千里与未婚夫相会。

—.《移民家庭纽约洋过招》（北京：中国文联出版社，2000）

- 本书描述了中美亲家之间的冲突及茅盾。

—.《家有六千金》（武汉：长江文艺出版社，1992）

- 一位华裔大学教授，家中有6位千金，父母希望她们能嫁华人，但不幸各位小姐都因各种不同的原因，选择了异国佳婿。

298.於梨华（1931- ）

女，生于上海，1953年至今居美，现居旧金山。

—.《秋山又几重》（南京：江苏文艺出版社，2009）

- 中短篇精选集。讲述老友相聚相别，朋友变仇人等人生故事。

—.《彼岸》（南京：江苏文艺出版社，2009）

- 小说。讲述一个年老女画家迁入退休山庄后所发生的故事，包括她面临的各种与“死”相联的问题。

—.《飘零何处归》（南京：江苏文艺出版社，2008）

- 散文。本书汇集於梨华具有代表性的散文作品成集。

—.《在离去与道别之间》（加利福尼亚：美国瀛洲出版社，2002）

- 小说。发生在美国高等学府里的男男女女之间的爱、恨、情、仇故事。

—.《别西冷庄园》（成都：四川人民出版社，2000）（加利福尼亚：美国瀛洲出版社，2000）

- 散文。

—.《屏风后的女人》（台北：九歌出版社，1998）

- 小说。小说倾吐了老、少、强、弱，幸运和不幸的女人们内在的心声。

—.《一个天使的沉沦》（台北：九歌出版社，1996）

- 小说。小说主人公罗心玫是个在美国长大的华人少女，她在正值花季的年龄遭受近亲的性骚扰、性虐待及性摧残。

—.《相见欢》（台北：皇冠出版社，1989）

- 小说。包括5个短篇，讲述分居大陆和台湾的亲人会合后的悲喜故事。

—.《情尽》（北京：中国文联出版公司，1989）

- 小说。女主人公在美国土生土长并与美国人相恋，但父亲一直反对，小说讲述了她不屈不阿地获得家人理解、赢得爱情的经历。

—.《美国的来信：写给祖国的青年朋友们》（北京：北京人民出版社，1988）

- 杂文。作者以亲身体验描摹美国社会的实态。

—.《寻》（香港：三联书店，1986）

- 小说。讲述留美华人的悲欢、成就和挫败。

—.《三人行》（北京：中国友谊出版公司，1983）

- 小说。讲述三个来自不同背景的海外学人，抱着各自的理想和目的回到祖国的故事。

—.《白驹集》（香港：天地图书公司，1980）

- 小说。收录作者早期短篇小说共7篇。

—.《记得当年来水城》（台北：皇冠出版社，1980）

- 小说。收录长短篇小说著作10余种。

—.《於梨华作品集》（香港：天地图书有限公司，1980）

- 小说。收录长短篇小说著作10余种。

—.《傅家的儿女们》（香港：天地图书公司，1978）

- 小说。描写留学生在美国的生活和心酸经历，借而探讨人生价值。

—.《谁在西双版纳》（香港：天地图书公司，1978）

- 游记。记录作者对西双版纳的傣族社区游访。

—.《考验》（台北：大地出版社，1974）

- 小说。讲述旅美学人在事业上的挣扎，并剖析了夫妻关系。

—.《会场现形记》（台北：志文出版社，1972）

- 小说集。收录作者1965至1972年间的短篇小说。

—.《焰》（台北：皇冠出版社，1969）

- 小说。以台湾的大学校园为背景，描写三个性格各异的少女。

—.《柳家庄上》（台北：皇冠出版社，1968）

- 小说。两部中篇小说。

—.《又见棕榈，又见棕榈》（台北：皇冠出版社，1967）

- 小说。主人公获得博士学位而回归故土，讲述了他在家乡遇到一系列的人和事，呈现了他与乡亲们相互冲突的价值观。

—.《雪地上的星星》（台北：皇冠出版社，1966）

- 小说。讲述人生的喜怒哀乐。

—.《变》（台北：文星书店，1965）

- 小说。

—.《也是秋天》（台北：文星书店，1965）

- 小说。陆家父母在美国长岛居住，子女们在波士顿读大学，本书描写了陆家子女的恋爱故事及他们与父母的关系。

—.《梦回青河》（台北：皇冠出版社，1963）

- 小说。以20世纪30年代抗战初期浙江水乡为背景，通过林氏大家庭在时代动荡中的悲欢离合，记录了那个年代人们在爱情和欲望中的状态。

—.《归》（台北：文星书店，1963）

- 小说。9个短篇，是於梨华前后9年的心血结晶。

299.喻丽清（1945- ）

女，生于浙江金华，1972年至今居美，现居加州。

—.《面具与蛇》（重庆：重庆出版社，2008）

- 诗歌，散文。介绍了作者在美生活的心得感受。

—.《寂寞的旅程：诗歌》（石家庄：河北教育出版社，2003）

- 诗歌。

—.《木马还魂：小说》（石家庄：河北教育出版社，2003）

- 小说。本书是把诗、散文、小说搓揉成一体的产物。

—.《山水总相逢：游记》（石家庄：河北教育出版社，2003）

- 游记。

—.《象脚花瓶：散文》（石家庄：河北教育出版社，2003）

- 散文。

—.《依然茉莉香：小品》（石家庄：河北教育出版社，2003）

- 散文。

—.《飞越太平洋》（西安：太白文艺出版社，2000）

- 本书分为6卷，收录了作者大量散文、小品文、小说与戏剧创作。

—.《山雾居手记》（成都：四川人民出版社，2000）

- 选收作者在旧金山创作的几十篇散文小品。

—.《在海风里飞翔》（昆明：云南人民出版社，1999）

- 散文。

—.《清丽小品》（北京：中国友谊出版公司，1996）

- 散文。随笔、小品100余篇，多为书写其异国生活的见闻与情怀。

—.《阑干拍遍》（石家庄：河北教育出版社，1995）

- 散文。收入作者36篇文章。

—.《把寂寞缝起来》（北京：北京师范大学出版社，1993）

- 杂文。收入作者69篇文章。

—.《沿着绿线走》（台北：时报文化出版企业公司，1991）

- 散文。追寻百多年前，来到加州追寻“金山梦”的华侨们的辛酸经历。

300. 于仁秋（1950s- ）

男，20世纪50年代生于中国，20世纪80年代至今居美，现居纽约。

—.《请客》（北京：人民文学出版社，2007）

- 小说。描写一对在美国大学教书的夫妇，他们通过请客的方式与朋友交往，由此呈现当今美国华人社会的人情世态。

301. 郁秀（1974- ）

女，生于福建，1995年至1999年居美，现居中国。

—.《不会游泳的鱼》（北京：作家出版社，2006）

- 小说。本书选择了一个典型的中国移民家庭，描述了一对中学生孪生兄妹的美国校园生活。

—.《美国旅店》（南京：江苏文艺出版社，2004）

- 小说。一个12岁的中国小女孩宋歌的美国成长故事。

—.《天使的眼睛有泪水》（哈尔滨：北方文艺出版社，2002）

—.《太阳鸟》（南京：江苏文艺出版社，2000）

- 小说。90年代末一批年轻的中国留学生在美国的故事。

—.《花季·雨季》（深圳：海天出版社，1996）

- 小说。郁秀的一部成名作，讲述高中生活中我们所熟悉而陌生的一切。

302. 远方（1946- ）

原名杨远芳，男，生于福建泉州，1984年至今居美，现居洛杉矶。

—.《远方短诗选》（香港：银河出版社，2003）

- 诗集。本书为中英双语版本，收入诗人短诗19首。

—. 陈本铭，远方，陈铭华，达文：《四方城》（加利福尼亚：新大陆诗刊，1994）

- 诗集。本书收入诗人陈本铭诗作30篇、远方诗作39篇、陈铭华诗作39篇、达文诗作34篇。

303. 袁则难（1949- ）

原名袁志惠，男，生于香港，1970年至今居美。

—.《不见不散》（香港：三联书店，1985）

- 小说。这本短篇小说集共选收 7 篇作品。

304. 云霞（1945- ）

原名银代霞，女，生于四川铜梁，1999 年至今居美，现居新墨西哥州。

—.《我家赵子》（纽约：柯捷出版社，2007）

- 杂文。有关亲情、夫妻情、友情、乡愁、旅游节庆、庭院风景、修心的描写。

305. 曾慧燕（1950s- ）

原名曾燕，女，20 世纪五十年代生于广东吴川，1989 年至今居美，现居纽约。

—.《一蓑烟雨》（香港：香江出版社，1988）

- 散文。本书收录了 83 篇散文。

306. 曾宁（1973- ）

原笔名伊人，女，生于上海，1997 年至今居美，现居旧金山。

—.《硅谷浮生》（成都：成都时代出版社，2007）

—.《销售美丽》（广州：花城出版社，2005）

- 描写作者在美国布鲁明黛尔公司（Bloomingdale's）任销售员时的所见，讲述追逐美丽、销售美丽的女人们的故事。

307. 曾晓文（1966- ）

女，生于黑龙江，1994 年至 2003 年居美，现居多伦多。

—.《梦断得克萨斯》（天津：百花文艺出版社，2006）

- 小说。讲述一对华人情侣在得克萨斯创办餐馆，生意红红火火，但却以"非法居留、窝藏移民"之罪蒙冤入狱，故事由此展开。

308.查建英（1959- ）

笔名：扎西多，女，生于北京，1982年至今居美，现居北京、纽约。

—.《八十年代：访谈录》（北京：三联书店，2006）

- 对话录。这是一本围绕"80年代"情境及问题意识的对话录。

—.《留美故事》（石家庄：花山文艺出版社，2003）

- 小说。查建英的小说是典型的文人小说。

—.《说东道西》（沈阳：辽宁教育出版社，2001）

- 杂文。收入几十篇杂文。第一、二部分属于"说东"。第三部分多为1996年以来写的美国生活随笔，属于"道西"。

—.《丛林下的冰河》（长春：时代文艺出版社，1995）

- 小说。描述留学美国的青年女子在认同西方文化过程中所体验到的巨大伤痛。

309.展我（1930s- ）

原名冯展娥，又名坚敏，女，20世纪30年代生于广东广州，1985年至今居美，现居加州。

—.《展我散文选》（New Jersey：Joray Publications，2005）

- 散文。本书收录了作者多年来创作的散文及小品文。

310.张爱玲（1920-1995）

原名张瑛，笔名梁京，女，生于上海，1955年至1995年居美，1995年于洛杉矶逝世。

—.《小团圆》（台北：皇冠文化出版有限公司，2009）

- 半自传体小说。

—.《重访边城》（台北：皇冠文化出版有限公司，2008）

- 1961年作者重访台湾和香港时所作游记。

—.《色·戒》（台北：皇冠文化出版有限公司，2007）

- 故事发生在20世纪40年代的上海，时值日本占领香港之际，小说讲述了一个爱国女学生和汉奸官员之间的荒诞爱情悲剧。

—.《沉香》（台北：皇冠文化出版有限公司，2005）

- 张爱玲逝世10周年纪念文集，收录作者以往未曾结集出版的散文、剧作、亲笔画等。

—.《同学少年都不贱》（台北：皇冠文化出版有限公司，2004）

- 抒写人生变幻无常的中篇小说。

—.《张爱玲典藏全集》（哈尔滨：哈尔滨出版社，2003）

—.《张看》（北京：经济日报出版社，2002）

- 一本相当完整的散文全集。

—.《红玫瑰与白玫瑰》（北京：经济日报出版社，2001）

- 作者小说名篇合集，包括《金锁记》、《茉莉香片》等。

—.《续集》（台北：皇冠文化出版有限公司，1988）

—.《惘然记》（台北：皇冠文化出版有限公司，1983）

—.《半生缘》（台北：皇冠文化出版有限公司，1969）

—.《沉香屑》（台北：皇冠文化出版有限公司，1968）

—.《倾城之恋》（台北：皇冠文化出版有限公司，1968）

- 以二战时沦陷的香港为背景的爱情小说。

—.《流言》（台北：皇冠文化出版有限公司，1968）

- 散文集。描绘声色上海，话题涉及时尚、音乐、绘画和电影等。

—.《怨女》（台北：皇冠文化出版有限公司，1966）

- 女主人公嫁给一个大户人家长期卧病在床的盲少爷，小说刻画了这位美丽女子的种种遭遇。

—.《赤地之恋》（香港：今日世界社出版，1954）

- 本小说受美国新闻处委派而作。讲述20世纪50年代中国社会现状。

—.《秧歌》（香港：今日世界社出版，1954）

- 长篇小说，故事发生在20世纪五十年代土改运动时期，描写了南方农民不惜一切代价、只为求生存的艰难。

311.张北海（1936- ）

本名张文艺，男，生于北京，1972年至今居美，现居纽约。

—.《美国：八个故事》（上海：上海人民出版社，2007）

- 杂文。作家张北海几十年来围绕着纽约、北京这两个城市写作。

—.《侠隐》（台北： 麦田出版股份有限公司，2000）

- 小说。本书讲述的是一段民国初年以老北京为背景的江湖侠义故事。

—.《天空线下》（台北： 麦田出版股份有限公司，1995）

- 散文。作者长期居于纽约，描画美国的事事物物。

—.《美国·美国》（台北：麦田出版股份有限公司，1992）

- 散文。

—.《人在纽约》（台北：合志文化，1988）

- 散文。讲述纽约的奇闻轶事。

312.张慈（1962- ）

女，生于云南，1988年至今居美，现居加利福尼亚。

—.《浪迹美国》（加利福尼亚：美中文化公司，1996）

- 小说。本书描写了新移民女性与美国男人的情感交往。

—.《美国女人》（郑州：河南人民出版社，1988）

- 本书收集了28位美国女人的真实故事。

313.张错（1943- ）

原名张振翱，笔名翱翔，男，生于澳门，1967年至今居美，现居南加州。

—.《寻找长安》（台北：三民出版社，2008）

- 文化游记。作者从长安出发，记叙他造访大江南北的名城古都的经历。

—.《咏物》（台北：书林出版有限公司，2008）

- 诗集。诗作50余首。

—.《静静的萤河》（台北：三民出版社，2004）

- 诗歌，散文。以冷眼观世间，对山脉湖泊、花草鸟兽抒怀。

—.《浪游者之歌》（台北：书林出版社有限公司，2004）

- 诗集。纪录诗人从2000年到2002年间的诗作。

—.《另一种遥望》（台北：麦田出版股份有限公司，2004）

- 诗集。

—.《沧桑男子》（台北：书林红蚂蚁，2002）

- 诗集。

—.《流浪地图》（台北：吴氏总经销，2001）

- 诗集。

—.《山居小札》（台北：吴氏总经销，2001）

- 散文。

—.《枇杷的消息》（杭州：浙江人民出版社，2000）

- 散文。

—.《张错诗选》（台北：洪范出版社，1999）

- 诗集。本书收张错历来11本诗集之精华。

—.《春夜无声》（台北：书林红蚂蚁，1996）

- 诗集。

—.《细雪》（台北：皇冠文化出版社，1996）

- 诗集。

—.《儿女私情》（台北：皇冠文学出版有限公司，1993）

- 散文。处处流露文人的胸襟与情怀，更有一种对人世间的理想期待。

—.《飘泊者》（北京：人民文学出版社，1991）

- 诗集。收集张错 1983 年至 1986 年间的诗作，反映诗人在流浪的岁月里飘泊的心情。

—.《黄金泪》（广州：花城出版社，1986）

- 纪实文学。本书是史料性的文学特写，追溯早期华工在美的血泪辛酸史。

—.《黄金泪：美洲华工血泪史》（香港：三联书店，1985）

- 报告文学。

—. 王渝，许达然，张错，非马：《四人集》（北京：中国友谊出版公司，1985）

- 诗集。本书收录王渝诗作 22 首、许达然诗作 22 首、张错诗作 24 首，以及非马诗作 19 首。

314.张耳（1960s- ）

女，20 世纪 60 年代生于北京，1986 年至今居美，现居华盛顿。

—.《山缘》（台北：唐山出版社，2005）

- 诗集。收入张耳 2001 年至 2004 年创作的作品。

—.《关于鸟的短诗》（Zephyr Press，2004）

- 诗集。收入张耳 2001 年至 2004 年的作品。

—.《水字》（香港：新大陆出版社，2002）

- 诗集。收入张耳 1997 年至 2001 年的作品。

—.《没人看见你看见的景致》（西宁：青海人民出版社，1999）

- 诗集。收入张耳 1989 年至 1999 年的作品。

315.张凤（1950- ）

女，生于台北，20 世纪 70 年代至今居美，现居波士顿。

—.《一头栽进哈佛》（台北：九歌出版社，2006）

- 以历史感、文化感、民族性来看待哈佛的成长。

—.《哈佛缘》（桂林：广西师范大学出版社，2004）

- 题材广泛，从文人相重谈到学者梦土及写作乐趣。

—.《哈佛哈佛》（台北：九歌出版社，1998）

- 这本散文集遴选了作者前后 10 年间的创作。

—.《哈佛心影录》（台北：麦田出版社，1995）

- 讲述作者任职于哈佛燕京图书馆时，与东西方文化及客座学者相识的因缘。

316.张广群（1958- ）

男，生于黑龙江，1990 年至 1995 年居美。

—.《彼岸》（北京：大众文艺出版社，1996）

- 本书是一部反映留学生生活的小说。

—.《第三只眼睛看美国》（北京：中华工商联合出版社，1996）

- 以作者的生活经历和感受描述美国社会。

317.张家修（?- ）

男，生于中国，赴美年代不详，现居旧金山。

—.《张家修短诗选》（香港：银河出版社，2003）

318.张明玉（?- ）

女，生于台湾，2001 年至今居美，现居洛杉矶。

—.《人生如戏》（加利福尼亚：长青出版社，2003）

- 自传式小说。

—.《花弄影》（台北：希代出版社，1992）

- 小说。讲述一个内心受过伤的女子的情爱故事。

319.张金翼（1940- ）

女，生于贵州遵义，赴美年代不详，现居洛杉矶。

—.《逍遥游》（香港：逍遥出版社，2003）

- 收集了张金翼访问中国大陆时所写下的32篇散文。

—.《女与男》（台北：尔雅出版社，1997）

- 长篇小说。

320.张郎郎（1943- ）

男，生于陕西延安，1990年至今居美。

—.《大雅宝旧事》（上海：文汇出版社，2004）

- 回忆录。以儿童视角，描写建国初期“运动”中的艺术家们的生活，题目中的“大雅宝”指的是一条胡同，当时是中央美院宿舍所在地。

—.《从故乡到天涯》（台北：风云时代出版有限公司，1992）

- 合集。本书分为3辑，收入报道文学8篇、杂文21篇以及小说作品20篇。

321.张菱舲 （1936-2003）

女，生于江苏南京，1970年至2003年居美，2003年于纽约逝世。

—.《天茧》（台北：九歌出版社，2008）

- 诗集。收录作者生命后期，即1997年至2002的诗篇。

—.《风弦》（台北：九歌出版社，2007）

- 诗集。收录作者赴美之后的诗作，包括对音乐艺术的观察，对故乡的感怀和对异乡的观察。

—.《朔望》（台北：九歌出版社，2007）

- 合集。诗、散文、小说，谈作者的美东生活，中美文化的比较。

—.《琴夜》（嘉义：文友书局，1971）

- 散文集。本书是以音乐舞蹈为主题。

—.《听，听，那寂静》（台北：阿波罗出版社，1970）

- 本书共收入散文作品 15 篇。

—.《紫浪》（台北：文星书店，1963）

- 小说，散文。本书共收入文章 18 篇。

322.张士敏（1935- ）

笔名士敏、思明，男，出生于上海，1992 年至今居美。

—.《偷天换日》（北京：中国人民公安大学出版社，2007）

- 小说。“新警察故事系列”之一，缘起于凤水河市私企老板越狱后的离奇死亡。

—.《圈地》（北京：中国人民公安大学出版社，2006）

- 小说。天都市政府打着招商引资的旗号征用黑石头村的农村自有土地，故事由此展开，曝光当地政府的一系列欺上瞒下的行为。

—.《唐人街新教父》（北京：群众出版社，2004）

- 小说。一个上海知青误入纽约黑社会，一路飙升，欲罢不能。

—.《滴血自白：偷渡美国不归路亲历纪实》（上海：上海文艺出版社，2002）

- 纪实文学。本书记录了 29 个偷渡美国的故事。

—.《黄昏的美国梦》（上海：上海文艺出版社，1998）

- 小说。讲述几位年近华甲的老人怀揣美国梦，不甘寂寞，闯荡海外的故事。

—.《人蛇皇后》（上海：学林出版社，1995）

- 小说。故事主人公是一个大陆武警战士，他失手杀死恶霸后偷渡美国，并与当地人蛇皇后相恋。

—.《荣誉的十字架》（北京：作家出版社，1989）

—.《她在黎明前死去》（福州：海峡文艺出版社，1987）

- 小说。描写香港黑社会的小说。

—.《处女海》（上海：上海文艺出版社，1986）

—.《牛仔女皇》（长沙：湖南文艺出版社，1986）

—.《H 号沉没之谜》（广州：花城出版社，1984）

—.《虎皮斑纹贝》（上海：上海文艺出版社，1983）

—.《浑浊的河流》（广州：花城出版社，1983）

—.《夜香港》（哈尔滨：黑龙江人民出版社，1982）

—.《号子》（上海：少年儿童出版社，1964）

323.张索时（1941- ）

又名张厚仁，男，生于天津，1985 年至今居美，现居洛杉矶。

—.《美国小人物情爱录》（天津：百花文艺出版社，2008）

- 小说。借助小人物的眼光描写不同的情爱故事。

—.《美国小旅馆见闻录》（天津：百花文艺出版社，1999）

- 叙述了美国底层社会的妓女和贩毒者之间的伙伴关系，以及警察与之进行的或明或暗的斗争。

324.张系国（1944- ）

男，生于重庆，1966 年今居美，现居匹兹堡。

—.《帝国和台客》（台北：天下杂志出版社，2008）

- 讲述一个随机应变的台客在两大帝国之间周旋应承的故事。

—.《张系国大器小说》（台北：天培文化有限公司，2008）

- 包括衣、食、住、行、育、乐几个部分。

—.《衣锦荣归》（台北：洪范书店，2007）

- 中篇小说。通过一个家庭的剧变，刻绘城市和家乡的现实境况。

—.《男人究竟要什么？》（台北：洪范书店，2006）

- 散文集。内容分别包括男男女女、语丝艺文，以及对台客、科技、时事的看法等。

—.《女人究竟要什么？》（台北：洪范书店，2006）

- 作者 5 年内的散文选集，涉及对男女的讨论，对文艺、台湾政客和时事的看法等。

—.《城市猎人》（台北：天培文化有限公司，2004）

- 大器小说系列之“住书”，10 个短篇小说讲述一幢公寓楼里 10 家住户的故事。

—.《箱子，跳蚤，狗》（台北：天培文化有限公司，2003）

- 大器小说系列之“行书”，记叙作者周游各国的旅行奇遇。

—.《大法师》（台北：天培文化有限公司，2002）

- 大器小说系列之“食书”，讲述唐人街中餐馆中的人物和故事。

—.《神交侠侣》（台北：天培文化有限公司，2002）

- 大器小说系列之“育乐书”，包括 7 篇以网络世界为背景的小说和简易网络教学指南。

—.《城——科幻三部曲》（北京：三联书店，2000）

- 小说。作者虚构了一个呼回世界，一个永远写不尽的自足世界。

—.《玻璃世界》（台北：洪范书店，1999）

- 副题“二十一世纪传奇”，是作者对未来世界的描绘。

—.《倾城之恋》（台北：洪范书店，1996）

- 在时光通道的帮助下，一个学生回到过去时代进行研究，但历史的完整及必然性却无法改变。

—.《金缕衣》（台北：知识系统出版有限公司，1994）

- 收录 12 个科幻短篇小说。

—.《张系国集》（台北：前卫出版社，1993）

—. 张系国，平路：《捕谍人》（台北：洪范书店，1992）

- 20世纪80年代末，金无怠以间谍身份被美国政府逮捕，后遂在狱中自杀，本书围绕这位华裔传奇人物展开。

—.《不朽者》（台北：洪范书店，1990）

- 收入6篇短篇小说。

—.《男人的手帕》（台北：洪范书店，1990）

- 小品杂文集。

—.《游子魂组曲》（台北：洪范书店，1989）

- 收录作者1972年以来的短篇小说，以“游子”意象为线索，探讨当代海内外华人社会的精神和心理状态。

—.《沙猪传奇》（台北：洪范书店，1988）

- 短篇小说集，讲述时下的两性关系。

—.《橡皮灵魂》（台北：洪范书店，1987）

- 作者长短杂文随笔的自选集。

—.《他们在美国》（北京：中国文联出版公司，1986）

- 小说。本书原名《昨日之怒》，是作者个人对中国青年政治运动的一个诠释，记录了作者所看到的海外“钓运”的演变。

—.《夜曲》（台北：知识系统出版公司，1985）

- 收录8篇科幻小说。

—.《英雄有泪不轻弹》（台北：洪范书店，1984）

- 本书分为3辑。

—.《棋王：台湾长篇小说》（南宁：广西人民出版社，1983）

- 小说。以20世纪70年代经济刚起飞的台北为背景，讲述一个天才儿童的奇幻遭遇，反映文化转型期的拜金主义等问题。

—.《张系国短篇小说选》（南昌：江西人民出版社，1983）

- 小说。本书收入小说作品20篇，背景多半是中国台湾或海外。

—.《张系国自选集》（台北：黎明文化事业公司，1982）

- 本书分为3辑，共收入文章16篇。

—.《星云组曲》（台北：洪范书店，1980）

- 收录10篇小说，讲述21世纪到200世纪的未来世界，探索人类生命在宇宙中的角色。

—.《黄河之水》（台北：洪范书店，1979）

- 以 1973 年至 1977 年的台湾为背景，讲述在经济危机、选举风波等事件下，一个乡下青年学生在台北的经历和感触。

—.《天城之旅》（台北：洪范书店，1979）

- 本书收集张系国近年所选随笔杂文约 40 篇。

—.《孔子之死》（台北：洪范书店，1978）

- 小说，剧本，评论，后记。

—.《皮牧师正传》（台北：洪范书店，1978）

- 刻画了一个小人物在现实社会中挣扎浮沉的心态，展现了人性脆弱可怜的一面。

—.《快活林》（台北：远行出版社，1976）

- 文学论著。

—.《让未来等一等吧》（台北：洪范书店，1975）

- 此书基于作者对社会和人生的观察，揭露现实世界的矛盾和困境，检讨文坛和学术界的种种问题。

—.《地》（台北：纯文学出版社，1970）

- 短篇小说集，收入 6 篇作品。

325.张晓武（1960- ）

男，生于旅顺，1986 年至 1992 年居美，现居北京。

—.《我在美国当律师》（北京：北京出版社，1994）

- 纪实文学。记述了年轻的中国留学生张晓武自强不息，33 岁即为美国大律师的真实经历，描绘出庞大的美国社会的内在结构。

326.张辛欣（1953- ）

女，生于南京，1988 年至今居美。

—.《我的好莱坞大学》（广州：花城出版社，2003）

- 本书是著名作家张辛欣首次披露亲历好莱坞的一部纪实作品。好莱坞既是美男美女青春偶像的金钱世界，更是资本主义意识形态及商业运作的最高级版本。

—.《流浪世界的方式》（沈阳：沈阳出版社，2002）

- 本书共收入作者文章 42 篇。

—.《独步东西》（北京：知识出版社，2000）

- 本书分成 A、B 两部分，A 部分讲述的是作者真实的网络亲历。B 部分讲述的是作者的网上创作和读者响应。

—.《我知道的美国之音》（北京：中国社会出版社，2000）

- 本书作者是原中央电视台主持人，现在在美国，给美国之音（VOA）当评论员。这里摘编的是书中对美国之音的客观描述。

—.《这次你演哪一半》（台北：三民书局股份有限公司，1989）

- 小说。描述一个女子偶然机缘下扮演"爸爸"角色的故事。

—.《我们这个年纪的梦》（台北：心地文学出版社，1988）

- 本书共收入了 6 篇小说。

—.《张辛欣代表作》（郑州：黄河文艺出版社，1988）

- 本书共收入作者 6 篇代表作品。

—.《在路上》（香港：南粤出版社，1987）

- 纪实小说。张辛欣为"第一个骑自行车旅行中国大运河的女作家"，本书是作者在这次旅行过程中创作的印象派作品。

—.《封片连》（北京：作家出版社，1986；香港：博益出版社，1986）

- 故事取材于 20 世纪 30 年代津浦线一列快车遭武装劫持，土匪强迫被绑架的中外旅客写信给家人索要赎金，由此产生了世界邮政史上独一无二的孤品珍邮。

327.章缘（1963- ）

原名张惠媛，女，生于台湾嘉义，1990 年至 2004 年旅美，现居上海。

—.《当张爱玲的邻居：台湾留美客的京沪札记》（台北：健行文化出版

社，2008）

- 以留美客的视角，记录一家人在北京与上海经历的文化震撼。

—.《擦肩而过》（台北：联合文学出版社，2005）

- 小说。故事场景横跨台北、纽约和北京，记叙作者在不同时间对不同地方的人生百态的感悟。

—.《疫》（台北：联合文学出版社，2003）

- 小说。以 1999 年的纽约蚊疫为背景，讲述一群华人小区的中年男女在婚姻、事业、生活各方面的打拼。

—.《大水之夜》（台北：联合文学出版社，2000）

- 小说。14 篇短篇小说。

—.《更衣室的女人》（台北：联合文学出版社，1997）

- 小说。16 篇故事，道尽现代女性的曲折心情。

328.张宗子（1950s- ）

男，20 世纪 50 年代生于河南光山，1988 年至今居美，现居纽约。

—.《开花般的瞻望》（上海：上海人民出版社，2007）

- 散文诗、杂感和寓言小品的合集。

—.《空杯》（北京：新星出版社，2007）

- 散文。

—.《书时光》（北京：三联书店，2007）

- 随笔。本书收录了作者的数十篇读书随笔。

—.《垂钓于时间之河》（天津：百花文艺出版社，2004）

- 散文。

329.赵海霞（?- ）

女，生于台湾，1974 年至今居美，现居西雅图。

—.《不一样的心情》（台北：时英出版社，2008）

- 记叙作者在不同人生阶段的内心感受。

—.《老中老美喜相逢》（台北：印刻文学生活杂志出版有限公司，2006）

- 讲述作者在生活与子女教育上的经验。

—.《老中老美大不同》（台北：印刻文学生活杂志出版有限公司，2004）

- 通过生活、工作中常遇的各种状况及应对方式，讲述中美不同的价值观与生活态度。

330.赵俊迈（?- ）

男，生于台湾，1982年至今居美，现居纽约。

—.《被剥了鳞的苍龙》（台北：采风出版社，1989）

- 报告文学。

—.《天涯心思》（台北：环宇出版社，1980）

- 散文。

331.赵宁（1943-2008）

字志远，号茶房，男，生于陕西西安，1965年至1980年居美，2008年于台北逝世。

—.《听话的老爸最伟大》（台北：健行文化出版事业有限公司，2005）

- 散文。描写自己与妻子、三个小女儿的家庭故事。

—.《为人生画一个美丽的圆》（台北：九歌出版社，2004）

- 散文。讲述海外游子的亲情、爱情故事和作者对家国政事之思。

—.《谈笑风生赵茶房》（台北：九歌出版社，2003）

- 散文。讲述童年、海外生活、人生感悟和两性故事，歌颂人情之美，也讽刺社会怪现状。

—.《赵宁上台一鞠躬》（台北：皇冠文化出版有限公司，1997）

- 散文。

—.《找一个字代替》（台北：皇冠文化出版有限公司，1991）

- 散文。

—.《问情：赵宁的 99 封信》（台北：皇冠文化出版有限公司，1990）

- 书信。讲述作者对生活的艺术、学术与技术的认识和感悟。

—.《人生何处不桃源》（台北：皇冠文化出版有限公司，1988）

- 散文。轻松风趣的文字和漫画。

—.《君子动口又动手》（台北：皇冠文化出版有限公司，1986）

- 散文。

—.《心事谁人知》（台北：皇冠文化出版有限公司，1985）

- 散文。

—.《爱你在心口“常”开》（台北：皇冠出版社，1985）

- 散文。

—.《5711438 （吾妻一一是三八）》（台北：皇冠杂志社，1983）

- 散文。包括 39 篇作品。

—.《影子的联想》（台北：皇冠文学出版有限公司，1981）

- 杂文。

—.《赵宁留美记续集》（台北：皇冠文学出版有限公司，1981）

- 散文。讲述作者在美国十年寒窗的经历。

—.《赶路者》（台北：皇冠文学出版有限公司，1980）

- 散文。

—.《起风的时候》（台北：皇冠杂志社，1976）

- 散文。

—.《赵宁留美记》（台北：皇冠杂志社，1971）

- 小说。以章回小说的形式记叙留美生活。

332.赵淑敏（1935- ）

笔名鲁艾、述美、赵禾珠、禾姝，女，生于北京，20 世纪 90 年代至今居美，现居纽约。

—.《叶底红莲：赵淑敏散文选》（北京：人民文学出版社，2000）

- 散文。收入20世纪70年代至近期的散文40余篇，分为5辑。

—.《梦想一顶红罗帐》（北京：北京师范大学出版社，1993）

- 散文。本书分为6部分，共收入散文作品51篇。

—.《松花江的浪》（哈尔滨：北方文艺出版社，1987）

- 小说。以抗战为历史背景。

—.《赵淑敏自选集》（台北：黎明文化事业公司，1981）

- 本书分为3辑，共收入文章32篇。

333.赵淑侠（1931- ）

女，生于北京，20世纪90年代至今居美，现居纽约。

—.《梦痕》（合肥：安徽文艺出版社，1997）

- 本书共收入文章20篇。

—.《情关》（合肥：安徽文艺出版社，1997）

- 本书共分为3辑，共收入文章53篇。

—.《我们的歌》（合肥：安徽文艺出版社，1997）

- 小说。这部长篇小说描写了在异国生活奋斗的知识分子的痛苦与欢乐、成功与失败。

—.《落第》（合肥：安徽文艺出版社，1997）

- 小说。本书描写了台湾连考制度下的升学主义。

—.《赛金花》（合肥：安徽文艺出版社，1997）

- 小说。作者突破男性对赛金花的成见，将其置于中西文化冲突的历史背景之下，用现代女性观点来书写其曲折的一生。

—.《塞纳—马恩省河畔》（合肥：安徽文艺出版社，1997）

- 小说。本作品饱含感情，为一部描写海外华人心境的长篇小说。

—.《爱情的年龄》（西安：陕西人民出版社，1996）

- 散文。本书是一部聊爱与美的对话。

—.《春江》（石家庄：河北教育出版社，1995）

- 小说。反映留学欧洲的中国学生以及定居的华人生活及其心态的作品。

—.《爱情与幻想：赵淑侠散文选》（北京：人民文学出版社，1994）

- 散文。本书收入散文作品 43 篇。

—.《只因一刹那的回眸》（北京：北京师范大学出版社，1993）

- 散文。本书分为 3 部分，共收入散文作品 26 篇。

—.《翡翠色的梦》（北京：中国友谊出版公司，1988）

小说。本书内容包括 3 个主题：踩着旧脚印、时代的声音和生活与感怀。

—.《游子吟》（北京：中国文联出版公司，1988）

- 小说。本书共收入小说作品 7 篇。

—.《人的故事》（广州：花城出版社，1987；香港：三联书店，1987）

- 小说。共有 7 个故事。

—.《漂泊的爱》（北京：作家出版社，1986）

- 通过描写形形色色的人物，如知识分子、艺术家、商人、侨胞等，反映当今海外华人的生活。

—.《童年·生活·乡愁》（长春：时代文艺出版社，1986）

- 本书共收入文章 17 篇。

—.《西窗一夜雨》（北京：中国友谊出版公司，1984）

- 小说。是赵淑侠的短篇集子。

—.《异乡情怀》（北京：中国友谊出版公司，1984）

- 散文。本书内的散文多为描写在异国生活的闲趣、偶感、回忆和身边琐事，等等。

—.《当我们年轻时》（台北：道声出版社，1980）

- 小说。描写了青少年成长的挣扎与转变和夫妻间的关爱与信任。

—.《紫枫园随笔》（台北：道声出版社，1980）

- 散文。记录作者对人生百态的感触。

—.《赵淑侠自选集》（台北：黎明文化事业公司，1981）

- 杂文。本书共收入作品 13 篇。

334.招思虹（1953- ）

笔名蓝溪、关太，女，生于广东韶关，1988年至今居美，现居旧金山。

—.《金山之路：第二集》（广州：花城出版社，2004）

- 本书以真实的笔触反映了华人在旧金山的创业经历。

—.《金山之路》（广州：花城出版社，1999）

- 本书收录了大量中国移民在美国奋斗生活的真实故事。

335.赵毅衡（1943- ）

男，生于广西桂林，1981年至1988年居美，现居成都。

—.《对岸的诱惑：中西文化交流记》（上海：上海人民出版社，2007）

- 杂文。讲述20世纪上半期中，在西方的中国人和在中国的西方人对于两个文化交流作出的努力。

—.《有个半岛叫欧洲》（上海：上海人民出版社，2007）

- 散文。记叙作者对在美、欧、中三地生活的感觉。

—.《握过元首的手的手的手》（天津：百花文艺出版社，2004）

- 杂文。

—.《伦敦浪了起来》（北京：人民文学出版社，2002）

- 散文。本书向读者呈现一个生活时尚、文化前卫的绿色伦敦。

—.《西出洋关》（北京：中国电影出版社，1998）

- 散文。讲述"五四"前后，远在西洋求学的文化人的故事。

—.《豌豆三笑》（上海：上海教育出版社，1998）

- 散文。包含作者对中国文化的反思与体认。

—.《居士林的阿辽沙》（成都：四川文艺出版社，1996）

- 中篇小说。讲述一群白人俄国士兵在19世纪20年代卷入中国内战，并被残忍杀害。一个名叫阿辽沙的男孩目睹这些暴行后，明白了无家可归之苦是人类应偿之罪。

336.郑愁予（1933- ）

原名邹文滔，男，生于山东，1968年至今居美。

—.《郑愁予诗的自选》（北京：三联书店，2000）

- 诗集。

—.《梦土上》（台北：洪范书店，1996）

- 诗集。

—.《寂寞的人坐着看花》（台北：洪范书店，1993）

- 诗集。

—.《雪的可能》（台北：洪范书店，1985）

- 收录1980年底至1984年的抒情诗。

—.《莳花刹那》（香港：三联书店，1985）

- 诗集。本书为诗人自选集，收诗作92首，大都是作者旅居美国后的力作。

—.《郑愁予诗选》（北京：中国友谊出版公司，1984）

- 诗集。本书分为10辑，共收入诗作92首。

—.《燕人行》（台北：洪范书店，1980）

- 诗集。多写诗人出国，后浪迹异乡的感受。

—.《窗外的女奴》（台北：十月出版社，1968）

- 诗集。

—.《衣钵》（台北：商务印书馆，1961）

- 诗集。

337.郑庆慈（1943- ）

女，生于重庆，1965年至今居美。

—.《七十年代》（台北：中央日报出版部，1981）

- 散文。这是一本收录了30篇记忆文字的集子，都是对“七十年代”的追忆和回顾。

—.《郑庆慈自选集》（台北：黎明文化事业公司，1980）

- 小说。本书共收入小说作品 17 篇。

338.郑树森（1948- ）

笔名：郑臻，男，生于福建厦门，留美多年，现居香港。

—.《从诺贝尔到张爱玲》（台北：印刻出版社，2007）

- 谈论中外文学，内容涉及诺贝尔奖、张爱玲、推理小说、欧美文坛内幕以及香港文坛近年的发展等。

—.《纵目传声：郑树森自选集》（香港：天地图书有限公司，2004）

- 散文。

—.《小说地图》（台北：一方出版有限公司，2003）

- 杂文。探索小说的外在和内在，现实本质和基调变奏。

339.郑义（1947- ）

原名郑光召，男，生于重庆，1992 年至今居美。

—.《中国之毁灭》（香港：明镜出版社，2002）

- 关于中国面临生态环境危机的深度调查性纪实作品。

—.《自由鸟》（台北：三民书局股份有限公司，1998）

- 作者流亡海外初期的文集。

—.《神树》（台北：三民书局，1996）

- 山中从不开花的树忽然开花，更有传言说有冤死者的魂魄再现；村民狂热膜拜，当局予以残酷镇压，由此引发了一场天灾人祸。

—.《红色纪念碑》（台北：华视文化公司，1993）

—.《老井》（台北：海风出版社，1993）

- 小说。描写了一个封闭的乡村世界在外来文化影响下的变与不变，揭示人生本相。

—.《历史的一部分：永远寄不出的十一封信》（台北：万象图书，1993）

- 带有自传性质的书信体小说，以“文化大革命”到80年代后期的变动岁月为背景。

—.《远村》（台中：人文出版社，1986）

- 小说。小说写的是山西边远山村妇女“拉帮套”的婚俗。

340.钟玲（1945- ）

笔名钟燕玲，女，生于重庆，1967年至1977年居美，现居香港。

—.《日月同行》（台北：九歌出版社，2000）

- 散文。内容有关旅游中的山水和风土人情。

—.《飞星奇缘》（台北：禾马文化事业有限公司，1999）

- 小说。台湾“珍爱笑说”系列之一。

—.《大轮回》（台北：九歌出版社，1998）

- 小说。收录13篇小小说。

—.《生死冤家》（台北：洪范书店，1992）

- 小说。收小说7篇，以诡异的意象和错综复杂的警谕组成一个女性主义世界。

—.《爱玉的人》（台北：洪范书店，1991）

- 散文。作者从中学就迷上《红楼梦》，并且经由此书对玉产生了遐想。

—.《芬芳的海》（台北：联经出版事业公司，1989）

- 诗集。本书分为4辑，收录了作者自1968年至1987年期间的诗作45首。

—.《钟玲极短篇》（台北：尔雅出版社，1987）

- 小说。本书收录了作者自1981年至1987年的20篇极短篇小说。

—.《轮回》（台北：时报文化出版事业有限公司，1983）

- 小说。讲述作者读生活的深层体悟。

—.《美丽的错误》（香港：博益出版集团有限公司，1983）

- 合集。本书分为4部分，收入小说14篇、散文8篇、诗8首，以及杂文 5 篇。

—.《群山呼唤我》（台北：远景出版事业公司，1981）

- 散文，诗集。本书分为 3 辑，共收入散文 10 篇、诗作 15 首。

—.《山中传奇》（台北：四季出版事业有限公司，1979）

- 小说。依据宋代京华通俗小说《西山一窟鬼》改编。

—.《赤足在草地上》（台北：志文出版社，1970）

- 杂文。本书共收入杂文作品 12 篇。

—.《玉缘——古玉与好缘》（台北：艺术图书公司，1970）

- 讲述作者与玉的情缘。

—.《如玉——爱玉的故事》（台北：艺术图书公司，1970）

- 讲述作者 10 年来在玉市、玉店及拍卖场的奇遇。

341. 钟梅音（1922-1984）

笔名音、爱珈、绿诗，女，生于北京，20 世纪 60 年代至 1984 年居美，1984 年于美国逝世。

—.《迟开的茉莉》（台北：三民书局，2008）

- 小说。短篇小说集。

—.《天堂岁月》（台北：皇冠出版社，1980）

- 杂文。本书共收入文章 20 篇。

—.《昨日在湄江》（台北：皇冠出版社，1977）

- 杂文。本书分为两辑，共收入文章 40 篇，记录了作者眼中的泰国生活。

—.《旅人的故事》（台北：大地出版社，1973）

- 游记。本书是钟梅音侨居南洋后第一部力作。

—.《啼笑人间》（香港：小草出版社，1972）

- 散文。本书分为两辑，共收入散文作品 36 篇。

—.《梦与希望》（台北：三民书局，1967）

- 杂文。这部散文集计有抒情、论评、游记、生活随笔、战地纪行等28篇。

—.《我只追求一个圆》（台北：三民书局，1967）

- 散文。

—.《摘星文选》（台北：三民书局，1967）

- 散文。

—.《春天是你们的》（台北：三民书局，1967）

- 散文。

—.《风楼随笔》（台北：三民书局，1967）

- 散文。包括“谈文”、“论艺”和“说人生”三部分。

—.《兰苑随笔》（台北：三民书局，1967）

- 散文。

—.《十月小阳春》（台北：文星书店，1964）

- 散文。本书共收录散文作品40篇。

342.钟晓阳（1962- ）

女，生于广东广州，1981年至今居美，现居旧金山。

—.《槁木死灰集》（香港：三人出版，1997）

- 诗集。

—.《腐朽和期待》（桂林：漓江出版社，1996）

- 小说。13篇著名中篇，皆为经典之作。

—.《遗恨传奇》（香港：天地图书公司，1996）

- 小说。

—.《停车暂借问》（香港：天地图书公司，1995）

- 小说。诉说抗战时代东北一名少女赵宁静的爱情故事。由少女写到中年，由东北写到香港。

—.《春在绿芜中》（香港：天地图书公司，1993）

- 散文。

—.《燃烧之后》（香港：天地图书公司，1993）

- 小说。6年全部小说精选7篇成为此集。

—.《爱妻》（香港：天地图书公司，1992）

- 小说。收录了作者于大学毕业后一年半内的短篇及中篇小说作品，写作时间约为1984年至1985年。

—.《普通的生活》（台北：洪范书店，1992）

- 中、短篇小说自选集。收代表作品6篇。

—.《唤真真》（广州：花城出版社，1988）

- 小说。本书收入作者的两部小说《停车暂借问》和《唤真真》。

—.《哀歌》（香港：天地图书公司，1988）

- 小说。为作者从美国回香港1年间的短篇及中篇小说作品结集。

—.《流年》（北京：中国友谊出版公司，1985）

- 小说。含4篇作品。

343.周策纵（1916-2007）

男，生于湖南祁阳，1948年至2007年居美，2007年于旧金山逝世。

—.《周策纵自选集》（济南：山东教育出版社，2005）

—.《白玉词》（Madison，Wisconsin：1991）

- 词集。本书收录作者出国前所著词作50首。

—.《梅花诗》（Madison，Wisconsin：1991）

- 诗集。本书收录作者中学时期《和彭雪琴梅花诗》85首。

—.《海燕》（香港：求自出版社，1961）

- 诗集。收入作者诗作60余篇。

344.周典乐（?- ）

笔名典乐，女，赴美年代不详，现居加州硅谷。

—.《书窗外》（台北：秀威信息出版，2009）

- 散文集。收录多年来在《世界日报》副刊及其他台湾报刊所发表作品。

345.周腓力 （1936-2003）

男，1936 年生于上海，1976 年移居美，2003 年病逝于洛杉矶。

—.《尽情幽默》（台北：健行文化出版事业有限公司，2000）

- 散文。用顽童的眼光看待人世间的丰富光景。

—.《幽默开门》（台北：九歌出版社，2005）

- 散文。笔调幽默而不无嘲弄。

—.《出门靠幽默》（台北：九歌出版社，1996）

- 散文。呈现作者在困境中对婚姻、爱情等人生命题的思考。

—.《先婚后友》（北京：金城出版社，1995）

- 小说。讲述在荒诞社会法则下生活的人们。

—.《洋人吹牛》（北京：金城出版社，1995）

- 杂文。

—.《婚姻考验青年》（台北：九歌出版社，1994）

—.《幽自己一默》（台北：九歌出版社，1989）

- 散文。以幽默自嘲的笔调讲述在美华人的辛酸血泪。

—.《洋饭二吃》（台北：尔雅出版社，1987）

- 小说。以轻松笔调讲述严肃的谋生大事。

346.周芬娜（1953- ）

女，生于台湾屏东，1977 年至今居美，2001～2002 年曾居香港一年，2002～2004 年曾居日本两年，现居美国加州硅谷。

—.《花之宴》（北京：三联书店，2010）

- 以花入食，并探索花背后的文化和故事。

—.《味觉的旅行》（台北：秀威科技出版社，2009）

- 散文。周芬娜以味觉来记录走过的欧、亚、美三大洲的城市，由当地食物的千滋百味，延伸认识当地的文化、历史、人文和艺术。

—.《吃得健康吃得美丽》（台北：健行文化出版事业有限公司，2003）

- 教授人们如何吃得健康又美丽。

—.《云南》（台北：墨刻出版社，2001）

- 游记。包括对云南、贵州和四川九寨沟的介绍。

—.《带着舌头去旅行》（台北：联经出版社，2000）

- 饮食游记。

—.《绕着地球吃》（台北：吃遍中国出版社，1999）

- 散文。收录作者居住和旅游世界的饮食随笔。

—.《丝路》（台北：墨刻出版社，1999）

- 游记。周芬娜丝路之旅纪行，介绍沿途风景和人情。

347.周洁茹（1976- ）

女，生于江苏常州，2000年至今居美。

—.《梅兰梅兰我爱你》（石家庄：花山文艺出版社，2002）

- 小说。本书收有10篇短篇小说。

—.《中国娃娃》（沈阳：辽宁教育出版社，2002）

- 小说。一部用女性童话挑战“身体写作”的小说，一部关于回家和成长的自传体童话。

—.《抒情时代》（石家庄：花山文艺出版社，2001）

- 小说。灯红酒绿、光怪陆离，这个时代是如此陌生，这就是当今的这个抒情时代。

—.《长袖善舞》（北京：华文出版社，2000）

- 小说。本书收入了作者所著小说16篇。

—.《你疼吗》（武汉：长江文艺出版社，2000）

- 小说。本书收入了14篇小说。

—.《天使有了欲望》（北京：昆仑出版社，2000）

- 散文。收录了120多篇文章。

—.《小妖的网》（沈阳：春风文艺出版社，2000）

- 小说。本书为国内第一部由职业作家创作的长篇网络爱情小说。

—.《我知道是你》（天津：天津人民出版社，2000）

- 小说。本书收录9篇短篇小说。

—.《我们干点什么吧》（珠海：珠海出版社，1999）

- 小说。本书收录了作者的12篇小说创作。

348.周励（1950s- ）

女，20世纪50年代初生于上海，1985年至今居美，现居纽约。

—.《曼哈顿情商：我的美国生活与励志实录》（上海：上海文艺出版社，2006）

- 杂文。这本书是周励14年工作、生活中所见所闻的真实记录。

—.《曼哈顿的中国女人》（上海：上海文艺出版社，2003；北京：北京出版社，1992）

- 自传性纪实小说。

349.周琼（?- ）

女，1991年至今居美，现居纽约。

—.《绚丽多彩的光》（呼和浩特：远方出版社，2007）

—.《欢情如潮》（又名《突变人生》）（北京：华夏出版社，2002）

—.《纽约梦》（深圳：海天出版社，1996）

- 讲述3位来自不同背景的华裔女孩在纽约寻梦的故事。

350.周允之（?- ）

笔名周友渔，男，生于台湾，1982年至今居美，现居洛杉矶。

—.《记者生涯杂忆》（长岛：北美华文作家出版社，2006）

- 回忆录。

—.《美国透视》（洛杉矶：洛城作家出版社，1998）

351.周正光（1940- ）

男，生于开平，1977 年至今居美，现居密西西比河畔小镇。

—.《听雁扣舷集》（加利福尼亚：新大陆诗刊，1998）

- 本书为作者的古体诗集。

—.《听雨，在密西西比河》（成都：四川民族出版社，1994）

- 本书是作者的第一本诗集，收录了大量作者所创作的新诗。

352.朱琦（1962- ）

男，生于山西永济，1992 年至今居美，现居斯坦福。

—.《东方的孩子》（台北：尔雅出版社，2004）

- 散文。本书为《黄河的孩子》的姊妹篇，收录了作者 27 篇文章。

—.《黄河的孩子》（台北：尔雅出版社，2004）

- 散文。本书收入作者 19 篇文章，多是文化随笔。

—.《十年一笑》（郑州：河南人民出版社，1999）

- 杂文。本书分 5 辑，收录作者 61 篇杂文。

—.《东张西望：从北大到柏克莱》（北京：中央编译出版社，1997）

- 杂文。从作者的亲身经历出发，分析美、日两国的国民性，展现海外学子求学谋生的酸甜苦辣。

353.朱小棣（1958- ）

男，1958 年生于江苏南京，1990 年至今居美，现居波士顿。

—.《闲书闲话》（桂林：广西师范大学出版社，2009）

- 杂文。60 余篇书评。

354.朱雪梅（1964- ）

女，生于湖南双峰，1996年至今居美，现居洛杉矶。

—. 黄宗之，朱雪梅：《破茧》（北京：人民文学出版社，2009）

- 小说。描述发生在美国洛杉矶的两个华裔家庭里的孩子成长的故事。

—. 黄宗之，朱雪梅：《未遂的疯狂：一个克隆人的故事》（天津：百花文艺出版社，2004）

- 小说。一部关于克隆人的科幻小说。

—. 黄宗之，朱雪梅：《阳光西海岸》（天津：百花文艺出版社，2001）

- 小说。以20世纪九十年代出国潮为背景，讲述海外学子精神世界的探寻。

355.庄维敏（1953- ）

笔名庄琅琅，女，出生于台湾台南，1987年至今居美，现居洛杉矶。

—.《两代情、一生爱》（台北：创意年代文化事业有限公司，2007）

- 散文。

356.庄因（1933- ）

曾用笔名桑雨，男，生于北京，1965年至今居美，现居加州。

—.《流浪的月亮》（重庆：重庆出版社，2008）

- 散文集，题材广泛，有浓厚生活气息。

—.《重做一次新郎》（天津：百花文艺出版社，2004）

- 散文。

—.《给鲁智深先生的一封信》（沈阳：辽宁教育出版社，2001）

- 散文。以现代书生的视角写给鲁提辖的一封劝谏信。

—.《漂泊的云》（昆明：云南人民出版社，1999）

- 散文。本书为作者出版的第一本散文集，收入散文46篇。

357.宗鹰（1935- ）

原名赵宗英，男，生于广东江门，1985年至今居美，现居加州。

—.《异国他乡月明时》（沈阳：沈阳出版社，1997）

- 散文。本书分为10个部分，收录作者所著散文60余篇。